本书为2019年度山西省高等学校哲学社会科学研究项目，项目编号2019 W160

本书由运城学院院级重点学科"中国语言文学"经费资助

本书为运城学院2019年度院级科研项目，项目编号XK-2019085

国｜研｜文｜库

先唐吊文整理与研究

高胜利 ———— 著

光明日报出版社

图书在版编目（CIP）数据

先唐吊文整理与研究 ／ 高胜利著 . -- 北京：光明
日报出版社，2021.6
ISBN 978 - 7 - 5194 - 6053 - 2

Ⅰ.①先… Ⅱ.①高… Ⅲ.①祭文—古典文学研究—
中国 Ⅳ.①I207.62

中国版本图书馆 CIP 数据核字（2021）第 083246 号

先唐吊文整理与研究
XIANTANG DIAOWEN ZHENGLI YU YANJIU

著　　者：高胜利

责任编辑：黄　莺　　　　　　　责任校对：傅泉泽
封面设计：中联华文　　　　　　责任印制：曹　净

出版发行：光明日报出版社
地　　址：北京市西城区永安路 106 号，100050
电　　话：010-63169890（咨询），010-63131930（邮购）
传　　真：010 - 63131930
网　　址：http：//book. gmw. cn
E - mail：huangying@ gmw. cn
法律顾问：北京德恒律师事务所龚柳方律师

印　　刷：三河市华东印刷有限公司
装　　订：三河市华东印刷有限公司

本书如有破损、缺页、装订错误，请与本社联系调换，电话：010-63131930

开　　本：170mm×240mm
字　　数：228 千字　　　　　　印　　张：16.5
版　　次：2021 年 6 月第 1 版　　印　　次：2021 年 6 月第 1 次印刷
书　　号：ISBN 978 - 7 - 5194 - 6053 - 2
定　　价：95. 00 元

凡　例

一、本书的研究范围

自从刘师培先生在《中国中古文学史》中论述东汉至隋亡的文学发展以来,文学史上习惯把汉魏六朝时期称为"中古"。对此,胡大雷先生亦云:"所谓中古,是沿用习惯用法,即指现今一般所说的汉魏六朝时期,起于汉初,迄于隋亡,约八百年间。"①本书研究的对象——先唐吊文,由于年代久远和历史因素,且因为一种文体的研究并非可以以简单的描述或概括就能够准确展示,鉴于篇幅制约和个人学力有限,以及搜集材料的不便等原因,本书把研究的时间段定位为先唐,时间跨度是从先秦至隋,作为一种断代史的研究,不是完整的阐述历代吊文的发展演变及其文体特征。吊文作为古代常用的一种文体,对它的研究不仅要涉及其文本本身的创作实践,而且要关注吊文这种文体与其他文体之间的关系,以及对该文体的溯源等方面的文体批评与理论,只有这样我们才能厘清吊文这种文体真实的发展轨迹,才能透过历史的风尘来窥探这种文体的真实面貌。文本取向以严可均编纂的《全上古三代秦汉三国六朝文》为大致范围,凡是作品题目中标明"吊"字的,均被视为研究的对象;同时,一些表达哀悼之情的吊文,也有标作"悼某"或"哭

---

① 　胡大雷.中古文学集团[M].桂林:广西师范大学出版社,1996:1.

某"的,也被列入研究范围,除此之外,还参照其他可资利用的文献资料做补充,以期可以对先唐吊文有一个较为全面的、客观的展现。正文中所引用的有关吊文的篇幅除了特别说明以外,均出自严可均编纂的《全上古三代秦汉三国六朝文》(上海商务印书馆,1999 年版),并且参考了严可均编纂的《全上古三代秦汉三国六朝文》(中华书局,1958 年版),恕不一一注明。

二、本书的研究方法

本书的研究方法是借鉴传统的文体学研究方法,即刘勰在《文心雕龙·序志篇》中所说的"原始以表末,释名以章义,选文以定篇,敷理以举统"①的传统文体学研究方法,即从体义、演变、辨体、体律四个方面进行。首先,从文体的名称着手,探究其原始意义;其次,对文体进行溯源,以便于更好的论述该文体的形成情况;再次,在此基础上从文体发展的角度来梳理该文体发展的脉络,来说明该文体在发展过程中的演变情况;最后,出于"盖自秦汉以来,文愈盛;文愈盛,则类愈增;类愈增,故体愈众;体愈众;故辨当愈严"②的考虑,从而把吊文与哀辞、诔文、祭文等相近文体进行比较辨析。除此之外,还运用了统计比较的方法,对各个时期的吊文篇目、内容、分类等做了大致的统计,并从具体的文本出发,进行考察、比较、分析,总结出先唐吊文在各个时期的共性和演进过程中各阶段的特点。

三、校注说明

本书对研究的吊文篇目所作的校注,主要是注明文本中语典、事典的出处,除此之外,还对比较难懂的字词作了注释,校勘采用的底本为严可均编纂的《全上古三代秦汉三国六朝文》,把其与《李善注文选》《六臣注文选》

---

① (南朝·梁)刘勰著,范文澜注.文心雕龙注[M].北京:人民文学出版社,1958:727.
② (明)徐师曾.文体明辨序说[M].北京:人民文学出版社,1962:78.

《艺文类聚》《初学记》《太平御览》《文苑英华》等文献做对校,举出版本的差异,一般不做判断。注释部分于《李善注文选》《六臣注文选》《辞源》《辞海》《司马相如集校注》《扬雄集校注》《潘黄门集校注》等多有参考,或有摘录,限于体例,恕未能一一注明。

目 录
CONTENTS

绪　论

　　在中国源远流长的散文发展史上,吊文以其独特的魅力,穿越中华五千年的历史风雨,走到了今天。吊文在其演变的过程中,在不同的历史时期,其内容形式与其原生态相比,各个方面都发生了很大的变化。尽管经历了许多演变和与其他文体的交织与融合,吊文这种文体终归还是在漫长的历史长河的涤荡中保存了下来。存在的,就是合理的。吊文在表情达意的同时,也蕴含着丰富复杂的社会人文气息。它的基本体制格局、语言形态、文体功用等现在依然得到人们的认可。在物质文明飞速发展的现代,携带着中华民族原始先民浓郁的抒情气息的吊文,作为一种民本精神状态的文化载体仍然存在于我们的日常生活之中。但是,目前学术界致力于吊文研究的学者不多,虽然有部分学者做了开拓性的工作,但大多是从宏观的角度进行论述,对吊文文体本身进行追本溯源及细致微观研究的文章与专著尚不多见。究其原因,大概是吊文从总体属性上看,是一种应用性文体,尽管它有一定的真挚抒情性。由于传统的杂文学观念,使得中国古代文学呈现出文体纷繁的现象。从现代的文学观念来看,吊文不属于纯文学范畴,但是从创作者和抒情表达需要来看,许多文人都擅长而且在日常生活中需要写作吊文;当然,从文体特征来看,吊文也包含着一定的文学因素。吊文的演变过程体现出文学化进程,我们研究吊文文体的本身,有助于深入了解它作为一种边缘性文体的特征与其文学化进程的全貌。本书拟从文体学的角度,着眼于文体的本身的内部演进规律,对先唐吊文做一番发展史的研究,从历时角度尝试探讨先唐吊文的演化进程,从共时角度尝试探究先唐吊文的种类及各种表现特征,尽可能全面地展现先唐吊文的历史风貌,并阐释贯串吊文创作中的艺术精神和文体演变规律。作为一种古老的应用性文体,前人对它的研究可谓历史悠久,现简要梳理概括如下。

前人对吊文的研究概况:

吊文,这一文体的发源甚早,《诗经》曰:"神之吊矣。"①又《礼记·檀弓上》:"死而不吊者三:畏,厌,溺。"②《左传·庄公十一年》:"宋大水,公使吊焉。曰,天作淫雨,害于粢盛,若之何不吊!"③前一个"吊"字是"至""到"的意思,后两个"吊"字是"慰问"之意,这些有关"吊"的文辞实乃吊文之萌芽也。自《文选》以来的主要文章总集也都对吊文有举例罗列,如任昉的《文章缘起》、刘勰的《文心雕龙》、姚铉的《唐文粹》、李昉的《文苑英华》、徐师曾的《文体明辨序说》、吴曾祺的《涵芬楼古今文钞》等。尽管吊文这种文体在各种文章总集中频繁出现,但是中国古代文论对这种文体论述得较少,而且比较零散。在这些较少的文论及文体批评中,对吊文的研究,在时间的趋向上也大多集中在两汉和魏晋时期,在作家作品趋向上,其关注的焦点则是侧重于创作篇目较少的重要作家或名篇研究。显而易见,这种侧重于某些年代、某一种类或者某些作家的研究方向,使得对吊文这种文体的研究缺乏一种整体性、系统性、学术性的观照。因此我们有必要从古代和现当代这两个时间段来简要概括一下迄今的吊文研究之大略,以便为笔者的论述提供某些行文上的便利。

古代对吊文的研究指的是从吊文开始出现到 19 世纪末这段时间的研究。吊文,作为一种古老的文体,它的被研究不是突然发生的,中国古典传

---

① (汉)毛亨传,郑玄笺,(唐)孔颖达等正义.毛诗正义(十三经注疏本)[M].北京:北京大学出版社,1999:412.

② (汉)郑玄注,(唐)孔颖达等正义.礼记正义(十三经注疏本)[M].北京:北京大学出版社,1999:1279.

③ (晋)杜预注,(唐)孔颖达正义.春秋左传正义(十三经注疏本)[M].北京:北京大学出版社,1999:1770.

统中的文体学兴起于魏晋时期,而大盛于齐梁时代,这是由当时文集编纂的实际需要促成的。换句话说,吊文的研究是与中国古典传统中的文体学的发展轨迹同步的。最早陆机的《文赋》已经涉及包括铭、诔、箴、赞等在内的部分文体的风格特征,而最早涉及吊文的是刘勰的《文心雕龙》,《文心雕龙·哀吊》是中国古典文论中对吊文所作的篇幅最长也是最为详细的论述:

> 吊者,至也。诗云:神之吊矣,言神至也。君子令终定谥,事极理哀,故宾之慰主,以至到为言也。厌、溺乖道,所以不吊矣。又宋水郑火,行人奉辞,国灾民亡,故同吊也。及晋筑虒台,齐袭燕城,史赵苏秦,翻贺为吊,虐民搆敌,亦亡之道。凡斯之例,吊之所设也。或骄贵而殒身,或狷忿以乖道,或有志而无时,或美才而兼累,追而慰之,并名为吊。自贾谊浮湘,发愤吊屈,体周而事覈,辞清而理哀,盖首出之作也。及相如之吊二世,全为赋体,桓谭以为其言恻怆,读者叹息。及卒章要切,断而能悲也。扬雄吊屈,思积功寡,意深反骚,故辞韵沉膇;班彪、蔡邕,并敏于致诘,然影附贾氏,难为并驱耳。胡、阮之吊夷齐,褒而无间;仲宣所制,讥呵实工。然则胡、阮嘉其清,王子伤其隘,各志也。祢衡之吊平子,缛丽而轻清;陆机之吊魏武,序巧而文繁,降斯以下,未有可称者矣。夫吊虽古义,而华辞未造,华过韵缓,则化而为赋。固宜正义以绳理,昭德而塞违,割析褒贬,哀而有正,则无夺伦矣。
>
> 赞曰:辞定所表,在彼弱弄,苗而不秀,自古斯恸。虽有通才,迷方告控,千载可伤,寓言以送。①

从上述这一段论述中我们可以看到,刘勰遵循的是"原始以表末,释名以章义,选文以定篇,敷理以举统"②的步骤和原则,因而他的论述具有较为完整详尽而具体的特征,尤其难能可贵的是,他在进行分体分类的同时,还

---

① (南朝·梁)刘勰著,范文澜注.文心雕龙注[M].北京:人民文学出版社,1958:240-241.
② (南朝·梁)刘勰著,范文澜注.文心雕龙注[M].北京:人民文学出版社,1958:727.

将吊文与其相近的文体比如哀辞、诔文等做了必要的比较,让人从相近文体的异同辨析中对吊文的作用、风格、特性等有更进一步的了解。当然,需要指出的是,《文心雕龙·哀吊》的论述也有不完善之处,但是,直到现在仍然不失为比较全面系统的论述,后人的研究也大都是在它的基础上进行的,如颜之推在其《颜氏家训·文章》中说:"夫文章者,源于五经:诏命策檄,生于《书》者也;序述论议,生于《易》者也;歌咏赋颂,生于《诗》者也;祭祀哀诔,生于《礼》者也;书奏箴铭,生于《春秋》者也。"①这样的见解未必比刘勰高明许多,刘勰在《文心雕龙·宗经》中说:"若议论辞序,则易统其首;诏策奏章,则书发其源;赋颂咏赞,则诗出其本;铭诔箴祝,则礼总其端;纪传盟檄,则春秋为根,并穷高以树表,挺远以启强,所以百家腾跃,终如环内者也。"②显而易见,颜之推的见解是在刘勰的理论基础之上进行的。我国现存最早的诗文总集是《文选》,从这部总集的选取文章的角度也可以探知萧统眼中的吊文特色。萧统在《文选》序中说:"众制蜂起,源流间出。譬陶匏异器,并为入耳之娱,黼黻不同,俱为悦目之玩。"③他在述说文体的繁荣景象时,举例有"吊祭悲哀之作",可以说是对哀祭之类文体创作的状况做出了自己的评判,但《文选》序并没有论述吊文的源流及文体特征。又据他自己说,《文选》的选文标准是"事出于沉思,义归乎翰藻",那么我们整体上观照《文选》的序言部分及其所选的作品,可以知道这一标准对诗歌、赋之外的其他文体也是适合的,即可以说在《文选》序中就对吊文的文学性这个方面做了肯定。另外,他所选的两篇吊文也可以作为证据来证明这一点:吊文是既具有实用功能又有文学之美的事与义俱全的文体。

隋唐时期,关于文体论的著述不是很多,因而涉及吊文这一文体的就更少了。隋朝刘善经的《四声指归》中的"论体"部分曰:

---

① (北齐)颜之推著,王利器集解.颜氏家训集解[M].上海:上海古籍出版社,1980:221.
② (南朝·梁)刘勰著,范文澜注.文心雕龙注[M].北京:人民文学出版社,1958:22.
③ (南朝·梁)萧统编,(唐)李善注.文选[M].上海:上海古籍出版社,1986:330.

凡制作之士,祖述多门。人心不同,文体各异。较而言之,有博雅焉,有清典焉,有绮绝焉,有宏壮焉,有切至焉。夫模范经诰,褒述功业,渊乎不测,洋哉有闲,博雅之裁也;敷演情志,宣照德音,植义必明,结言雅正,清典之致也;体其淑姿,图其壮观,文章交映,光彩傍发,绮艳之则也;魁张奇伟,阐耀咸灵,纵气凌人,扬声骇物,宏壮之道也……舒陈哀愤,献纳约戒,言唯折中,情必典尽,切至之功也。至如称博雅,则颂、论为其标;语清典,则铭、赞居其极;陈绮艳,则诗、赋表其华;叙宏壮,则诏、檄振其响;论要约,则表、启擅其能;言切至,则箴、诔得其实。①

上述观点论文将文体、题材与风格特征联系起来,论述颇为透彻精辟,唐朝时期日本僧人遍照金刚的诗歌批评著作《文镜秘府论》中的"论体"部分就采用了《四声指归》的说法。到这个时期,对吊文文体的认识已经有了初步的轮廓,内容、题材、风格、渊源、功用等几个有关文体的比较重要的方面都有了挖掘及观点的展示,而这些对后人认识吊文及对其进行研究提供了前提保证。

宋元时期,文选家们对吊文的认可主要是从各种文章总集的收录标准来看的,如李昉的《文苑英华》、姚铉的《唐文粹》等,这些在当时及后世影响很大的文学总集中均收录了吊文这种文体作品,吊文在所收录的浩如烟海的作品中占有一席之地,显示了文选家们对它的重视与认同。比如《文苑英华》,它的文体分类大多是依照《文选》进行的,选文的角度也大致相同,所收录的十二篇吊文也可以看作李昉对吊文在功能性与文学性方面的重视,但他把吊文归入祭文一类,显然有些不合适;《唐文粹》则将文体分为二十三大类,其中"文类"下属类目"其他文"下列有"吊古人文",收吊古、祭庙之作;又有"伤悼"类,收有吊文、祭文等,区分更为精细,也较为合理。除此之外,苏天爵的《元文类》,其收录的作品也展示了作者对这类吊文作品功用的重

---

① (唐)弘法大师撰,王利器校注.文镜秘府论校注[M].北京:中国社会科学出版社,1983:331.

视,如其序所说:"……所取者,必其有系于政治,有补于世教,或取其雅制之足以范俗,或取其论述之足以辅翼史氏,凡非此者,虽好弗取也。"①

明清时期,是我国古代文体论的又一个高峰期的出现,其标志之一就是关于文体研究的各种著作的大量涌现,吴讷的《文章辨体序说》是其中颇具代表性的,他就许多文体的名称、性质、源流做了考订,结合他所选的范文,不难发现作者力图通过序说及范文来指导写作文体的规则,即存在由认识文体到归纳文体的规律去指导文体创作的转型。因而可以说,吴氏这种对文体的体裁样式及源流的论证过程是很有参考价值的,但偏偏没有对吊文这一文体的考订,不能不说是一大憾事。而对这一缺憾进行弥补的则是徐师曾的《文体明辨序说》,他在《文体明辨序说》中对吊文这一文体的源流、名称、性质做了考订,十分详细。从他的论述中,我们可以较为清楚地认识吊文:

> 按吊文者,吊死之辞也。刘勰云:吊者,至也。诗云:神之吊矣,言神至也。宾之慰主,以至到为言,故谓之吊。古者吊生曰唁,吊死曰吊,亦此意也。或骄贵而殒身,或狷忿以乖道,或有志而无时,或美才而兼累,后人追而慰之,并名为吊。若贾谊之吊屈原,则吊之祖也。然不称文,故不得列之此篇。而后人又称为赋,则其失愈远矣。其有称祭文者,则并列之,以其实为吊也。其文滥觞于唐宋,赋有吊战场、吊金钟之作,今亦附焉。大抵吊文之体,仿佛楚骚,而切要凄怆,似稍不同;否则华过韵缓,化而为赋,其能逃乎夺伦之讥哉?作者熟读乎所列之文,庶乎有以得之矣。②

在上述文字中,他还对吊文的性质、风格特征等方面进行了论述,并与祭文的关系做了比较。而后王世贞的见解对我们认识吊文这种文体也有一

---

① (元)苏天爵编.元文类,《四库全书》1367册集部[M].上海:上海古籍出版社,1987:5.
② (明)徐师曾.文体明辨序说[M].北京:人民文学出版社,1962:155.

定的帮助,他在《艺苑卮言》中说:"天地间无非史而已。三皇之世,若泯若没;五帝之世,若存若亡。噫!史其可以已耶?《六经》史之言理者也;曰编年,曰本纪,曰志……史之正文也;曰叙,曰证,曰碑……史之变文也;曰训,曰诰,曰命……史之用也;曰论,曰辨,曰说……史之实也;曰赞,曰颂,曰箴,曰哀,曰诔,曰悲,史之华也。"①他虽然没有直接提及吊文,但是他提及了与吊文关系十分密切的哀、诔文,通过他对哀、诔文的认识,我们可以推测吊文的有关性质。王世贞将哀、诔文与其他文体均系于史,这种分类是比较奇特的,让我们由此可以窥探到吊文从某种角度看也是一种具有浓郁抒情性质的历史文化的载体。王世贞在认识角度上是科学的,因为吊文这种文体不仅实用性很强,而且它的创作还与当时的社会背景密切相关。

此后,对吊文这种文体的发展做了较为详细论述的是王应麟的《辞学指南》,显得更为全面而具体。当然,徐矩的《事物原始》所涉及的吊文的相关知识,让人对吊文的功用有了一个更为直观明晰的了解。对吊文的功用做了补充说明的还有王兆芳的《文体通释》,王兆芳在其著述中通过辨体的途径对吊文的功用做了更为详细的展示。除此之外,明清之际对吊文的研究值得注意的还有张相的《古今文综》,张相在其著述中对吊文的分类与以往大不相同,做了更细致的分类,他这种对吊文(次文类)的划分,对于从主题题材归类的角度研究吊文,具有重要的现实意义。而在明清时期的一系列文学总集,如吴曾祺的《涵芬楼古今文钞》等,收录了大量的吊文,从其收录的标准及将其进行归类的标准也可以看出他们与上面所涉及的文学家的见解是相呼应的。该专著将文体分为三十类,下属二百零二子目,把哀祭类的文体扩大到了无以复加的地步,下列祭文、哀辞、吊文、祝文、盟文、告文等二十七子目,综合了《文心雕龙·哀吊》和《文苑英华》的看法,这说明明清之际文学家们对吊文的看法大体是一致的。

除了上述文学家和编选文章总集的作者以外,为了进一步了解中国古代对吊文的研究情况,还要提及出现在近代的一些学人论文。如林纾的《春

---

① (明)王世贞著,罗仲鼎校注.艺苑卮言[M].济南:齐鲁书社,1992:32.

觉斋论文》、刘师培的《论文杂记》等,在这些笔记小札里不乏有对吊文的真知灼见,比如林纾曰:

> 古人有哭斯吊,宋水、郑火,皆吊以行人。贾长沙首用离骚之体吊屈原。扬子云亦摘取离骚之文反之,自岷山投诸江流,以吊屈原,名曰反离骚。蔡中郎亦然。盖屈原之怀忠而死,不得志于世者,往往托为同心;犹之下第之人,必寻取下第之人,发抒其抑郁之气,故刘蕡之身,每为失志者借口,即此意也。若胡广、阮瑀之吊伯夷,则一无所托,不过觉得好题目,表见其文采。即陆机之吊魏武,亦不尽有所激于中情,而成为此种文字。盖必循环乎古义,有感而发,发而不失其性情之正;因凭吊一人,而抒吾怀抱,尤必事同遇同,方有肺腑中流露之佳文。不尔,则蔡碻之吊郝甑山,盖比宣仁太后于武氏,真是谩骂,非吊也。此尤不可不知。①

上述有关林氏的观点,在阐述吊文的起源、功用、体式及作文的机制上,仍然对我们认识吊文这种文体的特征有很多帮助。

与古代对吊文文体的研究相比,现当代的文人学者对吊文的研究相当薄弱,虽然如此,仍然有其值得注意的地方,大体可以分为以下几种类型:

一是对前人的观点进行整合归纳总结。如储斌杰的《中国古代文体概论》、蒋伯潜的《文体论纂要》、徐兴华的《中国古代文体总揽》、张毅的《文学文体概论》、陶东风的《文体演变及文化意味》等,在这些著作中对吊文部分的论述虽然比较全面,但是也显出深度不够的整体特点,仅仅局限于搜集一下前人的材料,稍微做下整理,便得出自己的结论,让我们读过之后会对吊文这种文体有一个大致的了解,但是若从专业的角度来看,比如,吊文的发展脉络、风格特征等方面,则缺乏有说服力的观点展示。

---

① 林纾.春觉斋论文[M].北京:人民文学出版社,1998:58.

二是涉及吊文研究的各类专题论文或论著的出现。如赵逵夫的《先秦文体分类与古代文章分类学》、李士彪的《魏晋南北朝文体学》、施畸的《中国文体论》、薛凤昌的《文体论》、钱基水的《文体分类学》、金杜邦的《文体学》、吴承学的《中国古代文体形态研究》等,尤其是《魏晋南北朝文体学》一书,这是一部断代文体学著作,它对魏晋南北朝的诸种文体从体裁、篇体、风格三个方面做了全面、系统、深入的探讨,特别值得提出的是在"篇体学"方面的论述与分析,持之有据,言之成理。

三是对某个特定作家或作品的研究。如廖绪左的《评"吊"议"哀"剖"诔"》①,该文发现了吊文的自我性表现特点,认为吊文要追慰受压抑、受苦难、饱受冤屈的灵魂,实际也是作者内心情感的展现。吊文虽然凭吊过去,却志在当今,与吊者的心灵密切相关,才有如此凄怆之情,该观点十分新颖。又如张永鑫的《贾谊〈吊屈原赋〉臆说》②,该文则就传统观点认为《吊屈原赋》是继承和发扬了屈原精神而反弹琵琶,提出相反的观点,他认为文章中反映了贾谊不得已的牢骚与怨愤,尖锐地抨击了黑暗的社会现实及屈原要为自己的行为负责等观点,因而作者认为过去对该文的评价不当。再如郭建勋的《楚骚与哀吊类韵文》③,该文认为这一类借悼亡或者吊古以抒发自我情感的吊文,其源自楚骚体式,也与汉代吊屈的传统有密切的联系。吊文是哀吊类韵文中特殊的一种,与诔、哀祭文、哀辞等相比,它的实用性不是很强,甚至可以说,大量吊文写作的主要目的不是为了悼念亡者,而是为了抒发自我的牢骚与不平,正因为如此,吊文无须受实用性和程式化的约束,可以自由地抒情。再如赵厚均《汉魏两晋南北朝吊文论析》④,该文认为吊文的产生与先前时期丧礼和灾害事件的吊唁活动有关。吊礼的对象是当时的逝者,而吊文往往是"异时致闵",与旧礼言吊者异,经过发展才有吊当世人

① 詹绪左.评"吊"议"哀"剖"诔"[J].江淮论坛,1998(2).
② 张永鑫.贾谊《吊屈原赋》臆说[J].华中师范大学学报:哲学社会科学版,1985(2).
③ 郭建勋.楚骚与哀吊类韵文[J].云梦学刊,2002(2).
④ 赵厚均.汉魏两晋南北朝吊文论析[J].殷都学刊,2010(1).

的吊文。汉魏两晋南北朝的吊文其内容可以分为两类:一是其凭吊对象为怀才不遇、死非其罪者,其目的主要在于咏怀;二是伤悼自己的朋友,主要在于述哀。吊文在体裁上又有赋、文和书信之别。

　　四是涉及吊文研究的一些学位论文的出现。如郝静《吊文文体与宋前吊文研究》(辽宁师范大学硕士学位论文,2008 年),该论文以宋代以前的吊文为研究对象,首先对吊文文体进行溯源,梳理了吊文的发展演变过程;其次归纳了吊文的文体特征,并对吊文进行分类;最后将吊文与相近文体进行比较分析,挖掘出吊文蕴含的人文价值。如刘燕燕的《汉魏六朝哀诔祭吊文研究》(湖南师范大学硕士学位论文,2012 年),该论文针对哀、诔、祭、吊四种文体进行研究,首先对这几类文体以溯源的方式作为切入点,通过纵向比较,总结出四种文体的共性特征以及差异;其次采用数据分析的方法对魏晋南北朝时期的这四种文体创作情形进行了归纳与总结;最后从语言和审美方面剖析了这四种文体表现出的文学价值和艺术价值。如李卫东《汉魏晋南北朝吊文研究》(西北师范大学硕士学位论文,2012 年),该论文首先对吊文进行溯源,认为吊文与古代吊礼以及《诗经》《楚辞》有关,吊文实际上是吊礼与诗骚共同的衍生物;其次,对吊文与其相类似的文体进行辨析,论述了魏晋南北朝时期吊文的发展情况,挖掘出吊文中蕴含的文人心理内涵;最后,简要概述了唐代以及唐代以后吊文的发展情况,并探讨了吊文式微的原因。上述这些学位论文比较详细地从不同角度对魏晋南北朝时期的吊文作品进行了溯源、辨体,并努力发掘隐藏在这些吊文作品中的文学价值。

　　从上述举例可以看出,这些研究都是从特定的方位与角度为我们阐述吊文这一文体的示例意义,从个案的角度进行定量定性分析,这种研究对我们了解和认识吊文有很大的启示意义。当然,这种研究方法与类型也在很大程度上进一步推动了吊文研究的发展进程。

　　综上所述,通过对上述吊文相关文献的细致梳理,可以看出从古至今,学人们对吊文文体的研究,无论是从广度还是在深度上都在不断地开拓着,但同时也存在着诸多不足,比如,许多论者的观点与看法都是零散地存在于著作章节、论文、札记之中,至于吊文这一文体的篇什也大多散见于各种总集、别集或选集中,较为凌乱,且不够全面,也缺乏对这些吊文作品的系年、校注与辑补,不方便后人进行查阅与研究,从而缺乏一种整体性、系统性的观照,因此有必要再进行深层次地探讨与研究。

上编 01

理论篇

第一章

体义篇

第一节 文体释义

"吊"之文字学意义。《说文解字》是这样解释的:"(弔),问终也。从人弓。古之葬者,厚衣之以薪,从人持弓,会驱禽也。"段玉裁注曰:"谓有死丧而问之也。"①"弔"字,它的甲骨文的形态意义就是一个人拿着一张弓,目的是在埋葬死者时驱赶禽兽,而这些动作是在有死丧之事时发生的,可见许慎释为"问终"之义,还是十分恰当的。笔者搜求古典文献,较早出现的有关"吊"的文字是这样的,兹略举几例罗列如下:

> 齐侯归,遇杞梁之妻于郊,使吊之。辞曰:"殖之有罪,何辱命焉?若免于罪,犹有先人之弊庐在,下妾不得与郊吊。"齐侯吊诸其室。(《左传·襄公二十三年》)②
>
> 子张死,曾子有母之丧,齐衰而往哭之。或曰:"齐衰不以吊。"曾子曰:"我吊也与哉?"有若之丧,悼公吊焉,子游摈,由左。齐谷王姬之丧,

---

① (汉)许慎著,(清)段玉裁注.说文解字注[M].上海:上海古籍出版社,1988:383.
② (晋)杜预注,(唐)孔颖达正义.春秋左传正义(十三经注疏本)[M].北京:北京大学出版社,1999:1978.

鲁庄公为之大功。或曰："由鲁嫁，故为之服姊妹之服。"或曰："外祖母也，故为之服。"（《礼记·檀弓下》）①

季孙之母死，哀公吊焉。曾子与子贡吊焉，阍人为君在，弗内也。曾子与子贡入于其厩而修容焉。子贡先入，阍人曰："乡者已告矣。"曾子后入，阍人辟之。涉内溜，卿大夫皆辟位，公降一等而揖之。（《礼记·檀弓下》）②

五十无车者，不越疆而吊人。……吊于人，是日不乐。妇人不越疆而吊人。行吊之日不饮酒食肉焉。吊于葬者，必执引。若从柩及圹，皆执绋。（《礼记·檀弓下》）③

从上面所举事例中可以看出，"吊"字在此用的是其本义，即"问终""问丧"之意。但是，应该指出的是，并不是所有的死亡都要进行"吊"。《礼记·檀弓》："死而不吊者三，畏，厌，溺。"④即人或时以非罪攻己，不能有以说之死之者，不吊；行止危险之下，为崩坠所压杀，不吊；冯河潜水，不为吊也。《礼记正义》曰："除此三事之外，其有死不得礼，亦不吊。"⑤

除此之外，《尔雅·释诂》是这样解释的："吊，至也。"⑥为什么会有这样的意思呢？郝懿行《尔雅·义疏》曰："弔者，迟之叚音也。《说文》曰：'迟，至也。'通作弔，《诗经》云：'神之弔矣'（《小雅·天保》），'不弔昊天'（《小雅·节南山》），不弔不祥（《大雅·瞻卬》），《毛诗传笺》并云：'迟，至也'，

---

① （汉）郑玄注，（唐）孔颖达等正义.礼记正义（十三经注疏本）[M].北京：北京大学出版社，1999：260—261.

② （汉）郑玄注，（唐）孔颖达等正义.礼记正义（十三经注疏本）[M].北京：北京大学出版社，1999：320.

③ （汉）郑玄注，（唐）孔颖达等正义.礼记正义（十三经注疏本）[M].北京：北京大学出版社，1999：1299.

④ （汉）郑玄注，（唐）孔颖达等正义.礼记正义（十三经注疏本）[M].北京：北京大学出版社，1999：1279.

⑤ （汉）郑玄注，（唐）孔颖达等正义.礼记正义（十三经注疏本）[M].北京：北京大学出版社，1999：1279.

⑥ （清）郝懿行.尔雅义疏[M].上海：上海古籍出版社，1982：18.

《尚书》云:'弔由灵'(《盘庚》下),《逸周书·祭公篇》云:'予维敬省不弔',其义皆为至也。"①又据《说文解字》辵部:"迅,至也。从辵,弔声。"②因为"吊"字"通作弔",所以也有"至"的意思了。

　　笔者的理解是这样的:按照事物发展的规律来说,一般是从简单到复杂,那么前人造汉字也应该是如此,所以可推测是先有"弔"字,后有"迅"字,后来创造的"迅"字其读音借用了"弔"字的发音。又据"弔"字的本初意义是"问终",这个礼仪是靠行走的动作(要到墓地进行致悼词)来完成的,故"从辵"。因此,可以说"弔"与"迅"其意义是有密切关系的。

　　除此之外,在先秦的典籍中,涉及"吊"字的地方也很多,比如《尚书》《庄子》《左传》等,其意义及功能均与上述所论相类似。由此可见,许慎所说"吊"字的本义还是比较准确而贴切的;而吊文最初的文体学意义也是从其文字学的意义衍生出来的,当然是有继承也有进一步的发展。

　　随着时代的进步与文体的演进,"吊"在文体学上的意义,与上古时期相比,既有继承又有发展。它继承了其"问终""问丧"的原始意义,但是在其使用的范围上又有很大的扩展,发展成为"慰问"之意义,表现在不仅可以哀吊逝者也可以哀吊天灾人祸。如《周礼·春官·宗伯》曰:"以吊礼哀祸灾。"郑玄注曰:祸灾,谓遭水、火。③又如《周礼·秋官·司寇》亦曰:"若国有祸灾,则令哀吊之。"④现从古典文献中搜寻几例有关吊祸灾的文字列举如下:

　　庄公十一年,秋,宋大水。公使吊焉,曰:"天作淫雨,害于粢盛,若之何不吊?"对曰:"孤实不敬,天降之灾,又以为君忧,拜命之辱。"(《左

①　(清)郝懿行.尔雅义疏[M].上海:上海古籍出版社,1982:19.
②　(汉)许慎.说文解字[M].北京:中华书局,1963:42.
③　(汉)郑玄注,(唐)贾公彦疏.周礼注疏,《四库全书》90册经部[M].上海:上海古籍出版社,1987:463.
④　(汉)郑玄注,(唐)贾公彦疏.周礼注疏,《四库全书》90册经部[M].上海:上海古籍出版社,1987:1015.

传·庄公十一年》)①

　　襄公十四年,卫侯出奔齐。公使厚成叔吊于卫,曰:"寡君使瘠,闻君不抚社稷,而越在他境,若之何不吊?以同盟之故,使瘠敢私于执事曰,有君不吊,有臣不敏,君不赦囿,臣亦不帅职,增淫发泄,其若之何?"(《左传·襄公十四年》)②

　　昭公十八年,宋、卫、陈、郑皆火。……郑使行人告于诸侯,宋、卫皆如是。陈不救火,许不吊灾,君子是以知陈、许之先亡也。(《左传·昭公十八年》)③

　　孔子围于陈、蔡之间,七日不火食。太公任往吊之,曰:"几死乎?"对曰:"然。""子恶死乎?"曰:"然。"任曰:"予尝言不死之道……直木先伐,甘井先竭。子其意者,饰知以惊愚,修身以明汙。昭昭乎如揭日月而行,故不免也。"(《庄子·山木》)④

　　北塞上之人有善术者,马无故亡而入胡。人皆吊之。其父曰:"此何讵不为福乎!"居数月,其马将胡骏马而归,人皆贺之。其父曰:"此何讵不能为祸乎!"家富马良,其子好骑,堕而折其髀。人皆吊之。其父曰:"此何讵不为福乎!"居一年,胡人大出塞,丁壮者引弦而战,塞上之人,死者十九,此独以跛之故,父子相保。(《淮南子·人间训》)⑤

　　上面所举事例都是有关吊灾祸的,从最初的吊人到吊天灾人祸,我们可以看出吊文在内容上的发展演进历程。综上所述,我们可以从文体学的角度对吊文有一个比较清晰的把握:吊文就是以祭吊古人、时人或者凭吊古

---

①　(晋)杜预注,(唐)孔颖达正义.春秋左传正义(十三经注疏本)[M].北京:北京大学出版社,1999:1770.
②　(晋)杜预注,(唐)孔颖达正义.春秋左传正义(十三经注疏本)[M].北京:北京大学出版社,1999:2306.
③　(晋)杜预注,(唐)孔颖达正义.春秋左传正义(十三经注疏本)[M].北京:北京大学出版社,1999:2324.
④　(清)郭庆藩.庄子集解[M].北京:中华书局,1982:12.
⑤　刘文典撰,冯逸,乔华点校.淮南鸿烈集解[M].北京:中华书局,1989:589—599.

迹、事物来表示哀悼之情的文学体式。

第二节 吊文溯源

罗根泽先生认为："一种新文体的产生,有的出于创造,有的出于演变。出于创造者,突然而来,与过去的文体显然不同;出于演变者,潜变默转,所以与过去的文体,迹象相似。就中国文学史上的文体而论,大部分是产生于演变,不是产生于创造。唯其如此,所以探索本源,则与过去的文体不分;穷究末流,则与过去的文体迥异。站在探源的立场,则无庸细分,站在穷流的立场,则不能混同,各有各的理由,各有各的利弊。"①罗先生所言甚是! 吊文这一文体的发展与流变亦当作如是观。

统观中国的古代文体论,有一种十分传统的观念,即体裁源于"五经"之说。宗经论由来已久,两汉时期,经学隆显,五经成了至高无上的法典,被推崇到无以复加的地步;评判往古,裁断时事,都要以儒家经典为依据,以至于"四海之内,天下之君,微孔子之言亡所折中"②,在文章的写作上亦是如此,"皇帝诏书,群臣奏议,莫不援引经义,以为据依"③,在学术上也是如此,如班固的《汉书·艺文志》,以经学思想为标准,来评判诸子学派,颇有"指点江山,激扬文字"的霸道之气。这种在学术方面的宗经倾向,在文学领域中也同样出现。在儒家的经典著述中,作为诗歌总集的《诗经》、散文集的《尚书》、言行集的《论语》,确实有相当高的文学价值,但随着经学的强盛与统治地位的确立,儒家经典的文学价值被无限制地加以夸大,汉代人甚至认为"五经圣人所制,万事靡不毕载"④,由此可见,儒家经典被当作不仅是思想领域的最高权威,而且是文章的最好范本。汉代人这种在学术上的宗经思

---

① 罗根泽.中国文学批评史[M].上海:上海书店出版社,2003:165.
② (汉)班固撰,(唐)颜师古注.汉书[M].北京:中华书局,1962:3078.
③ (清)皮锡瑞著,周予同注释.经学历史[M].北京:中华书局,1959:103.
④ (汉)班固撰,(唐)颜师古注.汉书[M].北京:中华书局,1962:3325.

想并没有因为经学的衰落而消失,其影响一直存在,对后世的文学批评有很大影响。如傅玄认为:"《诗》之雅颂,《书》之典谟,文足以相副,玩之若近,寻之若远,浩浩焉,文章之渊府也。"①杨泉在《物理论》中亦云:"夫《五经》则海也,他传记则四渎也,诸子则泾渭也。至于百川沟洫畎浍,苟能通阴阳之气,达水泉之流,以四海为归者,皆益也。"②而从挚虞《文章流别论》开始,已经明确把多种文体的源头上溯至儒家经典,他说:"诗颂箴铭之篇,皆有往古成文,可放依而作。惟诔无定制,故作者多异焉。见于典籍者,《左传》有鲁哀公为《孔子诔》。"③接着任昉《文章缘起》序亦云:"六经素有歌、诗、书、诔、箴、铭之类。《尚书》帝庸作歌,《毛诗》三百篇,《左传》叔向贻子产书,鲁哀公《孔子诔》,孔悝《鼎铭》,虞人《箴》。"④而刘勰的论述最有代表性且较为详细,其《文心雕龙·宗经》曰:"故论说辞序,则《易》统其首;诏策章奏,则《书》发其源;赋颂歌赞,则《诗》立其本;铭诔箴祝,则《礼》总其端;记传盟檄,则《春秋》为根;并穷高以树表,极远以启疆,所谓百家腾跃,终入环内者也。"⑤稍后的南朝时期的文学家颜之推亦持此论点,其《颜氏家训·文章篇》云:"夫文章者,原出五经。诏命策檄,生于《书》者也;序述论议,生于《易》者也;歌咏赋颂,生于《诗》者也;祭祀哀诔,生于《礼》者也;书奏箴铭,生于《春秋》者也。"⑥后世吴讷的《文章辨体序说》、徐师曾的《文体明辨序说》中也都持类似的观点。

由此可见,文体源于"五经"之说,已经成为古代文体论的一种普遍观点。但其实六经皆史,文论家、批评家为探求本源,从中抽取一些史料,本是无可厚非的事情。但如果唯经是求,把儒家经典当作万能的,则不免是偏颇的。就六经而言,"六经一名六艺,这大约是从实用价值着眼的。先秦的六

---

① (北宋)李昉,等.太平御览[M].北京:中华书局,1958:2687.
② (北宋)李昉,等.太平御览[M].北京:中华书局,1958:2687.
③ (北宋)李昉,等.太平御览[M].北京:中华书局,1958:2737.
④ (南朝·梁)任昉撰.(明)陈懋仁注.文章缘起,《四库全书》1478 册集部[M].上海:上海古籍出版社,1987:205.
⑤ (南朝·梁)刘勰著,范文澜注.文心雕龙注[M].北京:人民文学出版社,1958:22.
⑥ (北齐)颜之推著,王利器集解.颜氏家训集解[M].上海:上海古籍出版社,1980:221.

艺又指六种实用技术,即礼、乐、射、御、书、数。射、御是实用技术;礼、乐是礼仪常识;书(识字)、数(计算)是文化基础知识,它是我国古代学生学习的课程名称,孔子也以这六艺教授门徒,学生在进入社会以前应掌握这些实用技术和文化常识,故它可以称为课程六艺。六经在汉以后也称六艺,可以称其为经典六艺,经典六艺与课程六艺相比,还有部分名目相同。"①通过对这些经典文化的实用价值的分析,可以说明文章体裁与经书是有一定的渊源关系的,但吊文这种体裁的真正来源并不是出自经书,而是来自人类社会的各种语言文字活动,是由于现实生活的需要而产生的,"在文字产生之前,语言产生之后,就诞生了口头文学,先民们创造了歌诗与神话传统。文字产生之后,在商代出现了刻在甲骨上的卜辞,已经有比较固定完整的体制,形成了一种文体。歌诗、神话传统、卜辞这些体裁的产生都在经书以前,可见文体源于经书的观点是不正确的。"②因而在考究吊文文体的起源时,如果一味推崇六经,硬要从中找出其源头,则不免显得牵强附会了,对此,文论家储斌杰先生曾经说过:"把后世流行的各类文体,都归于所谓五经所生,显得不免牵强,但后世许多文体,在先秦时代就已产生,或已萌芽,这是符合事实的。特别是后世许多新类文体的产生与发展,往往是受到先秦文学的影响,也是不可否认的事实。"③储先生所论与前面所引的李士彪先生之论,可谓是有异曲同工之妙。

今人朱迎平先生也认为,在追溯文体之源头时,清代学者章学诚提出的"体备战国"之观点实际上已经将文体的渊源扩大到经史百家,"而王兆芳则认为文体除源于经学外,还出自史学、诸子学、杂学和君上臣下之事,这就将文体大为扩展,所论就显得更为通达,更为接近实际了"。④ 诚然,朱先生所论,也是十分中肯的。其实,吊文这种文体的来源应该是由民间的口头文学形式——吊辞,逐渐演变发展而来的。为了较为清楚地说明这一点,略举几

① 张应斌.中国文学的起源[M].广州:广东人民出版社,2003:499.
② 李士彪.魏晋南北朝文体学[M].上海:上海古籍出版社,2004:76.
③ 储斌杰.中国古代文体概论(增订本)[M].北京:北京大学出版社,1990:9.
④ 朱迎平.古典文学与文献论集[M].上海:上海财经大学出版社,1998:79.

例如下：

《礼记·曾子问》曰：

> 曾子问曰："昏礼既纳币，有吉日，女之父母死，则如之何？"孔子曰：
> "婿使人吊，如婿之父母死，则女之家亦使人吊，父丧称父，母丧称母。"
> 郑玄注曰："礼宜各以其敌者也。父使人吊之，辞云：'某子闻某之丧，某
> 子使某，如何不淑。'母则若云，宋荡伯姬，闻姜氏之丧，伯姬使某，如何
> 不淑。凡吊辞耳。"①

《礼记·杂记》曰：

> 吊者入，主人升堂，西面。吊者升自西阶，东面，致命曰："寡君闻君
> 之丧，寡君使某，如何不淑！"子拜稽颡，吊者降，反位。②

上述两则材料中"如何不淑"等文字就是问终之辞。章太炎先生《国故
论衡·正赍送》曰："古者吊有伤辞，谥有诔，祭有颂，其余皆祷祝之辞，非箸
竹帛者也。《上曲礼》：'知生者吊，知死者伤。'《正义》曰：'吊辞口致命，伤
辞之书于版。'……自伤辞出者，后有吊文。贾谊《吊屈原》，相如《吊二世》，
录在赋篇，其特为文辞而迹可见于今者。若祢衡《吊张衡》，陆机《吊魏武
帝》，斯皆异时致闵，不当棺柩之前，与旧礼言吊者异。"③由此可见，章太炎
先生认为吊文是由书之于版的吊辞发展而来的，而且它是与当时社会生活
中的"吊礼"密切相关的。

吊文的来源及演变除了与吊辞有关之外，"吊礼"中出现的吊书也是吊

---

① （汉）郑玄注，（唐）孔颖达等正义.礼记正义（十三经注疏本）[M].北京：北京大学出版社，
1999：581.
② （汉）郑玄注，（唐）孔颖达等正义.礼记正义（十三经注疏本）[M].北京：北京大学出版社，
1999：1188.
③ 章太炎.国故论衡[M].上海：上海古籍出版社，2003：94—95.

文产生的不可或缺的重要因素。据《礼记·檀弓下》记载：

> 滕成公之丧，使子叔敬叔吊，进书，子服惠伯为介。及郊，为懿伯之忌，不入。惠伯曰："政也，不可以叔父之私，不将公事。"遂入。郑玄注曰："进书，奉君吊书。"①

据颜之推《颜氏家训·风操篇》记载：

> 江南凡遭重丧，若相知者，同在城邑，三日不吊则绝之；除丧，虽相遇则避之，怨其不己悯也。有故及道遥者，致书可也；无书亦如之。北俗则不尔。江南凡吊者，主人之外，不识者不执手；识轻服而不识主人，则不于会所而吊，他日修名诣其家。②

上述两则材料中，吊者"进书"，当是指"吊书"而言，"致书"当是指慰问的书信或者"吊书"，这或许就是吊文之滥觞吧。

综合上述材料可知，无论是社会生活中的吊辞还是吊书，它们都与当时的"吊礼"息息相关，吊是古代丧礼的重要组成部分，据《仪礼·士丧礼》记载："君使人吊，彻帷。主人迎于寝门外，见宾不哭；先入门右，北面。吊者入，升自西阶，东面。主人进中庭，吊者致命。主人哭，拜稽颡，成踊。宾出，主人拜送于门外。"③《礼记·曲礼上》亦记载曰："生与来日，死与往日。知生者吊，知死者伤。知生而不知死，吊而不伤。知死而不知生，伤而不吊。"④除此之外，"吊礼"不仅针对具体的个人死亡事件，本国以及诸侯国之

---

① （汉）郑玄注，（唐）孔颖达等正义.礼记正义（十三经注疏本）[M].北京：北京大学出版社，1999：303.
② （北齐）颜之推著，王利器集解.颜氏家训集解[M].上海：上海古籍出版社，1980：101—102.
③ （汉）郑玄注，（唐）贾公彦疏.仪礼注疏（十三经注疏本）[M].北京：北京大学出版社，1999：998—1000.
④ （汉）郑玄注，（唐）孔颖达等正义.礼记正义（十三经注疏本）[M].北京：北京大学出版社，1999：76—77.

间发生重大的灾难事情也要进行哀吊，而且还有专门的官员负责此事。据《周礼·春官·宗伯》记载："大宗伯之职，掌建邦之天神、人鬼、地示之礼，以佐王建保邦国。以吉礼事邦国之鬼神示……以凶礼哀邦国之忧，以丧礼哀死亡，以荒礼哀凶札，以吊礼哀祸灾，以禬礼哀围败，以恤礼哀寇乱。"①《周礼·秋官·司寇》亦记载："小行人掌邦国宾客之礼籍，以待四方之使者。……若国有福事，则令庆贺之。若国有祸灾，则令哀吊之。"②据此可知，本国的吊礼由大宗伯负责实施，诸侯国之间的吊礼由小行人负责实施。由此可见，先秦时期的"吊礼"已经形成了一套完整的规范与仪式。

笔者查阅现存的汉代以前的古典文献，发现了一些散见的有关"吊"的具体应用的文字，略举几个例子如下：

　　将军文子之丧，既除丧，而后越人来吊，主人深衣练冠，待于庙，垂涕洟。子游观之曰："将军文氏之子其庶几乎！亡于礼者之礼也，其动也中。"（《礼记·檀弓上》）③

　　卫司徒敬子死，子夏吊焉，主人未小敛，绖而往。子游吊焉，主人既小敛，子游出，绖反哭，子夏曰："闻之也与？"曰："闻诸夫子，主人未改服则不绖。"（《礼记·檀弓下》）④

　　卫侯出奔齐，公使厚成叔吊于卫，曰："寡君使瘠，闻君不抚社稷，而越在他境，若之何不吊？以同盟之故，使瘠敢问于执事曰，有君不吊，有臣不敏，君不赦宥，臣亦不帅职，增淫发泄，其若之何？"（《左传·襄公十

①　(汉)郑玄注，(唐)贾公彦疏.周礼注疏，《四库全书》90 册经部[M].上海：上海古籍出版社，1987：463.
②　(汉)郑玄注，(唐)贾公彦疏.周礼注疏，《四库全书》90 册经部[M].上海：上海古籍出版社，1987：1015 页.
③　(汉)郑玄注，(唐)孔颖达等正义.礼记正义(十三经注疏本)[M].北京：北京大学出版社，1999：218.
④　(汉)郑玄注，(唐)孔颖达等正义.礼记正义(十三经注疏本)[M].北京：北京大学出版社，1999：279.

四年》)①

综上所述,从上述列举的文献可以看出,不论上面材料中出现的是哀吊灾祸的言辞还是吊书,不可否认,它们都是吊文的重要来源,但是都不能称作篇章,即不是文体学意义上的完整而独立成篇的吊文。

因为吊文这种文体起源于人民的语言活动,又有问终、问丧之意,所以在表达哀悼之情之时,有上述提到的一番相应的言辞。随着这种文体在生活中的广泛应用,其也逐渐地被运用到文学的创作之中。那么,最早创作的独立成篇的吊文篇章是什么呢? 笔者遍检中国古代文论,发现提及吊文这种文体起源的有以下材料:

任昉《文章缘起》云:"吊文,贾谊《吊屈原文》。"②他认为最早的吊文是贾谊的《吊屈原文》。刘勰《文心雕龙·哀吊》亦曰:

> 吊者,至也。诗云:神之吊矣,言神至也。君子令终定谥,事极理哀,故宾之慰主,以至到为言也。厌溺乖道,所以不吊矣。又宋水郑火,行人奉辞,国灾民亡,故同吊也。及晋筑虒台,齐袭燕城,史赵苏秦,翻贺为吊,虐民构敌,亦亡之道。凡斯之例,吊之所设也。或骄贵而殒身,或狷忿以乖道,或有志而无时,或美才而兼累,追而慰之,并名为吊。自贾谊浮湘,发愤吊屈,体周而事覈,辞清而理哀,盖首出之作也。③

在刘勰看来,最早的独立成篇的吊文篇章应该是贾谊的《吊屈原文》,后来明代的徐师曾也持相似的观点,他在《文体明辨序说》中曰:

---

① (晋)杜预注,(唐)孔颖达等正义.春秋左传正义(十三经注疏本)[M].北京:北京大学出版社,1999:2306.

② (南朝·梁)任昉撰,(明)陈懋仁注.文章缘起,《四库全书》1478册集部[M].上海:上海古籍出版社,1987:224.

③ (南朝·梁)刘勰著,范文澜注.文心雕龙注[M].北京:人民文学出版社,1958:240.

按吊文者,吊死之辞也。刘勰云:吊者,至也。诗云:神之吊矣,言神至也。宾之慰主,以至到为言,故谓之吊。古者吊生曰唁,吊死曰吊,亦此意也。或骄贵而殒身,或狷忿以乖道,或有志而无时,或美才而兼累,后人追而慰之,并名为吊。若贾谊之吊屈原,则吊之祖也。①

另外,林纾在《春觉斋论文·流别论》中亦云:

古人有哭斯吊,宋水郑火,皆吊以行人。贾长沙首用离骚之体吊屈原。扬子云亦摘取离骚之文反之,自岷山投诸江流,以吊屈原,名曰《反离骚》。②

综合上述文献材料的观点,可以得出如下结论:吊文是由先秦时期的"吊辞"以及"吊书"发展而来的,它的产生与当时人们的社会活动诸如日常生活中的丧礼和天灾人祸等事件的吊唁活动密切相关,在这些吊礼的基础上最终产生了吊文。而认定贾谊的《吊屈原文》为最早的独立成篇的吊文篇章,这种观点应该是可以成立的。③

第三节 吊文分类

先秦时期,人们已经具有文体分类的意识,他们把文体大致分为两类:诗歌和散文。《诗经》是当时的诗歌总集,而《尚书》是当时的散文总集。当然,这种分类是十分简单的,真正的文体分类意识可以上溯至《汉书·艺文志》,至于《东观汉记》以及蔡邕的《独断》、刘熙的《释名》等反映了早期的文

---

① (明)徐师曾.文体明辨序说[M].北京:人民文学出版社,1962:155.
② 林纾.春觉斋论文[M].北京:人民文学出版社,1998:58.
③ 详参高胜利.论中古吊文的体式特征[J].湖北第二师范学院学报,2008(11).

体分类意识。更为明确而自觉的文体分类则开始于曹丕的《典论·论文》，他将文体分为四科，并指出各自的特点，他认为"奏议宜雅，书论宜理，铭诔尚实，诗赋欲丽"①，从而把文体分为奏议、书论、铭诔、诗赋四科。其后晋初陆机的《文赋》也谈到了文体的具体分类问题，他比曹丕分得详细些，把文体分为十类：诗、赋、碑、诔、铭、箴、颂、论、奏、说，对每一类的特点也有所论述。特别值得注意的是，他将诗和赋分为两类，并指出"诗缘情而绮靡，赋体物而浏亮"的特点。在此基础上，标志着中国古代文体理论正式形成的文体论专著是挚虞的《文章流别论》和李充的《翰林论》的先后问世。二书都配合分体编成的总集评论文体，从今存的残篇来看，内容已包括文体分类、文体起源、发展、相近文体辨析、文体代表作评析、文体风格及写作要求等项，所涉及的体类也很广泛。到了南朝，文体分类更加系统深入了。任昉的《文章缘起》分为84题，虽然十分烦琐，但由此可见文体分类的细致程度。

著名的目录学家郑樵在其《通志·校雠略》中对书籍归类时云："类例既分，学术自明。"②因而我们对吊文进行归类与分类，有助于更明了清晰地了解该种文体的性质及其主要特征。刘勰《文心雕龙·总术》曰：

> 今之常言，有文有笔，以为无韵者笔也，有韵者文也。夫文以足言，理兼诗书，别目两名，自近代耳。颜延年以为"笔之为体，言之文也；经典则言而非笔，传记则笔而非言。"请夺彼矛，还攻其盾矣。何者？易之文言，岂非言文？若笔不言文，不得云经典非笔矣。将以立论，未见其论立也。予以为发口为言，属笔曰翰，常道曰经，述经曰传。经传之体，出言入笔，笔为言使，可强可弱。六经以典奥为不刊，非以言笔为优劣也。昔陆氏文赋，号为曲尽，然泛论纤悉，而实体未该；故知九变之贯匪穷，知言之选难备矣。③

---

① 郭绍虞，王文生主编.中国历代文论选[M].上海：上海古籍出版社，2001：60.

② （南宋）郑樵.通志[M].北京：中华书局，1987：831.

③ （南朝·梁）刘勰著，范文澜注.文心雕龙注[M].北京：人民文学出版社，1958：655.

　　刘勰认为文、笔之区分开始于"近代",当然,他所说的"近代"是指晋代以来,从现存文献来看,这一说法是很有道理的。他首先概括出以"有韵"和"无韵"作为标准来区分文与笔,这是当时人们的普遍看法。这对于我们认识当时人们的文、笔观念是大有益处的。当时人们提出以有韵和无韵来区别文、笔,从文学史和文学理论史的发展轨迹来考察,与当时文学创作的主要体裁是诗赋有关,与当时研究文学特征的需要有关。诗赋都是押韵的,故以有韵和无韵来区别,还是基本上可以分清当时的文学与非文学的。那么,何为文、何为笔呢? 刘勰这里没有具体阐述,他的观点是"发口为言,属笔曰翰",也就是说他认为说出口的话就是"言",用笔墨文字写出来就叫"笔"。除此之外,他还在《文心雕龙·序志》中说:"若乃论文叙笔,则囿别区分……上篇以上,纲领明矣。"其实在《文心雕龙》上篇有二十篇文体论,其中也只是论述了各种文体,并未指明哪些为文、哪些为笔,以及划分文与笔的标准。当然他在论述文体时,还是把诗赋等有韵之文放在前面,而把无韵之文排列其后。吊文是被置于哀吊篇中的,被列入有韵之文一类。

　　对此分类,刘师培有详细的分析论述,他在《中古文学史讲义·文笔之区别》中说:

　　　　由第六迄于第十五,以《明诗》《乐府》《诠赋》《颂赞》《祝盟》《铭箴》《诔碑》《哀吊》《杂文》《谐隐》诸篇相次,是为有韵之文也;由第十六迄于第二十五,以《史传》《诸子》《论说》《诏策》《檄移》《封禅》《章表》《奏启》《议对》《书记》诸篇相次,是为无韵之笔也;此非《雕龙》隐区文、笔二体之验乎?①

　　梁元帝萧绎在《金楼子·立言篇》中对文、笔之分有进一步的说明,其曰:

————————

①　刘师培.中国文学史讲义[M].上海:上海古籍出版社,2000:96—97.

　　然而古人之学者有二，今人之学者有四。夫子门徒，转师相受，通圣人之经者谓之儒；屈原、宋玉、枚乘、长卿之徒，止于辞赋则谓之文。今之儒博穷子史，但能识其事，不能通其理者，谓之学。至如不便为诗如阎纂，善为章奏如伯松，若此之流，泛谓之笔，吟咏风谣，流连哀思者，谓之文。而学者率多不便属辞，守其章句，迟于通变，质于心用。学者不能定礼乐之是非，辩经教之宗旨，徒能扬榷前言，抵掌多识。然而抑源知流，亦足可贵。笔退则非谓成篇，进则不云取义，神其巧惠笔端而已。至如文者，惟须绮縠纷披，宫徵靡曼，唇吻遒会，情灵摇荡，而古之文笔，今之文笔，其源又异。①

　　萧绎的该段文字不仅论述了古今学术分类之不同，而且涉及了文、笔之分。很显然，萧绎的文学观念已经突破了"有韵"和"无韵"的区分。所言"古之学者有二"，是指儒、文两类；"今之学者有四"是指儒、学、文、笔四类。其中"学"从"儒"中分出，"笔"从"文"中分出。古之儒，是指"夫子门徒，转师相受，通圣人之经者"。而从古之学者的"儒"分出的"学"，是"博穷子史，但能识其事，不能通其理者"，也就是说有着子书、史书的渊博知识，但不能精通义理。萧绎对"文"的理解则是"吟咏风谣，流连哀思者，谓之文"。也就是说不考虑作品讽谏与教化等政治功能，而是注重考察作品是否抒发内心的真实情感。又说"至如文者，惟须绮縠纷披，宫徵靡曼，唇吻遒会，情灵摇荡"。其中，所谓的"绮縠纷披，宫徵靡曼"当是指追求作品的形式技巧而言。"绮縠纷披"是指语言的华丽，"宫徵靡曼"是指韵律的和谐。"唇吻遒会"是指"吟咏风谣"时富有音乐的节奏感，"情灵摇荡"与"流连哀思"是意思相近的，都是指文学作品所具有的浓郁的抒情性。也就是说萧绎认为"文"的特征是情感充沛、语言华丽、韵律和谐。与"文"相对的是"笔"，不具

---

① （南朝·梁）萧绎.金楼子（《丛书集成初编》本）[M].上海：商务印书馆，1939：63.

备这些特点的作品就是笔。显而易见,文的特征是文学与非文学的区别,已经不是有韵和无韵的问题了。这种认识不仅比萧纲、萧统对文学的认识更深一层次,而且在文学发展史上也是一个很大的进步,它为后世的文学理论与文学批评提供了艺术方面的借鉴。

范晔在《狱中与诸甥侄书》中亦云:

> 手笔差易,文不拘韵故也。……至于《循吏》以下及《六夷》诸序论,笔势纵放,实天下之奇作。其中合者,往往不减《过秦》篇。尝共比方班氏所作,非但不愧而已。欲遍作诸志,前汉所有者悉令备。虽事不必多,且使见文得尽。又欲因事就卷内发论,以正一代得失,意复未果。赞自是吾文之杰思,殆无一字空设,奇变无穷,同名异体,乃自不知所以称之。此书行,故应有赏音者。①

在上述范晔的书信中,其称无韵脚的序论为笔,有韵脚的赞为文,文、笔之分,明确地以是否押韵为判断的标准。

《文镜秘府论》所引隋代人所作的《文笔式》也认为:

> 制作之道,唯笔与文。文者,诗、赋、铭、颂、箴、赞、吊、诔等是也;笔者,诏、策、檄、移、章、奏、书、启等也。即而言之,韵者为文,非韵者为笔。文以两句而会,笔以四句而成。文系于韵,两句相会,取于谐合也;笔不取韵,四句而成,任于变通。故笔之四句,比文之二句,验之文笔,率皆如此也。②

上述《文笔式》中的观点认为"韵者为文,非韵者为笔",这种文、笔之分

---

① (南朝·梁)沈约.宋书[M].北京:中华书局,1974:1830—1831.
② (唐)弘法大师撰,王利器校注.文镜秘府论校注[M].北京:中国社会科学出版社,1983:774.

的标准与六朝时期多数评论家的观点是一致的。

由此可见,上述观点都涉及了文、笔之分的问题,大多认为吊文是有韵之文,而从实际情况来看,吊文并不都是韵文,也有散文形式的,还有书信体的,比如束皙的《吊萧孟恩文》《吊卫巨山文》,刘之麟的《吊震法师亡书》《吊僧正京法师亡书》,薛道衡的《吊延法师亡书》等。因此可以说,吊文中的大部分是韵文,但是也有一部分是散文,更有甚者,吊文是韵文、散文相间的,因此我们必须具体问题具体分析,对吊文的归类和分类就不能只是以单一的韵文或散文作为标准。

有关对吊文这一文体进行分类的说法,现存的古典文献中最早是出现于刘勰的《文心雕龙·哀吊》,其文曰:

> 吊者,至也。诗云,神之吊亦,言神至也。君子令终定谥,事极理哀,故宾之慰主,以至到为言也。厌溺乖道,所以不吊矣。又宋水郑火,行人奉辞,国灾民亡,故同吊也。及晋筑虒台,齐袭燕城,史赵苏秦,翻贺为吊,虐民构敌,亦亡之道。凡斯之例,吊之所设也。或骄贵而殒身,或狷忿以乖道,或有志而无时,或美才而兼累,追而慰之,并名为吊。①

在上述这段文字中,"君子令终定谥,事极理哀,故宾之慰主,以至到为言也"则透露出吊文是君子命终定谥号时所用的文字,因而是哀悼死者的文章;接着又说道:"宋水郑火,行人奉辞,国灾民亡,故同吊也。"就是说发生灾祸时,比如水灾、火灾等,也要进行哀吊,这是对灾祸等事件进行哀吊。在这里,刘勰指出了吊的两种类型:一是吊人,一是吊事。随着吊文文体的发展与广泛应用,它的题材也逐渐扩大了,"至唐,吊文的题材扩大了,不仅可以吊古人,亦可以吊古迹古物,以至吊今人"②。林纾也持同样的观点,他在

---

① (南朝·梁)刘勰著,范文澜注.文心雕龙注[M].北京:人民文学出版社,1958:240.
② 徐兴华,徐商衡,居万荣.中国古代文体总揽[M].沈阳:沈阳出版社,1994:297.

《春觉斋论文·流别论》中说："古人有哭斯吊，宋水郑火，皆吊以行人。贾长沙首用离骚之体吊屈原。扬子云亦摘取《离骚》之文反之，自岷山投诸江流，以吊屈原，名曰《反离骚》。"①

上述这种分类方法也被当代学者所接受，比如储斌杰的《中国古代文体概论》、徐兴华的《中国古代文体总揽》等。

在前人分类的基础上，结合吊文自身的内容和功能及其所哀吊的对象，为了进一步研究和论述的方便，撰者在此把吊文做如下分类（见表一）：

表一

所吊对象		篇名	篇数
人	古人	贾谊《吊屈原文》；扬雄《反离骚》；司马相如《吊秦二世文》；梁竦《悼骚赋》；班彪《悼离骚》；杜笃《吊比干文》；胡广《吊夷齐文》；蔡邕《吊屈原文》；祢衡《吊张衡文》；王粲《吊夷齐文》；阮瑀《吊伯夷文》；糜元《吊夷齐文》《吊比干文》；庾阐《吊贾生文》；潘岳《吊孟尝君文》；陆机《吊蔡邕文》《吊魏武帝文》；袁淑《吊古文》；魏孝文帝《吊殷比干墓文》；安虑《使蜀吊孔明》；傅咸《吊秦始皇》；王文度《吊范增文》《吊龚胜文》；李颙《吊平叔父文》；卞承之《吊二陆文》	24
	时人	阮籍《吊某公文》；晋元帝《吊赠杨邠策》；李充《吊嵇中散文》；束皙《吊萧孟恩文》《吊卫巨山文》；潘岳《哭弟文》；陆云《吊陈永长书》《吊陈伯华书》；李氏《吊嵇中散文》；简文帝《吊道澄法师亡书》；任昉《吊乐永世书》《吊刘文范文》；刘之麟《吊震法师亡书》《吊僧正京法师亡书》；隋文帝《吊祭薛濬册书》；薛道衡《吊延法师书》	16
物		嵇含《吊庄周图文》；湛方生《吊鹤文》；陆机《吊魏武帝柳赋》；臧彦《吊驴文》	4
其他		崔凯《吊哭》	1

在这三类吊文中，吊古人和吊时人的篇目所占比例较大，吊物的篇目较

---

① 林纾.春觉斋论文[M].北京：人民文学出版社，1998：58.

少。考其原因,之所以会出现这种现象,是由吊文的文体特色决定的。吊文在最初出现的时候,主要是为了达到"问终""问丧"的目的,是为了抒发人们心中的哀痛之情的。

祭吊古人的文章,一方面主要是为了抒发对死者的悼念之情,寄寓作者的情怀,有时也有一点"夺他人之酒杯,浇自己之块垒"的意味。比如贾谊的《吊屈原文》就是如此:"盖屈原之怀忠而死,不得志于世者,往往托为同心;犹之下第之人,必寻取下第之人,发抒其抑郁之气。故刘贲之身,每为失意者借口,即此意也。"①吊文要去追慰那些受压抑、苦难煎熬、饱受磨难的灵魂,吊文的作者要与在另一个世界里的人进行灵魂交流和沟通,不免寄寓自己的情感在内,虽哀吊过去,却志在当今;虽吊古人而言己,欲寻知己而交心,才有那缠绵的凄怆与哀痛。另一方面,有些凭吊古人的文章,并不是为了要抒发对死者的悼念之情,只不过是觉得题目好,想彰显作者自己的才情而已。如胡广的《吊夷齐文》、阮瑀的《吊伯夷文》等,但是这方面的文章并不是创作的主流,在现存的四十一篇吊文中(依据严可均编纂的《全上古三代秦汉三国六朝文》作为统计),大多数是抒发作者自我的凄怆之情的,尤其以两汉和魏晋南北朝时期最为繁盛,反映了中国古代士人对友情、亲情的看重和对先贤的追慕之情。那些凄美的文字是发自肺腑的,感人至深,是对逝世者的无限哀思与眷恋,也是我们的宝贵的精神财富。

在先唐吊文中,除了大量的哀吊古人、时人的文章外,就是哀吊灾祸的吊辞和少量的哀吊物体的文章了。吊灾祸的言辞如上面所提到的《左传》中的对"宋水郑火"等灾祸的吊辞。此外,吊物的文章有祢衡的《吊庄周图文》、湛方生的《吊鹤文》、臧彦的《吊驴文》等,这类哀吊物体的文章较少。当然,随着时代的发展,吊义也在不断地发展变化,伴随着吊文应用范围的拓展,吊文的题材也扩大了,"至唐,吊文的题材也扩大了,不仅可吊古人,亦可吊古迹,古物,以至吊今人。吊古迹的如李华《吊古战场文》,吊物的如韩

---

① 林纾.春觉斋论文[M].北京:人民文学出版社,1998:58.

愈《吊武侯御所正佛文》,吊今人的如白居易《吊二郎文》等"。① 唐宋以降,吊文进一步发展,写作方法也更为娴熟,抒情方式更为自由,说明古代的文人墨客对吊文这种体裁的掌握已经是非常熟练了。

---

① 　徐兴华,徐商衡,居万荣.中国古代文体总揽[M].沈阳:沈阳出版社,1994:297.

第二章

演变篇

吊文这一古老的文体，从先秦的吊辞发展到正式的吊文篇章，又到后来的革故新变，这其中有一个漫长的历史渐进的演变过程，涉及时代变革、社会审美风尚、文体发展规律等诸多因素。刘勰《文心雕龙·时序》云：

> 故知文变染乎世情，兴废寄乎时序，原始以要终，虽百世可知也。①

按照刘勰的观点，文学和时代、社会是密切关联的。时代的变化决定了文学的兴废，世风的不同影响着文学的变化，除此之外，他还对文体与时代的关系作出了这样的总结，其《文心雕龙·时序》曰：

> 故知歌谣文理，与世推移，风动于上，而波震于下者。②

刘勰认为时代是决定文体的选择的重要因素，因为所处时代的不同，社会风尚对文体的影响也是不同的。之后明代李东阳在《怀麓堂诗话》中也认为：

> 汉、魏、六朝、唐、宋、元诗，各自为体。譬之方言，秦、晋、吴、越、闽、

---

① （南朝·梁）刘勰著，范文澜注.文心雕龙注［M］.北京：人民文学出版社，1958：675.
② （南朝·梁）刘勰著，范文澜注.文心雕龙注［M］.北京：人民文学出版社，1958：671.

楚之类,分疆画地,音殊调别,彼此不相入。此可见天地间气机所动,发为音声,随时与地,无俟区别,而不相侵夺。然则人囿于气化之中,而欲超乎时代土壤之外,不亦难乎?①

明代汪道昆在《诗薮序》中也认为:

夫诗,心声也。无古今一也。顾体由代异,材以人殊,世有推迁,道有升降,说者以意逆志,乃为得之。②

明代袁中道《珂雪斋文集·花雪赋引》亦云:

天下百年不变之文章,有作始自有末流,有末流还有作始。其变也皆若有气行乎其间,创为变者与受变者皆不及知。是故性情之发,无所不吐,其势必互异而趋俚。趋于俚又将变矣!作者始不得不以法律救性情之穷。法律之持无所不束,其势必互同而趋浮。趋于浮又将变矣!作者始不得不以性情救法律之穷。夫昔之繁芜有持法律者救之,今之剿窃又将有主性情者救之矣。此必变之势也。③

袁中道认为任何一种文体都有它的产生、发展和消亡的变化过程。袁宏道在《叙小修诗》中云:

唯夫代有升降,而法不相沿,各极其变,各穷其趣,所以可贵,原不可以优劣论也。且夫天下之物,孤行则必不可无,必不可无,虽欲废焉而不能;雷同则可以不有,可以不有,则虽欲存焉而不能。④

---

① (明)李东阳.怀麓堂诗话[M].北京:中华书局,1985:14.
② (明)胡应麟.诗薮[M].北京:中华书局,1959:1.
③ (明)袁中道著,钱伯城校点.珂雪斋集[M].上海:上海古籍出版社,1989:459.
④ (明)袁宏道.袁宏道全集[M].上海:上海古籍出版社,1979:188.

袁宏道认为"世道既变,文亦因之",而这些是"公安派文学批评的一个重要论点,它揭示了文学的历史是一个不断发展的过程。他们认为时代在变化,人事、物态、语言都在变,文学创作当然也得相应的变,每个历史时期都应该有新变的文学,各有其特色和成就"①。笔者以为,这种观点是客观而公允的。

姚华在《弗堂类稿》中的《曲海一勺·述旨第一》中分析得更为透彻:

> 夫文章体制,与时因革,时世既殊,物象既变,心随物转,新裁斯出……故事际一变,则文成一体,一治一乱,文运攸关,说似诡谲,理实寻常。②

朱庭珍在《筱园诗话》卷一中有更为详细的解释,兹征引如下,以说明之:

> 自来诗家,源同流异,派别虽殊,旨归则一。盖不同者,肥瘦平险、浓淡清奇之外貌耳,而其所以作诗之旨及诗之理法才气,未尝不同。犹人之面目,人人各异,而所赋之性,天理人情,历百世而无异也。至家数之大小,则由于天分学力有深浅醇疵,风会时运有盛衰升降,天与人各主其半,是以成就有高下等差之不齐也。夫言为心声,诗则言之尤精者,虽曰人声,有天籁焉。天不能历久而不变,诗道亦然。其变之善与不善,恒视乎人力。力足以挽时趋,则人转移风气,其势逆以难,遂变而臻于上。力不足挽时尚,则风气转移人,其势顺而易,遂变而趋于下。其理势之自然,亦天运之循环也。盖一代之诗,有盛必有衰,其始也由

---

① 王运熙,顾易生.中国文学批评史[M].上海:上海古籍出版社,1981:292.
② 姚华.弗堂类稿[M]//近代中国史料丛刊续编:第二辑20.文海出版有限公司影印版,1974:263—265.

衰而返乎盛，盛极而衰即伏其中。于是能者又出奇以求其盛，而变之上者则中兴，变之下者则愈降。古人所谓"若无新变，不能代雄"是也。殆新者既旧，则旧者又复见新，新旧递更，日即于变。大抵先后乘除之间，或补其偏，或救其弊，互视其衰而反之，此诗道所以屡变，亦有不得不然者矣。两汉厚重古淡之风，至建安而渐漓，至晋氏潘、陆辈而古气尽矣，故陶、谢诸公出而一变。①

　　朱氏上述所论，专就诗歌而言，其认为诗歌随着时代、社会风尚而改变，这是符合客观现实的，推而广之，其他文体，概莫能外。因此，其观点亦适用于评论其他文学样式，当然，吊文这一文体也不例外。

　　上述所列举的论述材料都说明了一个道理——文章的盛衰以及发展演变是随着时代、世情的变化而流变的，吊文也是如此。吊文是一种应用性很强的文体，它的产生、发展和社会历史的关系更加密切。因而一定历史时期的吊文，其文体特点就有很大的共性；随着历史时代的发展，其文体特征也会随之产生一定的演进。在这个演进过程中，吊文由简单发展到复杂，由质朴无华发展到缠绵缛丽。故而把吊文放在历时的环境中进行共时的分析研究，将会对吊文在不同时期的文体特征及其演变曲线有一个细致的梳理，也有助于通过对吊文文体的研究来一窥其他文体的演变规律。为了进行直观分析，兹将现存的先唐吊文篇数，以严可均编纂的《全上古三代秦汉三国六朝文》做统计的四十一篇吊文，按照朝代先后列表如下（见表二）：

---

①　（清）朱庭珍.筱园诗话（《清诗话续编》本）[M].上海：上海古籍出版社，1983：2328.

表二

朝代	上古三代	秦	汉	后汉	三国魏	三国蜀汉	三国吴	晋	宋	齐	梁	陈	后魏	北齐	北周	隋	先唐
篇数	0	0	3	11	3	0	0	21	2	0	5	0	1	0	0	2	1

（现存的先唐吊文以严可均编纂的《全上古三代秦汉三国六朝文》做统计，共 41 篇，笔者在《陆机集》中辑录到一篇，另外又从史书文献中辑佚的部分吊文共 7 篇，合计共 49 篇。在此仅作篇数的辑录，具体的辑佚情况作表附于文后）

从上述表格中我们可以看出：通过对所存吊文数目的对比罗列可知，两汉时期，吊文的数量已经初具规模。魏晋时期是吊文创作的鼎盛时期，这时创作的吊文数量也是最多的。南北朝与隋时期，数量已经明显减少，开始走向衰落。故综合吊文本身的内容、功能、形式等在先唐的历时演变与共时特色以及各个时期的篇数差异，本章拟将先唐吊文分为四个时期来进行分析研究：先秦时期、两汉时期、魏晋时期、南北朝与隋时期。

第一节　先秦：吊文之萌芽时期

一、吊人之辞

清代学者章学诚认为："周衰文弊，六艺道息，而诸子争鸣。盖至战国而文章之变尽，至战国而著述之事专，至战国而后世之文体备；故论文于战国，而升降盛衰之故可知也。战国之文，奇邪错出，而裂于道，人知之；其源皆出于六艺，人不知也。后世之文，其体皆备于战国，人不知；其源多出于《诗》教，人愈不知也。知文体备于战国，而始可与论后世之文。"①（《文史通义》内篇《诗教上》）今人朱迎平先生亦认为："中国古代文体萌芽、形成于先秦

---

① （清）章学诚著，叶瑛校注.文史通义[M].北京：中华书局，1994：60.

两汉时期。先秦经、史、子各类著述中已包含了不少初步定型的文体和尚未定型的文体雏形。"①由此可见，吊文的诞生可以追溯到遥远的先秦时代，从殷商到战国这一漫长的时期，是吊文的发轫形成期。吊文的产生与先秦时期的问终、问丧之礼和哀吊天灾人祸的社会活动密切相关，它是由当时人们的口头语言形式——吊辞，逐渐发展而来的，并最终演变成一种独立的文体，继而有了一些共同的文体特征和功能。先秦时期，这种吊辞的内容还比较简单，有时只有几个字或十几个字，表示"慰问"或"问终""至"的意思，略举几例如下：

如《诗经·小雅·天保》曰：

　　神之吊矣，诒尔多福。②

这里"吊"是"到"的意思。郑玄笺曰："神至者，宗庙致敬，鬼神著矣。"③又如《礼记·檀弓上》曰：

　　死而不吊者三：畏，厌，溺。④

对此，《礼记正义》曰："除此三事外，其有死不得礼，亦不吊。"⑤这里的短句中，吊是"问终"的意思，即发生了灾祸，宾客向主人表示慰问之意。

又，《礼记·檀弓上》曰：

---

① 朱迎平.古典文学与文献论集[M].上海：上海财经大学出版社，1998：73.
② （汉）毛亨传，郑玄笺，（唐）孔颖达等正义.毛诗正义（十三经注疏本）[M].北京：北京大学出版社，1999：412.
③ （汉）毛亨传，郑玄笺，（唐）孔颖达等正义.毛诗正义（十三经注疏本）[M].北京：北京大学出版社，1999：412.
④ （汉）郑玄注，（唐）孔颖达等正义.礼记正义（十三经注疏本）[M].北京：北京大学出版社，1999：1279.
⑤ （汉）郑玄注，（唐）孔颖达等正义.礼记正义（十三经注疏本）[M].北京：北京大学出版社，1999：1279.

曾子袭裘而吊,子游裼裘而吊。曾子指子游而示人曰:"大夫也,为习于礼者,如之何其裼裘而吊也?"主人既小敛,袒、括发,子游趋而出,袭裘带绖而入。曾子曰:"我过矣,我过矣,夫夫是也。"①

《礼记·檀弓下》曰:

五十无车者,不越疆而吊人。……大夫吊,当事而至,则辞焉。吊于人,是日不乐。妇人不越疆而吊人。行吊之日不饮酒食肉焉。吊于葬者必执引,若从柩及圹,皆执绋。丧,公吊之,必有拜者,虽朋友州里舍人可也。②

上述两则文献里"吊"都是"问终"的意思,这是有关吊逝者之辞。

二、吊灾祸之辞

春秋末期,开始出现较长的吊辞创作,但是这样的吊辞,一般也只有几十个字,它们还没有完整的结构,内容简单,形式单一,仿佛简短的记事文一样,还不是严格意义上的吊文文体,但却奠定了早期吊文的性质和吊文的对象等特点。比如,《礼记·檀弓上》曰:

子夏丧其子而丧其明。曾子吊之,曰:"吾闻之也:朋友丧明,则哭之。"曾子哭,子夏亦哭,曰:"天乎! 予之无罪也!"曾子怒曰:"商! 女何无罪也? 吾与女事夫子于洙泗之间,退而老于西河之上,使西河之民疑女于夫子,尔罪一也;丧尔亲,使民未有闻焉,尔罪二也;丧尔子,丧尔明,尔罪三也。而曰女何无罪与!"子夏投其杖而拜曰:"吾过矣! 吾过

---

① (汉)郑玄注,(唐)孔颖达等正义.礼记正义(十三经注疏本)[M].北京:北京大学出版社,1999:1285.
② (汉)郑玄注,(唐)孔颖达等正义.礼记正义(十三经注疏本)[M].北京:北京大学出版社,1999:1299.

矣！吾离群而索居,亦已久矣！"①

这是吊朋友灾祸的言辞;又如《左传·昭公十八年》记载:

> 宋、卫、陈、郑皆火。……郑使行人告于诸侯,宋、卫皆如是。陈不救火,许不吊灾,君子是以知陈、许之先亡也。②

这是吊火灾的吊辞。这个时期,吊辞还不具有文学因素,吊文作为一种文体,它的形成必须以文学文本的存在为前提。春秋末至战国初期,开始出现较长的吊辞。比如,《说苑·敬慎》记载:

> 孙叔敖为楚令尹,一国吏民皆来贺,有一老父衣麤衣,冠白冠,后来吊,孙叔敖正衣冠而出见之,谓老父曰:"楚王不知臣不肖,使臣受吏民之垢,人尽来贺,子独后来吊,岂有说乎?"父曰:"有说,身已贵而骄人者民去之;位已高而擅权者君恶之;禄已厚而不知足者患处之。"孙叔敖再拜曰:"敬受命,愿闻余教。"父曰:"位已高而意益下,官益大而心益小,禄已厚而慎不敢取。君谨守此三者足以治楚矣。"③

又据《左传·襄公十四年》记载:

> 卫侯出奔齐,公使厚成叔吊于卫,曰:"寡君使瘠,闻君不抚社稷,而越在他境,若之何不吊?以同盟之故,使瘠敢私于执事曰,有君不吊,有

---

① (汉)郑玄注,(唐)孔颖达等正义.礼记正义(十三经注疏本)[M].北京:北京大学出版社,1999:1299.

② (晋)杜预注,(唐)孔颖达正义.春秋左传正义(十三经注疏本)[M].北京:北京大学出版社,1999:2324.

③ (汉)刘向.说苑,《四库全书》1478册子部[M].上海:上海古籍出版社,1987:89.

臣不敏,君不赦宥,臣亦不帅职,增淫发泄,其若之何?"①

　　此段文字有七十二个字,先吊卫国国君,次吊卫国群臣,内容比以前的吊辞丰富了。待至战国时期,吊辞又转变了,变为游说之辞,虽然不能列为吊之类,但是也体现了吊文这一文体的某些特点。比如,《战国策·燕策一》记载:

　　　燕易王初立,齐宣王因燕丧,攻之,取十城。武安君苏秦为燕说齐王,再拜而贺,因仰而吊。齐王按戈而却,曰:"此一何庆吊相随之速也?"对曰:"人之饥所以不食乌喙者,以为虽偷充腹而死同患也。今燕虽弱小,强秦之少婿也。王利其十城而深与强秦为仇,今使弱燕为雁行,而强秦制其后,以招天下之精兵,此食乌喙之类也。"齐王曰:"然则奈何?"对曰:"圣人之制事也,转祸为福,因败而为功。故桓公负妇人而名益尊,韩献开罪而交愈固。此皆转祸而为福,因败而为功者也。王能听臣,莫如归燕之十城,卑辞以谢秦,秦知王以其之故归燕城也,秦必德王。燕无故而得十城,燕亦德王。是弃强仇而立厚交也。且夫燕秦皆俱事齐,则大王号令,天下皆从,是王以虚辞附秦而以十城取天下也。此霸王之业矣。所谓转祸为福,因败成功者也。"齐王大说。②

　　从上述材料可以看出,这类吊辞的语言虽还是质朴无华,但字数明显增加,以后吊文的抒情性自由浓烈,洋洋洒洒,大概与此有关吧。由于吊辞内容的文字的增多,具有文学因素的文本随之出现了,从某种意义上说,已经具有形成吊文的前提条件了。

---

① (晋)杜预注,(唐)孔颖达正义.春秋左传正义(十三经注疏本)[M].北京:北京大学出版社,1999:2306.
② (汉)刘向集录.战国策[M].上海:上海古籍出版社,1985:56.

第二节　两汉：吊文之成熟时期

两汉时期的吊文,据笔者统计共有 14 篇(其中 2 篇有目无辞),占严可均编纂的《全上古三代秦汉三国六朝文》所录的全部先唐吊文的四分之一,和魏晋时期相比,虽然数量少了一些,但也可以知道两汉时期是吊文文体发展史上一个十分重要的时期,以后的吊文创作或多或少的受到了它的影响。总的来看,两汉时期的吊文无论是在时间上还是在创作主体上,分布都比较集中。在创作主体上,这些吊文作品主要都集中在一些代表性作家的创作上,如贾谊、扬雄、司马相如、班彪、蔡邕等,他们所哀吊的对象主要是先贤,以抒发自我的情感为主。而这种作家们集中在一定的时间进行创作的情形,也就使得他们在创作时非常注意雕琢成文,内外兼修,使得吊文在思想特质和艺术特质两方面的结合更为完美,从而呈现出凄怆缠绵、感人肺腑的两汉吊文。为了使大家对两汉吊文的数量和篇目有更加直观的了解,兹制表如下以示之(表三):

表三

朝代	作者	篇目	篇数
西汉	贾谊	吊屈原赋	3
	扬雄	反离骚	
	司马相如	哀秦二世赋	
东汉	梁竦	悼骚赋	8+3 祢衡、崔琦、皇甫规
	班彪	悼离骚	
	杜笃	吊比干文	
	胡广	吊夷齐文	
	蔡邕	吊屈原文	
	祢衡	吊张衡文	
	王粲	吊夷齐文	
	阮瑀	吊伯夷文	

结合表三和这一时期吊文的具体内容,对其如下三个方面进行归纳探讨:

一、创作主题的确立

两汉时期的吊文不仅表现出传统的哀吊主题,而且显示了作者的评判精神,即对其所凭吊的对象及其事迹做出自己的评价。

(一)我们先来看传统的哀吊主题。这方面的文章主要有贾谊的《吊屈原文》、司马相如的《哀秦二世赋》(一作《吊秦二世文》)等。据《史记》卷一百一十七《司马相如列传》记载:

> 相如口吃而善著书。常有消渴疾。与卓氏婚,饶于财。其进仕宦,未尝肯与公卿国家之事,称病闲居,不慕官爵。常从上至长杨猎,是时天子方好自击熊彘,驰逐野兽,相如上疏谏之。其辞曰……上善之。还过宜春宫(宫东有宜春苑,为秦二世墓地)。相如奏赋以哀二世之行失也。①

其辞曰:

> 登陂陁之长阪兮,坌入曾宫之嵯峨。临曲江之隑洲兮,望南山之参差。岩岩深山之谾谾兮,通谷豁兮谽谺,汨淢噏习以永世兮,注平皋之广衍。观众树之蓊薆兮,览竹林之榛榛。东驰土山兮,北揭石濑。弭节容与兮,历吊二世。持身不谨兮,亡国失势。信谗不悟兮,宗庙灭绝。呜呼哀哉! 操行之不得兮,坟墓芜秽而不修兮,魂无归而不食,夐邈绝而不齐兮,弥久远而愈休。精罔阆而飞扬兮,拾九天而永逝。呜呼哀哉!

---

① (汉)司马迁撰,(南朝·宋)裴骃集解,(唐)司马贞索隐,(唐)张守节正义.史记[M].北京:中华书局,1975:3054.

上述所引司马相如的这篇吊文通篇为赋体,有铺陈,有抒情,从"登陂陁之长坂兮"到"览竹林之榛榛"为铺陈笔法,为下文的抒情酝酿了气氛。从"持身不谨兮"一直到结尾,则为抒情文字,其语言恻怆感伤,抒发了作者对秦二世的哀悼之情。由此可见,传统的吊文是以表达哀悼之情为主的,吊文的写作要符合"正义以绳理,昭德而塞违,割析褒贬,哀而有正"[①]的要求;而司马相如的这篇吊文则正符合此要求。但是还要看到文体是随着时代的发展和具体的创作实践而发展变化的,汉赋才是彼时代文学创作的主流,吊文在两汉时期并没有取得文体发展的优势地位,其抒情的功能反而有些弱化,这是两汉吊文的新变之处。其最主要的表现就是凄怆的情感浓度变弱了,变得不再是表现沉痛的哀悼之情,反而出现了赞美之词,甚至只是作者觉得题目好,一逞其才情而已。

比如,胡广的《吊夷齐文》,其辞曰:

> 遭亡辛之昏虐,时缤纷以芜秽;耻降志于汗君,混雷同于荣势。抗浮云之妙志,遂蝉蜕以偕逝。徼六军于河渚,叩王马而虑计。虽忠情而指尤,匪天命之所谓。赖尚父之戒慎,镇左右而不害。

又如阮瑀的《吊伯夷文》,其辞曰:

> 余以王事,适彼洛师。瞻望首阳,敬吊伯夷。东海让国,西山食薇。重德轻身,隐景潜晦。求仁得仁,报之仲尼。没而不朽,身沉名飞。

前文赞美两人的志向高洁与忠心;后文赞美伯夷的仁德,认为伯夷"重德轻身",都是赞美而并不表现哀伤之情。及至祢衡之时,吊文创作的抒情成分几乎被文字的清新妙丽所换尽,与吊文的原本意旨差之甚远了。

---

① (南朝·梁)刘勰著,范文澜注.文心雕龙注[M].北京:人民文学出版社,1958:241.

祢衡的《吊张衡文》,其辞曰:

> 西岳有精,君诞其姿;清和有理,君达其机。故能下笔绣词,扬手文
> 飞。昔伊尹值汤,吕望遇旦。嗟矣君生,而独值汉。苍蝇争飞,凤凰已
> 散。元龟可羁,河龙可绊。石坚而朽,星华而灭。惟道兴隆,悠永靡绝。
> 君颜永浮,河水有竭。君声永流,□□□□。周旦先没,发梦孔丘。余
> 生虽后,身亦存游。士贵知己,君其勿忧。

祢衡的这篇文章写得十分清新秀丽,分量也小,抒情成分也不太显露。
只是结尾处“余生虽后,身亦存游。士贵知己,君其弗忧”的文字表达了作者
以张衡的知己自居。文章表面上是描写张衡的生不逢时,对他的遭遇表示
同情,而实际上是作者感叹自己的不得志,是典型的借助别人之酒杯、浇自
己胸中之块垒,这种写作方法和淡化的抒情到魏晋时期则发生了明显的
改变。

(二)表示评判主题的。这类作品的作者通常对所哀吊的对象及其事迹
做出自己的评价,或褒或贬。如王粲的《吊夷齐文》,其辞曰:

> 岁旻秋之仲月,从王师以南征。济河津而长驱,逾芒阜之峥嵘。览
> 首阳于东隅,见孤竹之遗灵。心抑郁而感怀,意惆怅而不平。望坛宇而
> 遥吊,抑悲古之幽情。知养老之可归,忘除暴之为念。洁己躬以骋志,
> 衍圣哲之大伦。念旧恶而希古,退采薇以穷居,守圣人之清概,要既死
> 而不渝。厉清风于贪士,立果志于懦夫。到于今而见称,为作者之表
> 符。虽不同于大道,合尼父之所誉。

其中的句子如“知养老之可归,忘除暴之为念,洁自身以骋志,衍圣人之
大伦”等,明显是王粲的评判之辞:伯夷、叔齐知道周文王善于赡养老人,便

去投奔，却忘记武王伐纣是为民除暴的；他们只知道洁身自好而保持高尚的气节，不食周粟，却忘记了君臣大伦。王粲在这里高度赞扬了伯夷、叔齐的德行，却对两人的守旧思想进行了批评、嘲讽，认为他们"不同于大道"，这其实也正是他自身经历的心态反映，据《三国志·魏书·王卫二刘傅传》记载："王粲字仲宣，山阳高平人也。……年十七，司徒辟，诏除黄门侍郎，以西京扰乱，皆不就。乃之荆州依刘表。表以粲貌寝而体弱通脱，不甚重也。表卒。粲劝表子琮，令归太祖。太祖辟为丞相掾，赐爵关内侯。"[1]据考证可知，该文作于建安十六年七月份，是王粲跟随曹操出征时所作的。王粲投奔曹操后，摆脱了颠沛流离的生活，得到曹操厚待，这是其人生中意气风发的时期，所谓"同于大道"，是其渴望在政治上有所进取的精神体现，在这种心态下他当然对伯夷、叔齐的"不同于大道"略有微词了。

又如糜元的《吊夷齐文》，其辞曰：

> 少承洪烈，从戎于王。侧闻先生，饿于首阳。敢不敬吊，寄之山冈。鸣呼哀哉！夫五德更运，天秩靡常。如有绝代之王，必有受命之王。故尧德终于虞舜，禹祚殄于成汤。且夏后之末祀，亦殷氏之所亡。若周武为有夫，则帝乙亦有伤。子不弃殷而饿死，何独背周而深藏。是识春香之为馥，而不知秋兰亦芳也。所行谁路？而子涉之。首阳谁山？而子匿之。彼薇谁菜？而子食之。行周之道，藏周之林。读周之书，弹周之琴。饮周之水，食周之苓。□谤周之主，谓周之淫。是诵圣之文，听圣之音。居圣之世，而异圣之心。嗟乎二子，何痛之深！

在上述这段文字中，作者既表达了对伯夷、叔齐饿死于首阳山的深切同情，也对他们的行为表示出嘲笑、讽刺，作者认为"五德更运，天秩靡常"，伯夷、叔齐的坚守节操是可笑的，更认为他们"居圣之世，而异圣之心"，是明显

---

①　（晋）陈寿撰，（南朝·宋）裴松之注.三国志[M].北京：中华书局，1982：597—598.

的批判之辞。

再如扬雄悼祭哀吊屈原的吊文《反离骚》，作者也在文中表明了自己的观点，对屈原的投江行为表示不赞成，其序文曰：

> （扬）雄怪屈原文过相如，至不容，作《离骚》，自投江而死。悲其文，读之未尝不流涕也。以为君子得时则大行，不得时则龙蛇。遇不遇命也，何必湛身哉！乃作书，往往摘《离骚》文而反之，自岷山投诸江流以吊屈原，名曰《反离骚》。

从此段文字中可以知道扬雄对屈原的投江是不赞成的，认为其大可不必，"遇不遇命也"，又文中有"夫圣哲之不遭兮，固时命之所有；虽增欷以於邑兮，吾恐灵修之不累改。昔仲尼之去鲁兮，斐斐迟迟而周迈。终回复於旧都兮，何必湘渊与涛濑！溷渔父之餔歠兮，絜沐浴之振衣。弃由、聃之所珍兮，跖彭咸之所遗！"的语句，可以知道这是作者观点的展示，也是其评判之辞。当然，扬雄这样写也是其内心的真实写照，根据史料记载，他的为人处世的方式就是这样的，据《汉书》卷八十七《扬雄传》记载：

> 雄少而好学，不为章句，训诂通而已，博览而无所见。为人简易佚荡，口吃不能剧谈，默而好深湛之思，清静无为，少嗜欲，不汲汲于富贵，不戚戚于贫贱，不修廉隅以徼名当世。家产不过十金，乏无儋石之储，晏如也。自有大度，非圣哲之书不好也；非其意，虽富贵不事也。[①]

综上所述，在上述这些有关传统哀悼以及评判的吊文作品中，我们可以从中窥见那个时代的文人士子对先贤的行为及事迹的看法与心理接受程度。从上述列表可以看出，两汉时期的共计 11 篇吊文篇目中，其所哀吊的

---

① （汉）班固撰，（唐）颜师古注.汉书[M].北京:中华书局,1962:3513.

对象以屈原最多,占据5篇;其次是伯夷、叔齐,占据3篇。之所以出现这种高频率集中哀吊一个人的现象,大概是屈原为不得志之士人,又是忠君爱国的文人;而伯夷、叔齐是为坚守节操而死的士人,他们的高风亮节以及不幸的遭遇容易引起两汉时期士人的深切同情与心理共鸣,所以才成为后世文人共同哀吊的对象,这对于我们更深层次的全面了解吊文的发展趋势,有一定的启示意义。

二、贾谊《吊屈原赋》的价值和意义

（一）贾谊《吊屈原赋》首用骚体"吊屈"对两汉吊文创作模式的影响

作为吊文之祖的贾谊的《吊屈原赋》首用骚体哀悼屈原,且注重压韵。受《吊屈原赋》的影响,汉代的作家们写作吊文也多用骚体,如司马相如的《哀秦二世赋》、扬雄的《反离骚》等。"文体赋是赋体文学中最具代表性的体式,楚辞、战国诸子、纵横家说辞,都对它有着深刻的影响。就楚辞与文体赋的关系而言,后者一方面在形式体制、表现手法和语言风格上汲取楚辞的艺术养料,另一方面则直接引进楚辞所特有的'兮'字句,使之成为除四言、六言以外最主要的句型。"①由于楚辞与赋体文学的密切关系,而且汉代的赋作家往往把辞、赋并称,所以早期的赋作家特别注意运用楚辞句式,如贾谊、司马相如、扬雄等。作为一类古老的应用文写作模式,哀吊类的文章大多以四言、六言为正体,这种句式非常适合铺陈描写,使得文章看起来格式对仗工整,整齐划一,但缺点就是显得呆板,不够灵动。汉代的大赋也多是采用四言、六言的写作模式,作家们在写作时为了避免出现呆板的弊端,于是创造性地采取了四言、六言交叉运用和引进骚体句式以求变化的方法,增强了行文的灵活性。与赋比较,汉代的哀吊类文章为了迎合这类文体对典雅和庄重的情感需求,通篇文字或者是四言,或者是六言,而且往往只有一种句型,十分呆板。在此种情形之下,楚辞"兮"字句式的引进则是给这类毫

---

① 郭建勋.先唐辞赋研究[M].北京:人民出版社,2004:118.

无生气的文章注入了一泓清流,使得本来单调、乏味、呆板的哀吊类文章具有了生机和活力,变得鲜活生动起来,这是十分必要和重要的。

为了更好地说明楚骚句式对汉初吊文创作模式的影响,从贾谊的《吊屈原赋》中,可以归纳出以下几种主要的句式:

第一种是"○○○○○○兮,○○○○○○"型。例如:

凤凰翔于千仞兮,览德辉而下之。见细德之险征兮,遥增击而去之。

彼寻常之污渎兮,岂容吞舟之鱼。横江湖之鳣鲸兮,固将制于蝼蚁。

这种句型主要用在《吊屈原赋》《悼骚赋》《反离骚》《吊秦二世赋》中,它不仅是楚骚体最主要的句型,也是最成熟、最完备的楚骚体句型,自贾谊的《吊屈原赋》作为"吊文"类的"首出之作"以来,汉初司马相如、扬雄等赋家,便以此为准,创作了有关吊文的篇章。此句式的框架结构是"兮"在前后两个语句之间,又因为"兮"字前后两句较长,往往在语句中第四字之处安置一个虚字或意义较虚的字,如"而、以、乎、其、夫、于"等,以保持语句的稳定性。此句型"兮"字前后的字数可以有所变化,或四字,或七字、八字,但一般是六个字。

第二种是"○○○○兮,○○○○"型。例如:

恭承嘉惠兮,俟罪长沙。仄闻屈原兮,自沉汨罗。

鸾凤伏窜兮,鸱枭翱翔。阘茸尊显兮,谗谀得志。

这种句型其实是从"○○○○○○兮,○○○○○○"句型中演化而来的。由于"兮"字在此句型中处于中间的位置,使得前后语句的变化较为灵

活,作者可以根据自己表情达意的需要安排字数,适当增加或者减少,避免
单一化倾向。例如"勾践罪种兮,越嗣不长"(《悼骚赋》)、"造托湘流兮,敬
吊屈原"(《吊屈原赋》)、"含精兮诞卒,冥树兮英风"(《吊殷比干墓文》)、
"正皇天之清则兮,度后土之方贞"(《反离骚》)等,句子的长度可长可短,使
用起来非常自由,但其基本的句式还是每句"兮"字前后各四字。此种句式
语言文字错落有致,形成了清新流丽的艺术风格。

第三种是"○○○○,○○○兮"型。例如:

> 斡弃周鼎,宝康瓠兮。腾驾罢牛,骖蹇驴兮。
>
> 骥垂两耳,服盐车兮。章甫荐屦,渐不可久兮。

此句型的句式结构为上四字,下三字,"兮"处于下句之末。该句型由于
缺少灵活变化并且有内容含量较小的局限性,虽然看起来非常整齐但略显
呆板,后世作家极少采用,于是便逐渐消亡了。

这种仿楚离骚的体式,和它的"切要恻怆"的抒情要求结合在一起,有利
于淋漓尽致地抒发作者的感情。但吊文要求朴质无华,语言以朴素为美。
如果语言太为华丽则容易向赋转化,会影响吊文的特质。除了骚体之外,两
汉吊文常用的句式为四言句和六言句。如上文述及的阮瑀的《吊伯夷文》、
祢衡的《吊张衡文》,通篇是四言句;胡广的《吊夷齐文》、王粲的《吊夷齐文》
则通篇是六言句;也有四言和六言齐用的,如蔡邕的《吊屈原文》,其残辞曰:

> 鹴鸠轩翥,鸾凤挫翮;啄碎琬琰,宝其瓴甋。皇车奔而失辖,执辔忽
> 而不顾;卒坏覆而不振,顾抱石其何补。

总的来看,两汉吊文句式是以骚体句和四言句为主,句法结构上一般是
四四对称、六六对称或四六共用,这样句子便显得十分整齐。沈约《宋书·
谢灵运传论》云:

若夫敷衽论心,商榷前藻,工拙之数,如有可言。夫五色相宣,八音协畅,由乎玄黄律吕,各适物宜。欲使宫羽相变,低昂互节,若前有浮声,则后须切响。一简之内,音韵尽殊;两句之中,轻重悉异,妙达此旨,始可言文。①

句式的整齐便于音韵声律的和谐,易于构成句式的对称之美,也是"若前有浮声,则后有切响"的前提。只有句式整齐,才能形成声调的前后对应。有一阴必应一阳,有一清必应一浊,有一平必应一仄。这样,就形成了阴阳、清浊、平仄协调,才能达到中和之美,从而给人以视觉上的"形态色泽之美"和听觉上的"声调之美"。

《文心雕龙·章句》曰:

是以搜句忌于颠倒,裁章贵于顺序,斯固情趣之指归,文笔之同致也。若夫笔句无常,而字有条数,四字密而不促,六字格而非缓,或变之以三五,盖应机之权节也。②

《文镜秘府论·定位篇》亦云:

然句既有异,声亦互舛。句长声弥缓,句短声弥促,施于文笔,须参用焉。就而品之,七言以去,伤于太缓,三言以还,失于至促,准可以间其文势,时时有之。至于四言,最为平正,词章之内,在用宜多,凡所结言,必据之为述。至若随之于文合带而以相参,则五言六言,又其次也。至如欲其安稳,须凭讽读,事归临断,难用词穷。然大略而论,忌在于频

---

① (南朝·梁)沈约.宋书[M].北京:中华书局,1974:1759.
② (南朝·梁)刘勰著,范文澜注.文心雕龙注[M].北京:人民文学出版社,1958:571.

烦，务遵于变化。①

四六句式的使用，使得语句不疾不缓，匀称自然，这也是与其不能"华过韵缓"的文体规范要求相适应的。

但有的篇章不采用这种句式，而是采用散文体的句式，十分灵活。比如，班彪的《悼离骚》，就显得十分特别。其残辞曰：

> 夫华植之有零茂，故阴阳之度也。圣哲之有穷达，亦命之故也。惟达人进止得时，行以遂申。否则黜而圻蠖，体龙蛇以幽潜。

班彪此文是非常散文化的写法。由此可见，两汉时期的吊文，句式灵活多样，在骚体和四言句式的基础上加以变化，有四言句，有六言句，有四六相间的，还有散文体。这样的句式处理，不仅使吊文保持了其文体的大致结构模式，而且富于变化，读起来既朗朗上口，又曲折回环，给人留下十分深刻的印象，就不觉得呆板了。

由《吊屈原赋》所开创的一些辞赋类作品，被刘勰视为汉魏两晋最具代表性的哀吊类韵文，他在《文心雕龙·哀吊》中云：

> 自贾谊浮湘，发愤吊屈，体周而事覈，辞清而理哀，盖首出之作也。及相如之吊二世，全为赋体，桓谭以为其言恻怆，读者叹息，及卒章要切，断而能悲也。扬雄吊屈，思积功寡，意深《反骚》，故辞韵沉膇。班彪蔡邕，并敏于致诘，然影附贾氏，难为并驱耳。胡阮之吊夷齐，褒而无间，仲宣所制，讥呵实工。然则胡阮嘉其清，王子伤其隘，各其志也。祢衡之吊平子，缛丽而轻清；陆机之吊魏武，序巧而文繁。降斯一下，未有可称者矣。②

---

① （唐）弘法大师撰，王利器校注.文镜秘府论校注［M］.北京：中国社会科学出版社，1983：343.

② （南朝·梁）刘勰著，范文澜注.文心雕龙注［M］.北京：人民文学出版社，1958：241.

在上述这段文字中，刘勰把《吊屈原赋》作为"吊文"类文体的"首出之作"，此后有司马相如的《吊秦二世赋》、扬雄的《反离骚》、班彪的《悼离骚》、蔡邕的《吊屈原文》、胡广的《吊夷齐文》、阮瑀的《吊伯夷文》、王粲的《吊夷齐文》、祢衡的《吊张衡文》、陆机的《吊魏武帝文》。贾谊的《吊屈原赋》是采用楚辞句式的，而汉初的很多以哀悼屈原为题材的骚体类作品又是这一时期吊文创作的主要内容，所以，楚辞体的写作模式在当时哀吊类的文章中是具有非常重要的地位的，当然，这种写作模式对后世的哀吊类文章创作也是影响深远的。因为贾谊的《吊屈原赋》（《文选》作《吊屈原文》）是这类吊文的开山之作，并且它通篇所采用的是"兮"字句，所以继贾谊之后用楚辞体创作吊文是相当常见的。当然，需要指出的是，汉代的哀吊类文章句式大多是模仿《诗经》的，因此，四言句式比较多，楚辞体在其中占据的比例较小，整体来看，除了贾谊《吊屈原赋》、司马相如《哀秦二世赋》等著名的作品以外，其他的用楚辞体创作的哀吊类文章大多句法板滞、缺乏文采，文学价值不高。

骚体被比较广泛地运用于哀吊类韵文，并以其真挚的感情和圆熟的表现打动读者的心，是从魏晋南北朝这一特殊的时代开始的。关于这一点，笔者将在后文——魏晋时期的吊文之章节中有专篇论述；南北朝之后，在哀吊类韵文中，楚骚体依然是仅次于四言、六言的重要形制，如柳宗元《吊屈原文》《吊苌弘文》《吊乐毅文》、李华《吊古战场文》等许多悼亡类的著名作品都是用骚体写成，或运用了相当多的楚骚"兮"字句，因其不属于本文研究范围，故不论述。

（二）贾谊首先哀吊屈原在中国文学史上的开拓性意义及其文化意蕴

贾谊是中国文学史上哀吊屈原的第一位文人。贾谊被贬谪，由京师而到长沙，也成为中国大一统政治形势下被流放的第一位文学之士。据《史记》卷八十四《屈原贾生列传》记载：

孝文帝初即位，谦让未遑也。诸律令所更定，及列侯悉就国，其说皆自贾生发之。于是天子议以为贾生任公卿之位,绛、灌、东阳侯冯敬之属尽害之,乃短贾生曰:"洛阳之人,年少初学,专欲擅权,纷乱诸事。"于是天子后亦疏之,不用其议,乃以贾生为长沙王太傅。贾生既辞往行,闻长沙卑湿,自以寿不得长,又以适去,意不自得。及渡湘水,为赋以吊屈原。①

贾谊是被贬谪外放的,意味着仕途的失利,"在这种失志的政治苦痛之外,贬往千里之外的南楚腹地又使得贾谊这位北中国士子多了一种置身于'蛮夷'的精神痛楚。……更令贾谊难以面对的是,在南中国贬谪大地又正漂浮着中国历史上第一个贬谪诗人屈原的死亡魂灵。贾谊与屈原的不期而遇,是大中国政体下中国贬谪之士与屈原在南楚的第一次精神遭遇。屈原是因贬谪失志而自杀。面对屈原,实质上也就意味着面对生死抉择的精神难题。"②那么,贾谊及后来的贬谪士人该如何面对这一生死难题呢?

贾谊被流放到南楚腹地,从这一刻起便开始了他以及在他之后的无数被贬谪士人面对屈原生死困境的精神历程,他对此做出的选择无疑将会是影响巨大而深远的。据《汉书》卷四十八《贾谊传》记载:

> 于是天子后亦疏之,不用其议,以谊为长沙王太傅。谊既已谪去,意不自得,及渡湘水,为赋以吊屈原。屈原,楚贤臣也,被谗放逐,作离骚赋,其终篇曰:"已矣! 国无人,莫我知也。"遂投江而死。谊追伤之,因以自谕。③

上述这段文字虽然是史学家的评论话语,却正反映出贾谊面对屈原魂灵时内心的痛苦之情形。作为有相同境遇的文人,他们的遭遇是如此相似,

---

① (汉)司马迁撰,(南朝·宋)裴骃集解,(唐)司马贞索隐,(唐)张守节正义.史记[M].北京:中华书局,1975:2492.

② 程世和.汉初士风与汉初文学[M].北京:中国社会科学出版社,2004:143.

③ (汉)班固撰,(唐)颜师古注.汉书[M].北京:中华书局,1962:2222.

都因为才华出众而受到嫉妒,都因为刚直不阿而受到诋毁,这使得贾谊不得不陷入与屈原同样的精神困境之中,除此之外,贾谊还必须面对屈原自杀明志的事实,他也要为自己的命运做出艰难的选择,何去何从? 正是在面对屈原曾经的生死困境之中,深受汉初黄、老思想影响的贾谊同屈原一样因为内心苦楚的无从消弭而走向了文学创作之路,借以抒发心中抑郁情怀,这就是所谓的"不平则鸣"是也。那些凄迷而美丽的文字正是对痛苦的挣扎与超越。此时,老庄哲学就显示出其作为超世哲学的精神价值,"渊潜以自珍""远浊世而自藏"虽有孔子"天下有道则见,无道则隐"明哲保身的精神气息,但更与道家之学"全身""养性"有密切关联。贾谊最终做出了自己的选择,那就是通过写作来宣泄心中的不平与感伤情怀,于是他用老庄哲学说服了自己,把自己从屈原面对的精神困境中解脱了出来,寻找到了一条新的人生之路,在一定程度上消弭了屈原的死亡情结,也为后来的与他境遇相似的很多贬谪之士做出了榜样和表率。自此以后,中国贬谪士人的心态发生了根本转变,以文学方式解决精神难题的时代开始了。"文学是人生经历与体验的精神表达……高层政治的痛苦经历和体验导致了贾谊走向文学,走向了屈原,导致贾谊将自我的痛苦与屈原的痛苦融为了一体。作为中国文学史上第一位伟大诗人,屈原以其千古独绝的鸿篇巨制,以其诗篇中深广而沉重的思想内涵,成为中国精神史、中国诗史巨大的文化实存。由于'屈原困境'为中国历代士人所遭遇,屈原及其作品就成了中国历代士人永续不断的精神话题。而这一精神话题正发端于贾谊及其《吊屈原赋》。贾谊与屈原,一则处于中国大一统之前,一则处于中国大一统之初,两人处于具有本质区别的不同历史时期。尽管如此,贾谊却能够从自我政治遭际出发,与屈原达到了一种精神上的高度共鸣,由此而将屈原及其作品从难为北中国士人注意的南楚深闭空间中解放出来,在新的大一统历史背景上对其做出了历时性的文学阐发。"①除此之外,贾谊还以自己的亲身经历、心灵际遇为之作了艰难的注脚。贾谊对屈原生死困境的文学阐释,对屈原及其作品流传后世

---

① 程世和.汉初士风与汉初文学[M].北京:中国社会科学出版社,2004:147.

起到了至关重要的作用,更为重要的是贾谊面对生死困境所作的选择为后来的贬谪士人提供了一个在逆境中生存的范式,其意义尤为重大。

总而言之,这一类吊文篇章,大多是借助悼亡或者吊古的形式来抒发作者自己的情感,因为吊文本身是来源于楚辞的写作模式,而且这种创作也与自汉代以来的哀悼屈原的传统有着密切的联系,所以,它不仅在形式上采用了楚辞体参差错落的句型、一唱三叹的咏叹色彩,而且在内容上也汲取了楚辞深厚多样性的文化内涵,并且把屈原不幸的身世遭遇完美地融合在其中,从而使得这类作品所要抒发的真挚情怀更加哀婉动人。

因为贾谊之《吊屈原赋》采用的楚骚体式及其所开创的"吊屈"之先河,成为了后世作家"吊屈"的创作主题的优良传统,而且该文明确地表示"为赋以吊屈原"并"因以自喻",所以,自贾谊之后,两汉诸多士人都身不由己地卷入了对屈原及其作品的阐释之中。"庄忌出于'哀屈原受性忠贞,不遭明君而遇暗世'(《楚辞章句》)而作《哀时命》,东方朔'追悯屈原'(《楚辞章句》)而作《七谏》,王褒'读屈原之文……追而悯之,故作《九怀》'(《楚辞章句》),类似的作品还有刘向的《九叹》、扬雄的《反离骚》、梁竦的《悼骚赋》、王逸的《九思》等,都莫不从自身的现实感受出发,历时性地选择了屈原,可谓绵绵不绝。这些作品大多遵循通过'悼怀屈原'抒发自我感慨的基本模式,而且往往自我抒发在篇中占了更大的比例。"①由贾谊首先哀悼屈原所形成的话题成了两汉士人的文学创作主题,并进而成为了汉代以及汉代以后历代中国士人的文学创作主题。在两汉士人的观念里,贾谊不仅是屈原文学创作主题的发起者,而且是中国大一统政治形势下被流放的第一位文学之士,其人生经历与文学创作都具有鲜明的代表性。遭遇贬谪的悲愤不平、孤独寂寞、凄楚忧伤,和对生命的执著、对理想的追求,构成了贬谪文学丰富多样的内涵。就此而言,"贾谊以其《吊屈原赋》造成了以屈原为主题的南中国贬谪文学的诞生,为大一统君主政体下的中国士人开启了对政治人

---

① 郭建勋.先唐辞赋研究[M].北京:人民出版社,2004:167.

生及宇宙天地悲怆解读的精神历史、文学历史"①。贾谊面对生死困境所做出的理性选择，其寄寓悲愤于诗篇的抒情方式，对两汉士人及后世的贬谪之士，在精神上是有着极大的榜样和模范作用的，使得他们在逆境中坚强地活下去，不草率地结束自己的生命，而是把满腔的愤懑与不平付诸笔端，从而留下凄美而感伤的文字，彰显出个体存在的价值和意义，比如司马迁的"发愤著书"等，这也就是其文化价值及文化意蕴之所在。自此以后，以"悼伤屈原"为创作缘由，形成了一个源远流长的"吊屈"传统，贾谊《吊屈原赋》"首出之作"，功不可没，泽被后世甚多矣！②

三、吊文之篇章题名辨析："吊〇〇〇赋"与"吊〇〇〇文"

因贾谊《吊屈原赋》首用赋体，而且该文是吊文类的开山之作，是故两汉的作家们写该类文章时也多用赋体，以"吊〇〇〇赋"命名，但也有题名为"吊〇〇〇文"的，如蔡邕的《吊屈原文》、祢衡的《吊张衡文》、王粲的《吊夷齐文》等。这里涉及到文体观念的演变问题，今简要分析如下。

大体来说，汉代人的文学体裁观念，是模糊的，是宽泛的。"赋是汉代最为发达的文学体裁，也是汉代最具代表性的文学样式，它介于诗歌和散文之间，韵、散兼行，可以说是诗的散文化、散文的诗化。汉赋对诸种文体兼收并蓄，形成了新的体制。它借鉴楚辞、战国纵横之文主客问答的形式、铺张恣肆的文风，又吸取先秦史传文学的叙事手法，并且往往将诗歌融入其中。"③这便是被称为新体赋的汉大赋。在汉代模仿《离骚》进行文学创作是当时的社会风气，许多文人情系屈原。因此，"许多楚辞类作品都依傍于屈原，和新体赋形成了大体明确的分工：新体赋主要用于正面的赞颂讽喻，而楚辞类作品重在咏物抒情，而且抒发的多是抑郁之情，格调和《离骚》相近。在发展过程中，楚辞类作品逐渐与新体赋合流，总称文辞赋，楚辞类作品称为骚体赋，

---

① 程世和.汉初士风与汉初文学[M].北京:中国社会科学出版社,2004:148.
② 详参高胜利.贾谊《吊屈原赋》的文学价值及文化意蕴考述[J].安康学院学报,2011(2).
③ 袁行霈主编.中国文学史(一)[M].北京:高等教育出版社,1999:165.

有时也以赋命名,贾谊的《吊屈原赋》即是其例。"①汉代人心中的赋的概念是非常宽泛的,不像我们今天所认为的那样。汉代人认为只要是注重使用赋的手法的作品,都可以称为赋。故而他们认为使用了赋的手法的吊文也是赋。这种观念和魏晋南北朝时期是有很多差异的。萧统《文选》"吊文"类收录了贾谊的《吊屈原赋》一文,名称却是《吊屈原文》。而《史记》卷八十四《屈原贾生列传》云:"贾生既辞往行,闻长沙卑湿,自以寿不得长,又以适去,意不自得。及渡湘水,为赋以吊屈原。"②明确指出该文是赋。《汉书》卷四十八《贾谊传》也说"为赋以吊屈原",这些观点都认为该文是赋。《汉书》卷三十《艺文志·诗赋略》赋类著录"贾谊赋七篇"。王先谦《汉书补注》引王应麟曰:"《惜誓》《吊屈原》《鹏赋》,《古文苑》有《旱云赋》《虡赋》。"可知《吊屈原文》应该是"贾谊赋七篇"之一。在很多文献中该文被称为"赋",但是在魏晋南北朝时期便被称为"文"了,是因为当时已经有文、笔之分的概念了,而《吊屈原赋》是押韵的,故被列入"文"类,这反映了文学体裁观念的演进。魏晋南北朝时期,体裁辨析逐渐走向自觉和细密,许多体裁纷纷脱离赋体而独立,吊文也从赋体中分离了出来,成为一种独立的文体。这在其他文章的序中也得到反映,如晋陆机《吊魏武帝文》,其序文曰"于是遂愤懑而献吊云尔"。晋束皙《吊卫巨山文》,其序文曰"作吊文一篇,以吊其枢"。齐梁时期是我国文体体裁研究的成熟时期。以吊文为例,刘勰《文心雕龙》有"哀吊篇";任昉《文章缘起》则专门指出了吊文的首出之作;而《文选》则是在前人所选文章总集的基础上更进一步的文章总集,其共同点就是都把"吊"这一文体视为"文"类。

① 袁行霈主编.中国文学史(一)[M].北京:高等教育出版社,1999:166.
② (汉)司马迁撰,(南朝·宋)裴骃集解,(唐)司马贞索隐,(唐)张守节正义.史记[M].北京:中华书局,1975:2492.

第三节 魏晋:吊文之鼎盛时期

关于魏晋时期的吊文,撰者所辑录到的共计有 24 篇,其中三国魏 3 篇,晋 21 篇。魏晋时期吊文的总篇数在所有的先唐吊文篇目中的比重占了近二分之一,从篇量上占了绝对的优势,两汉吊文的篇目总共才有 14 篇。我们根据在第二章相关章节中对先唐吊文篇数和朝代分布所制作的统计表,可以发现魏晋时期的吊文在全部先唐吊文篇目的存在曲线中是居于顶点的位置的,尤其是晋代,处于最顶端的位置。就总体的艺术水准来看,较之前代的吊文作品,魏晋时期的吊文总体篇幅上有所增加,文学手段的运用更加丰富多彩,其抒情性的文体特征明显加强;而且吊物的篇目开始出现,从而扩展了吊文的题材范围。除此之外,魏晋时期的吊文还呈现出兴趣非常广泛的特点,不仅有哀吊先贤的,而且还有哀吊当时的世人的,以及哀吊物体的。魏晋时期,吊文创作的对象由先贤转向当时的世人,抒发的情怀也从哀悼、怀念古人转向伤悼作者自己的亲朋好友,也就是说,魏晋时期的吊文,其创作目的的情感指向从"咏怀"转向了"述哀",回归到吊文的原始之义,那就是"问终、吊丧",这个演变趋势也表现出吊文的成熟过程。

为了更为简明扼要地对此时期吊文的创作情况进行说明,暂搜集魏晋时期所有的吊文代表作家及作品列表如下(见表四)。

表四

朝代	作者	篇目	篇数
三国魏	糜元	吊夷齐文	3
		吊比干文	
	阮籍	吊某公文	
三国蜀		0	
三国吴		0	

续表

朝代	作者	篇目	篇数
晋	晋元帝	吊赠杨邠策	21+1
	庚阐	吊贾生文	
	李充	吊嵇中散文	
	李颙	吊平叔父文	
	嵇含	吊庄周图文	
	安虑	使蜀吊孔明	
	束皙	吊萧孟恩文	
	束皙	吊卫巨山文	
	潘岳	哭弟文	
	潘岳	吊孟尝君文	
	陆机	吊蔡邕文	
	陆机	吊魏武帝文	
	陆机	吊魏武帝柳赋（补入）	
	陆云	吊陈永长书	
	晋元帝	吊赠杨邠策	
	陆云	吊陈伯华书	
	湛方生	吊鹤文	
	卞承之	吊二陆文	
	傅咸	吊秦始皇	
	李氏	吊嵇中散文	
	王文度	吊范增文	
	王文度	吊龚胜文	

　　下面我们从吊文创作的抒情性强化和吊文题材范围的扩展两个方面来探究魏晋时期的吊文创作情形。

一、抒情性强化

魏晋南北朝时期是中国文化史上思想解放、富于浓情的一个时代,正如宗白华先生所说的那样:"汉末魏晋六朝是中国历史上最混乱、社会上最痛苦的时代,然而却是精神史上极自由、极解放、最富于智慧,最浓于热情的一个时代。因此也就是最富有艺术精神的一个时代。"①这种"最浓于热情""最富有艺术精神",在《世说新语·伤逝》《世说新语·文学》等篇目中,有许多生动的例子。如曹丕领导随从扮作驴鸣以哀吊王粲,王献之人琴俱亡的感叹,王衍"情之所钟,正在我辈"的宣言……不胜枚举。此时代的特点影响了人们的抒情方式的表达,也影响了他们的文体创作。大体来看,魏晋时期的吊文作品,其抒情方式从两个方面实现了转变:

一方面是着力凸显抒情的个人化色彩,而这样浓烈的个性化的抒情色彩又是怎样形成的呢? 这是与当时的社会背景密切相关的。

汉末建安时期,王纲解纽,随着东汉王朝的衰败与逐渐没落,社会动荡不安。朝不保夕的生存困境强烈地刺激着士人们的神经,儒学失去了往日的思想统治功能,占据士人思想核心地位的儒家经学和谶纬之学也失去了束缚力,人们的思想获得了自由,开始关注个体的独立和自我生命价值的体认,遂开启了一个个体的觉醒的时代。社会价值观念由重德行转向重才情,士人有了在各派势力中择木而栖的自由,个体生命与个人情感因战乱而受到普遍关注。如果说东汉末年的士人的觉醒还只是处于萌芽状态,尚对未来怀有一丝希望的曙光与热切向往的话,那么西晋士人所生发出的个体生命意识则是梦醒时分无路可走的末路心绪,更显悲情。因此,晋代骚体文学继承建安以来抒情性与个性化的传统,表现出愈加浓烈而普遍的抒情色彩,这固然与哀吊类韵文所采用的骚体本身的传统抒情方式有关,但也与魏晋时期士人朝不保夕的忧惧心态及晋人纵情、任情的社会风气密切相关。

我们首先探讨一下西晋士人的心态变化。西晋立国之前进行了排除异

---

① 宗白华.美学散步[M].上海:上海人民出版社,1980:356.

己的残酷杀戮,据《三国志·魏书·诸夏侯曹传》记载:

> 初,张当私以所择才人张、何等与爽。疑其有奸,收当治罪。当陈爽与晏等阴谋反逆,并先习兵,须三月中欲发,于是收晏等下狱。会公卿朝臣廷议,以为"春秋之义,'君亲无将,将而必诛'。爽以支属,世蒙殊宠,亲受先帝握手遗诏,讬以天下,而包藏祸心,蔑视顾命,乃与晏、飏及当等谋图神器,范党同罪人,皆为大逆不道"。于是收爽、羲、晏、谧、轨、胜、范当等,皆伏诛,夷三族。①

此次杀戮事件发生在正始九年(248),史称此次杀戮,"天下名士去其半"。

《三国志·魏书·诸夏侯曹传》又记载:

> 嘉平六年二月,(夏侯玄)当拜贵人,丰等欲因御临轩,诸门有陛兵,诛大将军,以玄代之……大将军微闻其谋,请丰相见,丰不知而往,即杀之。事下有司,收玄、缉、铄、敦、贤等送廷尉。……于是会公卿朝臣廷尉议,咸以为"丰等各受殊宠,典综机密,缉承外戚椒房之尊,玄备世臣,并局列位,而包藏祸心……"于是丰、缉、贤等皆夷三族,其余亲属徙乐浪郡。②

《三国志·魏书·王毋丘诸葛邓钟传》又记载:

> 正元二年正月,有彗星树十丈,西北竟天,起于吴楚之分。俭、钦喜,以为己祥。遂矫太后昭,罪状大将军司马景王,移诸郡国,举兵反……大将军统中外军讨之……钦遁走……比至慎县,左右人马稍弃

---

① (晋)陈寿著,(南朝·宋)裴松之注.三国志[M].北京:中华书局,1959:292.
② (晋)陈寿著,(南朝·宋)裴松之注.三国志[M].北京:中华书局,1959:295.

俭去,俭独与小弟秀及孙重藏水边草中。安风津都尉部民张属就射杀俭,传首京都。①

《晋书》卷二《文帝纪》亦记载:

> 甘露二年夏五月辛未,镇东大将军诸葛诞。杀扬州刺史乐琳,以淮南作乱……秋七月,奉天子及皇太后东征……三年春正月壬寅,诞、钦等出攻长围,诸军逆击,走之。……二月乙酉,功而拔之,斩诞,夷三族。吴将唐咨、孙曼、孙弥、徐韶等率其属皆降,表加爵位。②

《三国志·魏书·三少帝纪》注引《汉晋春秋》曰:

> (曹髦)帝见威权日去,不胜其忿。乃召侍中王沈、尚书王经、散骑常侍王业,谓曰:"司马昭之心,路人所知也。吾不能坐受废辱,今日当与卿等自出讨之。"……入白太后,沈业奔走告文王,文王为之备。……贾充又逆帝战于南阙下,帝自用剑。众欲退,太子舍人成济问充曰:"事急矣。当云何?"充曰:"蓄养汝等,正谓今日。今日之事,无所问也。"济即前刺帝,刃出于背。③

由上述史料可见,司马氏不仅残酷消灭异己的力量,而且最终撕去了虚伪的面纱,杀害魏主曹髦,使得曹魏政权的象征符号也不复存在了。

景元四年(263),司马氏杀嵇康,士人的心态受到最沉重的一次打击。《三国志·魏书·王卫二刘傅传》注引《魏氏春秋》曰:

---

① (晋)陈寿著,(南朝·宋)裴松之注.三国志[M].北京:中华书局,1959:761.
② (唐)房玄龄,等.晋书[M].北京:中华书局,1974:219.
③ (唐)房玄龄,等.晋书[M].北京:中华书局,1974:131.

康寓居河内之山阳县,与之游者,未尝见其喜愠之色。……康与东平吕昭子巽及巽弟安亲善。会巽淫安妻徐氏,而诬安不孝,囚之。安引康为证,康义不负心,保明其事,安亦至烈,有济世志力。钟会劝大将军因此除之,遂杀安及康。①

著名士人嵇康的被杀影响深远。罗宗强先生评论云:"杀嵇康比杀何晏等人对于士林之震动更为强大。司马氏是提倡名教的,嵇康却'越名教而任自然'。他处处以己之高洁,显司马氏提倡名教之虚伪与污浊。在玄风大畅的正始之后,要使名士们臣服,嵇康是非杀不可的。当然,杀嵇康的目的,是借用这位有甚大声望的名士的性命,使桀骜的名士们臣服。所加的罪名微不足道,而引起的反响则极大。杀嵇康而向秀失图,说明此举之后,司马氏留给士人们的活动天地已极为有限。名士们除了进入司马氏政权之外,几乎已无别种之选择。"②罗先生所言甚是!在这样的政治高压气氛中,士人的心态发生了极大的变化,他们不敢再议论政治,只好转向自己的内心世界,寻求一丝安慰。在这种心态下,当时的文人即使是创作了一些抒发对朋友的哀悼之情的文字也不敢展示出来,或者就像向秀怀念好友嵇康而作的《思旧赋》一样,尚未充分抒发哀痛感情便匆匆结尾。

立朝以后争夺权力的内部倾轧以及由此而来的长期祸乱,一次又一次的血雨腥风与生死离别,使得西晋文人本来就十分敏感而脆弱的心灵受到前所未有的震荡与冲击,他们比建安士人更能贴切地感受到命运的无常、生命的脆弱和死亡的恐怖。西晋享国50年,太平的时期也只有武帝在位的25年,后25年则是在女主专权、八王骨肉相互残杀和少数民族南下的动荡中苟延残喘中度过的。据《晋书》卷四《惠帝纪》记载:

太熙元年四月己酉,武帝崩。是日,皇太子即皇帝位,大赦,改元为

---

① (晋)陈寿著,(南朝·宋)裴松之注.三国志[M].北京:中华书局,1959:606.
② 罗宗强.魏晋南北朝文学思想史[M].北京:中华书局,2006:57.

永熙。……以太尉杨骏为太傅,辅政。永平元年三月辛卯,诛太傅杨骏……壬寅,征大司马、汝南王亮为太宰,与太保卫瓘辅政。……六月贾后矫诏使楚王玮杀太宰、汝南王亮,太保、菑阳公卫瓘。乙丑,以玮擅害亮、瓘,杀之。……永康元年夏四月辛卯,日有蚀之。癸巳,梁王肜、赵王伦矫诏废贾后为庶人,……己亥,赵王伦矫诏害贾庶人于金墉城。……永宁元年春正月乙丑,赵王伦篡帝位。……三月,平东将军、齐王同起兵以讨伦……征北大将军、成都王颖,征西大将军、河间王颙,长沙王乂,……皆举兵应之,众数十万。……癸亥,诛赵王伦……太安元年十二月丁卯……长沙王乂奉乘舆屯南止车门,攻同,杀之……太安二年十一月辛巳……壬寅夜,赤气竟天,隐隐有声。丙辰,地震。癸亥,东海王越执长沙王乂,幽于金墉城,寻为张方所害。……光熙元年,冬十月,司寇、范阳王虓薨。虓长史刘舆害成都王颖……①

《晋书》卷五十九《河间王颙传》记载:"永嘉初,诏书以颙为司徒,乃就征。南阳王模遣将梁臣于新安雍谷车上扼杀之,并其三子。"②这一系列的杀戮与纷争,史称"八王之乱"。光熙元年(306),惠帝死,怀帝即位,西晋进入永嘉之乱时期。据《晋书》卷五《孝怀帝纪·孝愍帝》记载:

永嘉元年春正月壬子朔,大赦,改元……二月辛巳,东莱人王弥起兵反……三月己未……并州诸郡为刘元海所陷……夏五月,马牧帅汲桑聚众反……二年春二月辛卯……石勒寇常山……冬十月甲戌,刘元海僭帝号于平阳,仍称汉。……四年春正月乙丑朔,大赦。……六月,刘元海死,其子和嗣伪位,和弟聪弑和而自立。……五年春正月帝密诏苟晞讨东海王越……五月丁巳,刘曜、王弥、石勒同寇洛川……丁酉,刘曜、王弥入京师。帝升华林园门,出河阴藕池,欲幸长安,为曜等所追

① (唐)房玄龄,等.晋书[M].北京:中华书局,1974:89—100.
② (唐)房玄龄,等.晋书[M].北京:中华书局,1974:1619.

及。曜等遂焚烧宫庙,逼辱妃后,吴王晏、竟陵王楙、尚书左仆射和郁、右仆射曹馥、尚书闾丘冲、袁粲、王锟、河南伊刘默等皆遇害,百官士庶死者三万余人。帝蒙尘于平阳,刘聪以帝为会稽公。……七年春正月,刘聪大会,使帝著青衣行酒……丁未,帝遇弑,崩于平阳。……六年九月辛巳,奉秦王为皇太子……建兴元年夏四月丙午,奉怀帝崩问,举哀成礼。壬申,即皇帝位。……四年春三月,代王猗卢薨……十一月乙未,使侍中宋敞送笺于曜,帝乘羊车,肉袒衔璧,舆榇出降。……十二月戊戌,帝遇弑,崩于平阳。时年十八。帝之继皇统也,属永嘉之乱。天下崩离,长安城中户不盈百,墙宇颓废,蒿棘成林。……①

八王之乱后,南北各地相继爆发流民起义,一些少数民族首领乘机起兵,西晋社会再次陷于动乱之中,史称"永嘉之乱"。

由上述史料可见,终西晋一代社会几乎一直处于动乱之中。整个社会层面,尤其是士人心中弥漫着一股浓重的生命之悲。因此整个晋代有相当数量的悼亡之作直接描写了晋人直面死亡的惨厉哀痛,从而促成了哀吊类文章的兴盛与繁荣。而这些作品承载着此时代士人的所思所感,特别是表现了他们在复杂酷烈的政治情势下对生死等人生现实问题的焦虑情绪与痛苦思索,故而充满了浓郁的抒情性。如束皙的《吊萧孟恩文》《吊卫巨山文》、潘岳的《哭弟文》、陆机的《吊魏武帝文》、陆云的《吊陈永长书》《吊陈伯华书》等。汉末建安以来,随着人们对生命与死亡认识的加深,抒发作者对亡者的悼念之情成为一种悯伤他人、慰藉自我的重要方式,诔文、哀辞、挽歌、哀策文、吊文、祭文等相关的哀吊类文体逐渐定型而有所发展,悼亡之作数量大增。当时有名的文人比如陆机、陆云、潘岳等都写过很多哀悼类的作品。尤其是潘岳,潘岳对亲情、友情、爱情的重视除了本性使然以及受到儒家传统伦理道德的影响之外,其所处环境带来的任情风气亦是重要原因之一。此外,潘岳一生才高位卑,仕途坎坷,他的亲戚故旧亦多短命,父亲、岳

---

① （唐）房玄龄,等.晋书[M].北京:中华书局,1974:115—131.

父、发妻、弟弟、妹妹、妻妹、连襟、弱子、爱女等一个接一个地亡故,自己也因卷入宫廷党争,险遭诛戮,对伤逝的体验可谓刻骨铭心。因此,他的一生也是哀情无限的一生。魏晋士人在潇洒风神之中显示的是至情至性之美,他们注重亲情、友情、爱情,视之为生命的一部分,并将其上升为一种生命境界。魏晋士人这种对生命的重视与感悟,任情之风的盛行,表现在文学创作上,就是作品的浓郁的抒情性的显露。而潘岳作品"情深"之特色就是这种士风的反映。在潘岳现存的作品中,属于"哀悼"性质的诗文几乎占据他全部作品的半数,而这些作品,按照其所哀悼对象的不同,大致可以分为两类:一是哀悼帝王、后妃、贵族权臣的文字,大多出于应酬,并没有多少真情实感。二是哀悼亲人、朋友的文字,此类作品较多,从这类作品中可以看出潘岳对亲人、朋友无限的深情。①

我们接下来具体探讨一下西晋士人纵情、任情之风对文学创作的影响。

西晋中后期动荡的社会局势对士人的心态影响是深远的。是故"西晋士人并没有在现实生活中找到真正的安身立命之所,故其情感世界是动荡不已的;由魏入晋的名士多生活在对往日的追忆中,而新生名士则又生活在对现实的感伤中。因此,在表面上,西晋士人给人以俗气很重的印象,但在其内心深处,却时常流露出种种浓郁的深情"②。对西晋社会士人的这种心态现象,宗白华先生评论云:"晋人向外发现了自然,向内发现了自己的深情。"③的确如此,"那一代士人,他们大畅玄风,客观上,在影响别人,而主观上,却只遵从自己的情性。与其说人们在留恋他们当初的浪漫风姿,毋宁说人们更怀念他们的尚情个性。对于生死,对于友情,对于艺术,他们总是那样执着、真诚,爱恋得如痴如醉。在他们的人生里,伦理与道德、审美与情感,虽然呈现出复杂不一的状态,但却始终维护着赤子一般的襟怀,袒露了没有一丝云翳的心灵。"④我们常常谈论说魏晋时期是士人个体意识觉醒的

---

①　详参高胜利.潘岳情深与西晋士风[J].名作欣赏,2017(10).

②　陈洪.诗化人生:魏晋风度的魅力[M].保定:河北大学出版社,2001:278.

③　宗白华.美学与意境[M].北京:人民出版社,1987:189.

④　皮元珍.玄学与魏晋文学[M].长沙:湖南人民出版社,2004:69.

时代,所谓个体意识觉醒,归根到底是自我生命意识的觉醒,也即是发现了自我的真性情,是士人体认了自己内心的情感世界,彰显出个体生命的存在价值。在魏晋时期,"情论"是玄谈人士讨论的一个重要的哲学命题。无论是主张"圣人无情"还是倡导"圣人有情","情"字在文人们视野中经常凸显,这足以证明,"情"乃是魏晋士人人生中挥之不去的一个重要因子,他们生活中面临的许多困惑、痛苦乃至危机皆由此而生。

正因为"情"成为了一种宿命的力量,所以压抑如阮籍者在听到母亲的死讯后,才会悲痛欲绝,《世说新语·任诞》记载:

> 阮籍尝葬母,蒸一肥豚,饮酒三升,然后临诀,直言"穷矣!"都得一号,因吐血,废顿良久。①

粗豪如桓温者,在见到十多年前自己亲手种植的柳树已经大到十围时,不禁感叹时光流逝,英雄易老,《世说新语·言语》记载:

> 桓公北征经金城,见前为琅铘时种柳,皆已十围,慨然曰:"木犹如此,人何以堪!"攀枝执条,泫然流泪。②

敏感如卫玠者面对滔滔江水,也感叹光阴似流水,《世说新语·言语》记载:

> 卫洗马初欲渡江,形神惨粹,语左右曰:"见此茫茫,不免百端交集。

---

① (南朝·宋)刘义庆撰,(南朝·梁)刘孝标注,余嘉锡笺疏.世说新语笺疏[M].上海:上海古籍出版社,1993:728.

② (南朝·宋)刘义庆撰,(南朝·梁)刘孝标注,余嘉锡笺疏.世说新语笺疏[M].上海:上海古籍出版社,1993:114.

苟未免有情,亦复谁能遣此!"①

由上述材料可见,"情"真的成为了魏晋名士的生命中不能承受之"轻",因为它能够彰显出生命的深度,映射出他们无法把握的命运,是他们面对社会现实所形成的精神世界的外在表现。与"情"联系最为紧密的无疑是对个体生命存在状态的审美观照,也是这一时期哀情之作大量涌现的原因所在。魏晋时期的士人,他们深深体悟到个体意识的觉醒,又在黑暗的现实社会中因个体意识觉醒而更加感受到生命的可贵,于是他们更加珍惜生命,关注个体的生死。当然,追求生命的质量,祈求长生,厌恶死亡,这是人们普遍的想法。所以,庄子两度借孔子之口强调:"死生亦大矣!"认识到生死情结存在的普遍性和深刻影响,魏晋时期的士人内心何尝不是如此?

魏晋士人们在那个政治压迫的年代里,只好运用各种特殊的方式去钟爱、珍惜自我的生命,他们或者隐逸山林、远离尘世;或者酣饮佯狂、躲避压迫;或者逃避仕宦、保持名节等,方式各异,据《晋书》卷四十九《阮籍传》记载:

> 籍本有济世志,属魏晋之际,天下多故,名士少有全者,籍由是不与世事,遂以酣饮为常。文帝初欲为武帝求婚于籍,籍醉六十日,不得言而止。钟会数以时事问之,欲因其可否而致之罪,皆以酣醉获免。②

本传又记载:

> 时率意独驾,不由径路,车迹所穷,辄恸哭而返。尝登广武,观楚汉战处,叹曰:"时无英雄,使竖子成名!"登武牢山,望京邑而叹,于是赋豪

---

① （南朝·宋）刘义庆撰,（南朝·梁）刘孝标注,余嘉锡笺疏.世说新语笺疏[M].上海:上海古籍出版社,1993:94.
② （唐）房玄龄,等.晋书[M].北京:中华书局,1974:1359.

杰诗。①

据《晋书》卷九十四《朱冲传》记载：

> 朱冲字巨容，南安人也。少有至行，闲静寡欲，好学而贫，常以耕艺为事。……咸宁四年，诏补博士，冲称疾不应。寻又诏曰："东宫官属亦宜得履蹈至行敦悦典籍者，其以冲为太子右庶子。"冲每闻征书至，辄逃入深山，时人以为梁、管之流。②

据《太平御览》卷五〇二"逸民部"引王隐《晋书》曰：

> 董京，字威辇，不知何郡人也。泰始初，值魏禅晋，遂被发佯狂，常宿白社中。③

《晋书》卷九十四《范粲传》亦记载：

> 范粲，字承明，陈留外黄人，汉莱芜长丹之孙也。粲高亮贞正，有丹风，而博涉强记……魏时州府交辟，皆无所就。久之，乃应命为治中，转别驾……齐王芳被废，迁于金镛城，粲素服拜送，哀恸左右。时景帝辅政，召群官会议，粲又不到，朝廷以其时望，优容之。粲又称疾，阖门不出。于是特诏为侍中，持节使于雍州。粲因阳狂不言，寝所乘车，足不履地。……以太康六年卒，时年八十四，不言三十六载，终于所寝之车。④

---

① （唐）房玄龄，等.晋书[M].北京：中华书局，1974：1359.
② （唐）房玄龄，等.晋书[M].北京：中华书局，1974：2430.
③ （北宋）李昉，等.太平御览[M].北京：中华书局，1960：2295.
④ （唐）房玄龄，等.晋书[M].北京：中华书局，1974：2431.

上述文献中范粲"阳狂不言,寝所乘车,足不履地",乃至不言三十六载,有深意存焉。因为按照范粲于太康六年(285)卒来计算的话,其与司马氏的非暴力不合作态度已经是开始于嘉平元年(249)了,而这一年正是司马懿诛杀曹爽之年。从此以后,曹魏政权已经是名存实亡了。

我们整体观照上述史料可知,从阮籍的"不与世事""酣饮为常",到朱冲的"闻征书至,辄逃入深山",再到董京的"被发佯狂",直至范粲的"足不履地""不言三十六载",他们或者是消极抵抗,或者是隐逸避世,这种举动虽然也是受到了当时隐逸之社会风气的影响①,但也反映出这些士人用如此激烈的抗争举止表明拒绝参与到当时的政治中去的态度,上述这几个例子说明在司马氏集团的政治高压下,士人是如何千方百计躲避仕途、远离政治以求自保的。因此,当我们仔细审视与体味这些事例,可知他们当时的放诞行为实质上是对生命的珍视。在那种强权政治肆意杀戮的黑暗年代里,生命太脆弱了,他们颇有感触,却也无可奈何,唯有更加珍惜自己的生命!虽然这些士人在表面上显示出对现实政治的冷漠与疏离,但这并不意味着他们内心情感世界的荒芜。恰恰相反,魏晋士人在内心深处时常流露出浓郁的深情,表现在现实生活中则形成率意重情、任情之风尚。

据《晋书》卷四十三《王戎传附王衍传》记载:

> (王)衍尝丧幼子,山简吊之,衍悲不自胜,简曰:"孩抱中物,何至于此!"衍曰:"圣人忘情,最下不及于情。然则情之所钟,正在我辈。"简服其言,更为之恸。②

---

① 详参高胜利.西晋隐逸之士风与潘岳文学创作关系考[J].大东方,2018(4).

② (唐)房玄龄,等.晋书[M].北京:中华书局,1974:1236.一说是王戎丧子,《世说新语·伤逝》"王戎丧儿万子"条记载此事。程炎震先生云:"《晋书·王衍传》取此,云衍尝丧幼子。盖以万年十九卒,不得云孩抱中物也。"余嘉锡先生对此加按语曰:今《晋书·王衍传》作"衍尝丧幼子,山简吊之"。即注所载一说也。吴士鉴注曰:"王戎丧子,年已十九,不得云孩抱中物。《世说》误衍作戎,合为一事。注引王绥事以实之,亦误也。"按,综合上述诸家观点,揣摩文意,以情理推论,窃以为当以王衍丧子较为妥帖。

这里涉及玄学家谈论的"圣人是否有情"之论。从玄理上说，魏晋玄学家早已解决了"任情"的理论障碍。何晏认为圣人能够顺天应时，由于其道德修养，做到喜怒哀乐皆节之以礼，因此圣人无累于物，也不复应物，是故"圣人无情"。王弼则认为"圣人有情"，其曰："圣人茂于人者神明也，同于人者五情也。神明茂，故能体冲和以通无；五情同，故不能无哀乐以应物。然则，圣人之情，应物而无累于物者也。今以其无累，便谓不复应物，失之多矣。"而玄学家向秀则进一步认为："有生则有情，称情则自然……夫人含五行而生，口思五味，目思五色，感而思室，饥而求食，自然之理也。"连圣人都是有情的，还有什么人能无情呢？"所谓圣人忘情，本来自何晏、王弼的有情与无情之论。然而王衍独取'钟情'，不同于何、王之说而接近于向秀之论，所以他并不掩饰丧子之痛，大为悲痛。被誉为'风尘外物'的名士领袖王衍尚且如此不能忘情，一般名士也就可想而知了……山简之所以为他人'孩抱中物'而悲恸，其实是对生命的一种珍视。"①正因为我辈非圣人，亦非下愚之人，所以感情尤为真挚，而这种生发出的生命意识和对生命的钟情已经深深地浸透到了名士的日常生活中了。兹略举几例以说明之：

　　　　荀奉倩与妇至笃，冬月妇病热，乃出中庭自取冷，还以身熨之。妇亡，奉倩后少时亦卒。以是获讥于世。奉倩曰："妇人德不足称，当以色为主。"裴令闻之曰："此乃是兴到之事，非盛德言，冀后人未昧此语。"②（《世说新语·惑溺》）

　　　　支道林丧法虔之后，精神实丧，风味转坠。常谓人曰："昔匠石废斤于郢人，牙生辍弦于钟子，推己外求，良不虚也。冥契既逝，发言莫赏，中心蕴结，余其亡矣！"却后一年，支遂殒。③（《世说新语·伤逝》）

①　陈洪.诗化人生：魏晋风度的魅力[M].保定：河北大学出版社，2001：279.
②　（南朝·宋）刘义庆撰，（南朝·梁）刘孝标注，余嘉锡笺疏.世说新语笺疏[M].上海：上海古籍出版社，1993：918.
③　（南朝·宋）刘义庆撰，（南朝·梁）刘孝标注，余嘉锡笺疏.世说新语笺疏[M].上海：上海古籍出版社，1993：642.

　　孙子荆以有才,少所推服,惟雅敬王武子。武子丧时,名士无不至者。子荆后来,临尸恸哭,宾客莫不垂涕。哭毕,向灵床曰:"卿常好我作驴鸣,今我为卿作。"体似真声,宾客皆笑。孙举头曰:"使君辈存,令此人死!"①(《世说新语·伤逝》)

　　顾彦先平生好琴,及丧,家人常以琴置灵床上。张季鹰往哭之,不胜其恸,遂径上床,鼓琴,作数曲竟,抚琴曰:"顾彦先颇复赏此不?"因又大恸,遂不执孝子手而出。②(《世说新语·伤逝》)

　　荀粲如此喜爱他的妻子,以至于在妻子死后不久他也去世了,"以是获讥于世",可谓是魏晋时期士人任情而动的典型③。当然,需要指出的是,荀粲对绝色女子的喜欢与追求,也是当时社会审美情趣的反映。魏晋士人深受时代唯美风气的影响。这种崇尚女性美的倾向,发展至西晋时期更成为一种普遍的审美取向。魏晋时期的人们不仅注重自己的穿着打扮,而且对于那些容貌姣美的人给予高度的赞誉,形成一种狂热的唯美风潮,潘岳少年时期游玩洛阳道被掷果满车的故事就是在此社会背景下发生的。④"支道林作为佛法界的一位巨子,博学多才,尤擅清谈,他的清逸超俗是令时人仰

①　(南朝·宋)刘义庆撰,(南朝·梁)刘孝标注,余嘉锡笺疏.世说新语笺疏[M].上海:上海古籍出版社,1993:637.
②　(南朝·宋)刘义庆撰,(南朝·梁)刘孝标注,余嘉锡笺疏.世说新语笺疏[M].上海:上海古籍出版社,1993:640.
③　值得注意的是,荀粲之所以在其妻去世后亦悲伤至死,并不是因为荀粲与他的妻子有着多么深厚的真挚感情,而是如此的美色恐怕以后难以遇到了,这才是他悲伤欲绝的根本原因。刘孝标注引《粲别传》曰:"粲常以妇人才智不足论,自宜以色为主。骠骑将军曹洪有女色,粲于是聘焉。容服帷帐甚丽,专房燕婉。历年后妇病亡。未殡,傅嘏往喭粲,粲不哭而神伤。嘏问曰:'妇人才色,并茂为难。子之聘也,遗才存色,非难遇也,何哀之甚?'粲曰:'佳人难再得!顾逝者不能有倾城之异,然未易遇也。'痛悼不能已已。岁余亦亡。"由此可见,荀粲对妻子的无限深情,乃是建立在对绝色女子的美丽容颜的爱慕之上的,这其中当然也包括对美丽事物的欣赏,其更为关注的是男欢女爱之情,不仅仅是对如此美色的强烈占有欲而已。
④　详参高胜利.鼓角横吹曲《洛阳道》曲辞本事考证[J].黄钟(中国·武汉音乐学院学报),2013(3).

慕的。其交友更看重心灵的默契、'会心',他发自内心的深切感受是由对生命的珍惜,扩展到对纯真友情的执著追求。一旦痛失知音,生命之树也就枯萎了";①孙子荆驴鸣之达,显然是效仿戴良、曹丕送葬;张季鹰抚琴之举,犹如嵇康之哀吊阮籍丧母。汉魏任诞之遗风,于此竟丝毫不衰,亦足见西晋士人重情之情形。所以,魏晋士人在潇洒风神之中显示的是至情至性之美,他们注重亲情、友情,视之为生命的一部分,并将其上升为一种生命境界。魏晋士人这种对生命的重视与感悟,任情之风的盛行,表现在文学创作上,就是作品所呈现出的浓郁的抒情性。

晋人骚体作品中的叹逝悼亡之情怀,无论是对生命的依恋还是对死亡的忧惧,都体现了对个体生命价值的自我确认,即使是对死亡的悲哀也反映着对生存的自觉,而且这些作品表现了人类普遍的共同的情感,因而体现了浓郁的抒情性,具有较强的感染力。恰如万陆先生所说:"哀悼类实用散文的美,来自特定的人物关系,来自由这种特定的人物关系产生的,非他人所能体验的独特情感以及感情表达的独特方式,特定关系表达的愈充分,愈巧妙,魅力就越大,美学意味就愈浓。"②

另一方面,多种多样的情感表达方式,也是魏晋时期的吊文增强其美学意味的有效途径。当然,需要说明的是,这两个方面是同时发生、相互作用的。魏晋时期的吊文,其抒情方式主要有以下三种:

(1)以叙事抒情。这时期的吊文作品,它的作者往往从所哀吊对象的具体事迹,以及对往日的追忆中来书写,这样,从细致入微的生活情节出发,显得文情并茂,哀婉动人。比如陆云的《吊陈永长书》,其中有这样的文字:

> 与永耀相得,便结愿好。契阔分爱,恩同至亲。凭烈三益,终始所愿。中间离别,但尔累年。结想之怀,梦寐仿佛。何图忽尔便成永隔,哀心恻楚,不能自胜,痛当奈何奈何!

① 皮元珍.玄学与魏晋文学[M].长沙:湖南人民出版社,2004:73.
② 万陆.中国散文美学[M].郑州:中州古籍出版社,1989:204.

　　作者在追忆自己与陈永长交往、离别的生活细节中，寄予了其对友人深切的怀念之情。真可谓是愈追念昔日的美好，愈倍感知己情深，而一旦失去，便痛彻心扉。

　　在叙事中抒情，不仅会使文章的内容显得情深意切，而且会使所抒情的对象形象更加鲜明生动。比如陆机在《吊魏武帝文》序中所述，他对魏武帝生前留下的遗嘱感慨万分，在抒发对其哀痛之情的同时，也使得曹操的形象跃然纸上，其序文曰：

　　元康八年，机始以台郎出补著作，游乎秘阁，而见魏武帝遗令，忾然叹息，伤怀者久之。客曰："夫始终者，万物之大归；死生者，性命之区域。是以临丧殡而后悲，睹陈根而绝哭。今乃伤心百年之际，兴哀无情之地，意者无乃知哀之可有，而未识情之可无乎？"机答之曰："夫日食由乎交分，山崩起于朽壤，亦云数而已矣。然百姓怪焉者，岂不以资高明之质，而不免卑浊之累；居常安之势，而终婴倾离之患故乎？夫以回天倒日之力，而不能振形骸之内，济世夷难之智，而受困魏阙之下。已而格乎上下者，藏于区区之木；光于四表者，翳乎纤尔之土；雄心摧于弱情，壮图终于哀志，长算屈于短日，远迹顿于促路。呜呼！岂特瞽史之异阙景，黔黎之怪颓岸乎？观其所以顾命冢嗣，贻谋四子，经国之略既远，隆家之训亦弘。又云：'吾在军中，持法是也。至小忿怒，大过失，不当效也。'善乎达人之谠言矣！持姬女而指季豹，以示四子曰：'以累汝。'因泣下。伤哉！曩以天下自任，今以爱子托人。同乎尽者无余，而得乎亡者无存。然而婉娈房闼之内，绸缪家人之务，则几乎密与！又曰：'吾婕好妓人，皆着铜爵台。于台上施八尺床，繐帐，朝晡上脯糒之属。月朝十五，辄向帐作妓。汝等时时登铜爵台，望吾西陵墓田。'又云：'余香可分与诸夫人。诸舍中无所为，学作履组卖也。吾历官所得绶，皆着藏中。吾余衣裳，可别为一藏。不能者兄弟可共分之。'既而竟分焉。亡者可以勿求,存者可以勿违,求与违不其两伤乎？悲夫！爱有大而必失,恶有甚而必得。智慧不能去其恶,威力不能全其爱。故前识所不用心,而圣人罕言焉。若乃系情累于外物,留曲念于闺房,亦贤俊之所宜废乎？"于是遂愤懑而献吊云尔。

在上述这段序文里,陆机不仅把曹操儿女情长的平凡的一面表现了出来,而且在哀悼魏武帝之死的同时,也表达了自己的看法,寄寓了自己的一片深情。更为难能可贵的是,作者把笔触深入到整个宇宙人生,这里不再是泛泛而论,而是饱含作者的人生感慨与悲伤,面对死亡,英雄人物尚且如此气短,何况平常之辈乎！死亡来临的时候,无论是皇亲贵族还是普通百姓,大多都会有软弱的一面,表现出对死亡的恐惧,对生的渴望。但作者对魏武帝的遗令是同情之中带有批判情绪的,在他看来,贤俊之人是不应该"情累于外物,留曲念于闺房"的。这样的叙事中带有抒情,并探索了形而上的人生哲理,显得很有深度,颇具有哲学意味。当然,陆机的这番评判之辞是与其士族心态、高远志向密切相关联的,他自己就是积极进取、追逐事功的人。据《晋书》卷五十四《陆机传》记载:"时中国多难,顾荣、戴若思咸劝机还吴,机负其才望,而志匡世难,故不从。"①本传又记载:"时成都王颖推功不居,劳谦下士。机既感全济之恩,又见朝廷屡有变难,谓颖必能康隆晋室,遂委身焉。"②其结果就是陆机在内部的争权夺利和小人的陷害下,不仅自己丧失了生命还使得亲属遭受屠戮。究其根本原因,"是陆氏家族博学善政、重视事功的家风所影响的"③。略举一例以说明之,据《后汉书》卷三十一《陆康传》记载:

康少仕郡,以义烈称,刺史臧旻举为茂才,除高成令。县在边陲,旧

---

① （唐）房玄龄,等.晋书[M].北京:中华书局,1974:1467.
② （唐）房玄龄,等.晋书[M].北京:中华书局,1974:1467.
③ 王永平.六朝江东世族之家风家学研究[M].南京:江苏古籍出版社,2003:81.

制,令户一人具弓弩以备不虞,不得行来。长吏新到,辄发民缮修城郭。康至,皆罢遣,百姓大悦。以恩信为治,寇盗亦息。州郡表上其状。广和元年,迁武陵太守,转守桂阳、乐安两郡,所在称之。①

对于陆机在乱世中仍然奋发进取的现象,王永平先生评论云:"孙吴之世,陆氏家族中的精英人物入仕大都有政绩,如陆绩、陆逊、陆抗、陆凯等皆有非凡的军政才能,重视实务。陆氏家族这种重视武事、吏事,积极进取的精神风貌在当世玄风大畅、崇尚玄虚清谈、不以世务婴心的时代氛围中可谓是独树一帜了。在这种家风影响下,陆氏子弟大都致力事功,努力维持家族的荣誉和地位。"②王先生所言甚是! 而陆机在乱世之中仍然怀有积极进取的心态明显是其"克振家声"之宗族意识的体现,③因而他才对魏武帝临死之时的儿女之情有批判的言辞。陆机的这篇《吊魏武帝文》以"览遗籍以慷慨,献兹文而凄伤"为创作动机,在叙事中抒情,刻意描绘出魏武帝作为一个普通人的真性情,表达了作者的深切同情,文情并茂,令人感伤。这篇吊文也得到了评论家的高度肯定,刘勰在其《文心雕龙·哀吊》中云:"陆机之吊魏武,序巧而文繁。降斯以下,未有可称者矣。"④刘勰虽然认为这篇吊文有"文繁"的不足,但又说"降斯以下,未有可称者矣",则是表达了对这篇吊文的高度赞誉。魏晋时期的许多吊文在抒情的时候总要插入对事件的描述,对人生、宇宙、世事的思考,使得所抒之情有具体的事件可依,可谓是叙事与抒情的完美结合,从而显得更加真挚动人。

(2)借景抒情。这种抒情方式在汉代的作品中也有,如司马相如《吊秦二世文》中有这样的文字,其辞曰:

---

① (南朝·宋)范晔著,(唐)李贤等注.后汉书[M].北京:中华书局,1965:1112.
② 王永平.六朝江东世族之家风家学研究[M].南京:江苏古籍出版社,2003:87.
③ 详参:高胜利.克振家声的宗族意识——从士族门第探潘、陆附势心态之异同[J].安徽广播电视大学学报,2013(3).
④ (南朝·梁)刘勰著,范文澜注.文心雕龙注[M].北京:人民文学出版社,1958:240.

　　登陂陁之长阪兮,坌入曾宫之嵯峨。临曲江之隑洲兮,望南山之参差。岩岩深山之谾谾兮,通谷豁兮谽谺。汨湛颬习以永世兮,注平皋之广衍。观众树之蓊薆兮,览竹林之榛榛。

这几句是借景抒情,描写的景物有幽静的曲江、参差的南山、淙淙的流水、蓊郁的树木、茂盛的竹林等,以这些生机勃勃的自然景色来说明生命的美好,而秦二世却不知珍惜。不过这种抒情方式在汉代是少有的,直到魏晋时期才成为一种广泛运用的抒情方式。

比如庾阐的《吊贾生文》,其中有这样的字句,其辞曰:

　　兰生而芳,玉产而洁。阳葩熙冰,寒松负雪。莫邪挺锷,天骥汗血。苟云其隽,谁与比杰!是以高明倬茂,独发旨秀。道率天真,不议世疢。焕乎若望舒耀景而焯群星,矫乎若翔鸾拊翼而逸宇宙也。飞荣洛汭,擢颖山东。质清浮磬,声若孤桐。琅琅其璞,岩岩其峰。

上述这段文字以这些具有高洁品格的景物,如兰花、美玉、寒松、明月等来象征贾谊的清高,这段文字对仗工整,辞藻清丽,表达出作者心中无限的感慨情怀。

又如陆云《吊卫巨山文》中的文字,其辞曰:

　　同志旧友阳平枣暠顷闻飞虎肆暴,窃矫皇制。祸集于子,宗祊几灭。越自冀方,来赴来祭。遥望子第,铭旌丛立,既窥子庭,其殡盈十。徘徊感动,载号载泣。敛袂升阶,子不我揖。引袂授袪,子不我执。哀哉魂兮,于焉乃集?

在上述这段文字中以具有感伤色彩的景物,如在风中飘扬的铭旗、哀伤的殡客等来渲染友人逝世所带来的悲痛之情。其实,这种借景抒情的方式也即是借鉴了传统文学中的比兴手法。"诗文中相关情境、景观的出现一般不是简单随意的,它符合诗学理论的规律性总结:'兴之为也,是诗家大半得力处。无端说一件鸟兽草木,不明指天时而天时恍在其中,不显言地境而地境宛在其中,且不实说人事而人事已隐约流露其中。故有兴而诗之神韵全具也。'"①因此吊文的写景其实也是兴,是为抒情而服务的,从而为情感的抒发酝酿一种气氛、一种意境,有利于培养情感的张力,以便于更好地抒发作者自身的情怀。

(3)对比抒情。如潘岳的《吊孟尝君文》,以孟尝君富贵时"出握秦机,入专齐政。右昀而赢强,左顾而田竟"的意气风发,对比失势后的"琐琐之身,而名利是求。畏首畏尾,东奔西囚。志挠于木偶,命悬于狐裘"的狼狈情形,从而把作者对孟尝君处世行为的不满之情淋漓尽致地表达了出来。

又如李氏《吊嵇中散文》中的一段文字,其辞曰:

> 宣尼有言曰:"惟仁者能好人,能恶人。"自非贤智之流,不可以褒贬明德,拟议英哲矣。故彼嵇中散之为人,可谓命世之杰矣。观其德行奇伟,风韵邵邈,有似明月之映幽夜,清风之过松林也。若夫吕安者,嵇子之良友也。钟会者,天下之恶人也。良友不可以不明,明之而理全;恶人不可以不拒,拒之而道显。夜光非与鱼目比映,三秀难与朝华争荣。故布鼓自嫌于雷门,砾石有忌于琳琅矣。

在上述这段文字里,作者以嵇康的高风亮节、风流倜傥与钟会的阴险丑恶、卑鄙无耻做鲜明的对比,使崇高者更显崇高,卑鄙者更显卑鄙。但高尚是高尚者的墓志铭,卑鄙是卑鄙者的通行证。崇高的文士被杀害了,而卑鄙小人却活了下来。于是作者悲痛而又无比愤慨,抒发了其"思慷慨而汯然"的凄伤之情怀,在这段文字中,作者对著名士人嵇康的赞赏与哀悼之情表达得淋漓尽致。

---

① 王立.永恒的眷念[M].北京:学林出版社,1999:236.

在魏晋时期的吊文中,这种对比抒情的方式,更为常见的是以今昔情形作为对比,来抒发一种物是人非的感伤之情。吊文中情感思绪的指向"无非是既往与将来。其于既往,多是怀悼死者,畅言自己与之难忘的交往,当初他如何令人留恋;其于将来,则多是感伤自身,忧患命运与人生大限日后是如何不堪设想。怀悼死者,常由旧景遗物引发或强化;感伤自身则归结为对人生必然归宿的一种超前意识,这就是所谓悼人兼自悼,甚至索性纯然自悼。"①人生自古伤离别,更何况是一去而永不复返的离别呢? 在无法相知的两个世界里,斯人已逝,痛何如哉! 从而引发活着的人的无限感伤与悲痛。

比如陆云的《吊陈永长书》,其辞曰:

> 永耀茂德远量,一时秀出。奇踪玮宝,灼尔凌群。光图陵宗,人士之望。希冀其永年,遂播盛业。携手远游,假乐此世。奈何一朝独先凋零,奄闻凶讳,祸出不意,附心恸楚,肝怀如割,奈何奈何! ……与永耀相得,便结愿好。契阔分爱,恩同至亲。凭烈三益,终始所愿。中间离别,但尔累年。结想之怀,梦寐仿佛。何图忽尔便成永隔,哀心恸楚,不能自胜,痛当奈何奈何!

从上述这段文里可以看出,作者在追忆与逝者的美好昔日之中,流露出物是人非、友人不再的伤感。然而伊人已逝,斯人独憔悴,在字里行间中表达出了对逝去友人的深切的怀念之情,句式工整,抒情性浓郁而强烈,情感真挚感人。

总的来说,魏晋时期的吊文,可谓真挚感人,一往而情深。这与林纾的看法是十分相符的,正体现了吊文的特点:切要凄怆。林纾在其《春觉斋论文·流别论》中亦云:

---

① 王立.永恒的眷念[M].北京:学林出版社,1999:335.

古人有哭斯吊,宋水郑火,皆吊以行人。贾长沙首用离骚之体吊屈原。扬子云亦摘取离骚之文反之,自岷山投诸江流,以吊屈原,名曰反离骚。蔡中郎亦然。盖屈原之怀忠而死,不得志于世者,往往托为同心;犹之下第之人,必寻取下第之人,发抒其抑郁之气……盖必循乎古义,有感而发,发而不失其性情之正;因凭吊一人,而抒吾怀抱,尤必事同遇同,方有肺腑中流露之佳文。①

当然,需要指出的是,魏晋时期吊文的抒情性强化之特点,是与这一时期人们注重情感,看重亲情、友情的任情的社会思潮是分不开的,也"是与中古诗人各自因其经历与遭遇对社会与人生、时代与个人所作出的多方面情感抒发分不开的"②。

二、吊物的篇章出现

魏晋时期的吊文在内容表现方面更加广阔丰富,其中一个明显的标志就是有关吊物体的篇目出现了。魏晋时期的赋作家将鸟兽、器物等自然物体引入赋中,使得赋的题材范围朝着世态人情的纵深方向发展。因为魏晋时期推行"九品中正制"选拔人才,在这种选拔官吏的制度下,世家大族把持了选举权,遂造成"上品无寒门,下品无势族"③(《晋书·刘毅传》)的社会状况,致使许多有志之士怀才不遇,沉沦下僚,抑郁终生,于是产生了不少抨击门阀制度、抒写孤愤的作品。比如湛方生的《吊鹤文》、嵇含的《吊庄周图文》等。这些大胆披露当时世情的创作题材,凸现出了一种前所未有的激烈批判性,突破了汉赋"曲终讽喻""怨而不怒"的传统创作模式,这当然就是托物言志,借咏物以咏怀的创作模式,这也从一个侧面反映出了吊文这一文体在应用方面的多样性。

---

① 　林纾.春觉斋论文[M].北京:人民文学出版社,1998:57.
② 　胡大雷.中古诗人抒情方式的演进[M].北京:中华书局,2003:5.
③ 　(唐)房玄龄,等.晋书[M].北京:中华书局,1974:1274.

为了便于更加直观地了解这类吊文的创作情况,姑且将此类吊文的作者及篇名列表展示如下(见表五):

表五

类型	时代	作者	篇名
吊物	晋	嵇含	《吊庄周图文》
	晋	陆机	《吊魏武帝柳赋》
	晋	湛方生	《吊鹤文》
	先唐	臧彦	《吊驴文》

这类篇章在描写物体的同时,也抒发了作者自己的情感,或同情、或哀悼、或愤怒,不一而足。比如,湛方生的《吊鹤文》,其辞曰:

余以玄冬修夜,忽闻阶前有鹤鸣。溯寒风而清叫,感凄气而增悲。属听未终,余有感焉,乃为文以吊之。

惟海隅之奇鸟,资秀气以诞生。拟鸾皇而比翼,超羽族而独灵。濯冰霜之素质,扬九皋之奇声。啄荒庭之遗粒,漱绝涧之余清。望云舒而息翮,仰朝霞而晨征。辍王子之灵骖,絷虞人之长缨。辞丹穴之神友,与鸡鹜而同庭。轩天衢而奔想,顾樊笼而心惊。独中宵而增思,负清霜而夜鸣。资冲天之俊翮,曾不殊于鸟雀。禀橘寿之修期,忽同凋于秋薄。匪物之足悲,伤有理而横落。

在上述这篇吊文中,作者从仙鹤生长的环境、饮食状况及它的绝妙身姿而想到在这凄冷的寒夜,它的悲惨处境,于是对它产生了深切的同情之心,也探讨了形而上的万物"齐生死"这一哲理。仙鹤很高洁,但也像万物一样有始有终,寄寓了作者的悲悯的情怀,也暗含了自己怀才不遇、沉沦下僚的愤怒心情,这显然是借助咏物以咏怀的创作模式。

另如嵇含的《吊庄周图文》,则是流露出作者对人世间不和谐现象的猛

烈批判,抒发了作者愤怒的情怀。其文曰:

> 帝婿王弘远华池丰屋,广延贤俊,图庄公垂纶之像,记先达辞聘之事,画真人于刻桷之室,载退士于进趣之堂,可谓托非其所,可吊不可赞也。其辞曰:
>
> 迈矣庄周,天特纵放。大块授其生,自然资其量。器虚神清,穷玄极旷。人伪俗季,真风既散。野无讼屈之声,朝有争宠之叹。上下相凌,长幼失贯。于是借玄虚以助溺,引道德以自奖。户咏恬旷之辞,家画老庄之像。今王生沉沦名利,身尚帝女,连耀三光,有出无处。池非岩石之溜,室非茅茨之宇,驰屈产于皇衢,画兹像其焉取! 嗟乎先生! 高迹何局? 生处岩岫之层,死穷雕楹之屋,托非其所,没有余辱。悼大道之湮晦,遂含悲而吐曲!

纵览《全晋文》,就可见到大量这类针砭时弊、愤世嫉俗的作品。在司马氏专权的时代,社会风气败坏,统治阶级更是唯利是图,生活腐化奢侈。出现这种情况的原因,不仅有政治因素,还牵涉到文化环境。由于西晋政权是通过非正义的手段建立的,其立身不正的弊端,致使许多正直士人对其产生了疏离感,统治者欲提倡"忠"而不能的尴尬处境,也使得社会缺乏一种凝聚力;其次,除了政失准的,最终导致士无持操之外,"自由纵任的文化环境,使之在相当程度上丧失了社会道德规范,以致出现善恶莫辨、是非不分的趋势。相当多文士一旦置身宽松环境中,便失却自我克制能力,出现自我放纵倾向,趋骛异端,思想偏颇,行为乖张,道德观念淡薄,社会责任感减少,追逐个人物欲,生活作风放荡,甚至出现道德沦丧、精神崩溃现象。西晋文士无论宗奉儒术或浸润玄学,多数道德意识淡薄,作风浮华,缺乏社会责任感。"①这些因素都影响了士人的心态与人生价值取向,在现实生活中,他们追逐权势,炫耀比拼财富,遂造成社会上浮竞风气、物欲横流、夸尚奢靡等不

---

① 徐公持编著.魏晋文学史[M].北京:人民文学出版社,1999:245.

良社会风气的出现。

当然,这种享乐主义、纵欲主义的人生哲学在晋代产生并不是偶然的,它有着更为深刻的社会原因。面对朝不保夕的生存处境和人生信仰的缺失,西晋士人心头时常萦绕着对人生遭遇和生命无常的思索,继汉末建安之后,文人的个体生命意识再次强烈地勃发出来。东汉末年,王纲解纽,社会动乱,朝不保夕的生存困境强烈地刺激着士人的神经,占据士人思想核心地位的儒家经学和谶纬之学也失去了束缚力,人们的思想获得了自由,开始关注个体的独立和自我生命价值的体认,遂开启了一个个体的觉醒的时代。"在这个思想大解放的社会思潮中,未免会泥沙俱下,鱼龙混杂,某些士大夫纵情声色、追求肉体官能的愉快放达,特别是那些所谓的以继承正始、竹林名士风度而自命的玄学末流,他们标榜的任诞狂放实际已经失去嵇康、阮籍的反抗礼法、不为束缚的积极意义,而流为粗俗的肉欲享受。"①略举几例以说明之:

据《世说新语·德行》"王平子、胡毋彦国诸人皆以任放为达"条注引王隐《晋书》记载曰:

> 魏末,阮籍嗜酒荒放,露头散发,裸袒箕踞。其后贵游子弟阮瞻、王澄、胡毋辅之之徒,皆祖述于籍,谓得大道之本。故去巾帻,脱衣服,露丑恶,同禽兽。甚者名之为通,次者名之为达也。②

又《宋书》卷三十《五行志》亦记载曰:

> 晋惠帝元康中,贵游子弟相与为散发裸身之饮,对弄婢妾。逆之者伤好,非之者负讥。希世之士,耻不与焉。盖胡、翟侵中国之萌也。岂

---

① 许辉,邱敏,胡阿祥主编.六朝文化[M].南京:江苏古籍出版社,2001:62.
② (南朝·宋)刘义庆撰,(南朝·梁)刘孝标注,余嘉锡笺疏.世说新语笺疏[M].上海:上海古籍出版社,1993:24.

徒伊川之民，一被发而祭者乎？①

　　东晋初期葛洪所著的《抱朴子》则对此时期放荡恣情的风气大加申斥，其《抱朴子·疾谬》评论曰：

　　或宿于他门，或冒夜而反。游戏佛寺，观视渔畋，登高临水，出境庆吊。开车褰帷，周章城邑，杯觞路酌，弦歌行奏……携手连袂，以遨以集，入他堂室，观人妇女，指玷修短，评论美丑……或有不通主人，便共突前，严饰未办，不复窃听，犯门折关，逾垝穿隙，有似抄劫之至也。其或妾媵藏避不及，至于搜索隐僻，就而引曳，亦怪事也。……入室视妻，促膝之狭坐，交杯觞于咫尺，弦歌淫冶之音曲，以讠兆文君之动心，载号载呶，谑戏丑亵，穷鄙极黩……②

　　《抱朴子·刺骄》亦评论曰：

　　世人闻戴叔鸾、阮嗣宗傲俗自放，见谓大度，而不量其材力非傲生之匹，而摹学之。或乱项科头，或裸袒蹲夷；或濯脚于稠众，或溲便于人前；或停客而独食，或行酒而止所亲。此盖左衽之所为，非诸夏之快事也。……若夫贵门子孙，及在位之士，不惜典刑，而皆科头袒体，踞见宾客，既辱天官，又移染庸民。③

　　干宝《晋纪总论》亦评论曰：

　　朝寡纯德之士，乡乏不贰之老，风俗淫僻，耻尚失所，学者以庄老为

---

①　（南朝·梁）沈约.宋书[M].北京：中华书局，1974：883.
②　（晋）葛洪著，杨明照校笺.抱朴子外篇校笺：上[M].北京：中华书局，1991：618.
③　（晋）葛洪著，杨明照校笺.抱朴子外篇校笺：下[M].北京：中华书局，1997：29.

宗而黜六经,谈者以虚薄为辩而贱名俭,行身者以放浊为通而狭节信,进仕者以苟得为贵而鄙居正,当官者以望空为高而笑勤恪,……由是毁誉乱于善恶之时,情匿奔于货欲之途。选者为身择官,官者为身择利。……而世族贵戚之子弟,凌迈超越,不拘资次,悠悠风尘,皆奔竞之士,……先时而婚,任情而动,故皆不耻淫逸之过,不拘妒忌之恶,有逆于舅姑,有反易刚柔,有杀戮妾媵,有黩乱上下,父兄弗之罪也,天下莫之非也。①

从上述材料可见此时世风日下、社会风气之坏极矣!上述嵇含的《吊庄周图文》正是对贵族公子王粹为人表里不一行为的讽刺,据《晋书》卷八十九《嵇含传》记载:"时弘农王粹以贵公子尚主,馆宇甚盛,图庄周于室,广集朝士,使含为之赞。含援笔为吊文,文不加点。……粹有愧色。"②王粹乃是西晋权贵贾谧"二十四友"之一,是一个追名逐利之徒,却要"借玄虚以助溺,引道德以自奖",因此作者对王粹这种沽名钓誉的行为给予了嘲讽与批判,也表达了对人心不古、世风日下、真风既散的悲叹。

由于吊文这种文体主要是用来抒发对死者的哀悼之情,因而在魏晋时期,用于哀吊人物的较多,像这类凭吊物体的文章虽然出现了,但不是作为主流创作形式而存在,况且魏晋时期社会动乱,人们死于非命的较多,以及魏晋人的深情等诸多方面的因素,使得这一时期的吊文的写作对象大多是人,但哀吊物体的文章的出现与存在,也有很大的价值和意义。这类吊文不仅是托物言志,借物咏怀,至少也拓展了吊文的题材范围,从而进一步扩大了吊文的表现功能,反映出吊文这一文体应用性的多样性。至唐代时,哀吊物体的篇目大量出现了,题材进一步扩大,不仅可以吊物,还可以吊古迹,以至吊今人,从这个意义上讲,先唐时期的哀吊物体的文章的出现,则是为唐代及以后哀吊物体的吊文的大量涌现起到了先导的作用,其功绩不可磨灭。

---

① (南朝·梁)萧统编,(唐)李善注.文选[M].北京:上海古籍出版社,1986:2175.

② (唐)房玄龄,等.晋书[M].北京:中华书局,1974:3274.

第四节 南北朝与隋：吊文之衰落时期

一、抒情性减弱

我们整体观照南北朝与隋时期这两百年间的吊文创作,可以说这一时期的吊文创作与两汉、魏晋时期相比,处于一种比较沉寂的状态,不仅在篇章上较少,而且在内容和感情表现方面也缺少丰富性及真实性,即在内容上无所扩展,而且抒情性也明显减弱,整体来看文学价值并不高。大多数吊文作品呈现出一种公文式的写作模型,语气生硬干涩,缺少真情实感,能打动人的作品较少。为了方便研究,暂把辑录到的南北朝与隋时期的吊文作表列举如下(见表六):

表六

朝代	作者	篇目	篇数
宋	袁淑	《吊古文》	2
	崔凯	《吊哭》	
齐			0
梁	简文帝	《吊道澄法师亡书》	5
	任昉	《乐永世书》	
	任昉	《吊刘文范文》	
	刘之麟	《吊震法师亡书》	
	刘之麟	《吊僧正京法师亡书》	
陈			0
后魏	魏孝文帝	《吊殷比干墓文》	1
北齐			0
北周			0

续表

朝代	作者	篇目	篇数
隋	隋文帝	《吊祭薛濬册书》	2
	薛道衡	《吊延法师书》	
先唐	臧彦	《吊驴文》	1

从上面表格中可以看出,南北朝与隋近两百年间现存的吊文一共只有11篇,其中吊物体的1篇,除了袁淑的《吊古文》稍有些文学意味之外,其余多是泛泛而作,虽有文采,但"华过韵缓",与吊文"切要凄怆"的特征相差甚远。

袁淑的《吊古文》列举了古代的迁客骚人、失意之士,引以为后世借鉴,类似于史论,有一定的启发意义。其辞曰:

> 贾谊发愤于湘江,长卿愁悉于园邑,彦真因文以悲出,伯喈衔史而求人,文举疏诞以殃速,德祖精密而祸及。夫然,不患思之贫,无若识之浅。士以伐能见斥,女以骄色贻谴。以往古为镜鉴,以未来为针艾。书余言与子绅,亦何劳乎著蔡。

该文语言十分古朴,列举了贾谊、司马相如、蔡邕、孔融、杨修等人的不幸遭遇,所哀吊的对象涉及多人,但是其所举事例又都是足以使后世文人为之扼腕叹息的,因而有一定的普遍意义和文学价值。

二、格式公式化

例如简文帝《吊道澄法师书》,刘之麟《吊震法师亡书》《吊僧正京法师亡书》、隋文帝《吊祭薛濬册书》,薛道衡《吊延法师书》等,均是公式化的创作,千篇一律,缺少真情,读起来十分枯燥无味。那么南北朝与隋时期,吊文的创作为何处于沉寂状态,且又抒情性不强呢?

一方面的原因是社会现实因素的影响,另一方面的原因是与当时的文人的心态有关,还有就是佛教的神不灭、轮回转世等教义的影响。

　　首先,南北朝时期,全国长时间的处于战乱频繁、分裂割据的状态,政权的更迭层出不穷。比如在南方,在短短 170 年间,便经历了宋、齐、梁、陈四个朝代,持续最长的是宋,约为 60 年,最短的是齐,才 20 年,而且在这些同时并立的各个政权之间也不是相安无事,每个统治者为了扩大统治范围,彼此之间经常进行激烈的战争,战火延及各个阶层、各个领域的人们,不仅广大的人民群众遭受战火的摧残,百姓流离失所,民不聊生;而且就算是那些达官贵人、文人雅士也不免遭受杀身之祸,略举几例以说明之:

　　据《南史》卷十三《鲍照传》记载:

　　　　鲍照字明远,东海人,文辞赡逸。尝为古乐府,文甚道丽。元嘉中,河济俱清,当时以为美瑞。照为《河清颂》,其序甚工。……文帝以为中书舍人。上好为文章,自谓人莫能及,照悟其旨,为文章多鄙言累句。咸谓照才尽,实不然也。临海王子顼为荆州,照为前军参军,掌书记之任。子顼败,为乱兵所杀。①

　　《南史》卷六十二《鲍泉传》记载:

　　　　鲍泉字润岳,东海人也。……性甚警悟,博涉史传,兼有文笔。……郢州平,元帝以世子方诸为刺史,泉为长史,行州府事。……侯景密遣将宋子仙、任约袭之。方诸与泉不恤政事,唯蒱酒自乐,云"贼何由得至。"既而传告者众,始命关门。城陷,贼执方诸及泉送之景所。后景攻王僧辩于巴陵不克,败还,乃杀泉于江夏,沉其尸于黄鹤矶。②

　　《南史》卷五十三《武陵王纪传》记载:

①　(唐)李延寿.南史[M].北京:中华书局,1974:360.
②　(唐)李延寿.南史[M].北京:中华书局,1974:1528—1530.

武陵王纪字世询,(梁)武帝第八子也。少而宽和,喜怒不形于色,勤学有文才。元监十三年,封武陵王。……及侯景陷台城,上甲侯韶西上至硖,出武帝密敕,加纪侍中、假黄钺、都督征讨诸军事、骠骑大将军、太尉、承制。……二年四月乙丑,纪乃僭号于蜀,改年曰天正……纪频败,知不振……于是两岸十余城遂俱降。游击将军樊猛率所领至纪所,纪在船中绕床而走……猛率甲士祝文简、张天成拔刃升舟,犹左右奔掷。第五子圆满驰来救父,纪首既落,圆满躯亦分。①

《南史》卷二十二《王昙首传附王筠传》记载:

(王)筠字元礼,一字德柔。幼而警悟,十岁能属文。年十六,为《芍药赋》,其辞甚美。……累迁太子洗马,中舍人,并掌东宫管纪。昭明太子爱文学士,常与筠及刘孝绰、陆倕、到洽、殷钧等游晏玄圃,太子独执筠袖,抚孝绰肩曰:"所谓左把浮丘袖,右拍洪崖肩。"其见重如此。筠又与殷钧以方雅见礼。后为中书郎,奉敕制开善寺宝志法师碑文,辞甚逸丽。……筠家累千金,性俭啬,外服粗弊,所乘牛车常饲以青草。及遇乱,旧宅先为贼焚,乃寓居国子祭酒萧子云宅。夜忽有盗攻,惧坠井,卒,时年六十九。②

从上述史料可见,这些在风口浪尖中生活的作家们,既要适应改朝换代的要求,又要躲避战乱,因而无暇集中精力进行文学创作。况且战火纷飞的年代,音讯不便,友人或者亲人的死亡,也并不都能获得消息,因而也就无法及时抒发哀悼的情怀。

其次,处于战乱时期的作家,命运难测,朝不保夕,他们对友人或者亲人

---

① (唐)李延寿.南史[M].北京:中华书局,1974:1328—1331.
② (唐)李延寿.南史[M].北京:中华书局,1974:609—610.

的因政治原因引发的死亡也不敢明目张胆地大肆哀悼,以免因为言语或文辞的失误而引来杀身之祸,对他们来说,在这样的社会环境中,莫谈政治,避免写作敏感题材,明哲保身,才是上策。这种情形在世家大族内部尤为显著,为了保全家族利益,他们甚至不顾国家之安危,更不用说为友人伸张正义、说句公道话了。《晋书》卷四十三《王戎传》记载:

> 戎以晋室方乱,慕蘧伯玉之为人,与时卷舒,无蹇谔之节。自经典选,未尝进寒素,退虚名,但与时浮沉,户调门选而已。寻拜司徒,虽位总鼎司,而委事僚采。间乘小马,从便门而出游,见者不知其三公也。故吏多至大官,道路相遇辄避之。性好兴利,广收八方园田水碓,周遍天下。积实聚钱,不知纪极,每自执牙筹,昼夜算计,恒若不足。而又俭啬,不自奉养,天下人谓之膏肓之疾。①

《晋书》卷四十三《王戎传附王衍传》记载:

> 后历北军中候、中领军、尚书令。女为愍怀太子妃,太子为贾后所诬,衍惧祸,自表离婚……衍虽居宰辅之重,不以经国为念,而思自全之计。说东海王越曰:"中国已乱,当赖方伯,宜得文武兼资以任之。"乃以弟澄为荆州,族弟敦为青州。因谓澄、敦曰:"荆州有江汉之固,青州有负海之险,卿二人在外,而吾留此,足以为三窟矣。"②

王氏家族明哲保身之举,由此可略见一斑。流风所传,这种唯求自保的心态在南朝世家大族中也是普遍存在的,王氏家族的做法只不过比较明显而已。

《南史》卷二十八《褚裕之传附褚彦回传》记载:

① (唐)房玄龄,等.晋书[M].北京:中华书局,1974:1231—1234.
② (唐)房玄龄,等.晋书[M].北京:中华书局,1974:1237—1238.

及袁粲怀贰,曰:"褚公眼睛多白,所谓白虹贯日,亡宋者终此人也。"他日,粲谓彦回曰:"国家所倚,唯公与刘丹阳及粲耳,愿各自勉,无使竹帛所笑。"彦会曰:"愿以鄙心寄公之腹则可矣。"然竟不能贞固。及高帝辅政,王伦议加黄钺,任遐曰:"此大事,应报褚公。"帝曰:"褚脱不与,卿将何计?"遐曰:"彦回保妻子,爱性命,菲有奇才异节,遐能制之。"果无违异。……宅尝失火,烟焰甚逼,左右惊扰,彦回神色怡然,索舆徐去。然世颇以名节讥之,于时百姓语曰:"可怜石头城,宁为袁粲死,不为彦回生。"①

袁粲是占据石头城反对萧道成而死的宋朝大臣,彦回则既为大臣又是刘宋的外戚,却依附萧道成,所以他为广大民众和士大夫所不满。可以看出他是怀禄贪势、苟求自保的人。因而清代学者赵翼在其《廿二史札记》卷十二"江左世族无功臣"条中评论说:

所谓高门大族者,不过雍容令仆,裾屐相高,求如王导、谢安柱石国家者,不一二数也。次则如王弘、王昙首、褚洲、王俭,与时推迁,为兴朝佐命,以自保其家世,虽朝市革易,而我之门第如故,以是为世家大族,迥异于庶姓而已。此江左风会习尚之极蔽也。②

上述赵翼的评论可谓是一针见血,那些所谓的国之重臣在社会动荡的面前只求保全自己家族的利益,"与时推迁,为新朝佐命,以自保其家世,虽朝市革易,而我之门第如故",他们力图自保的心态由此可略见一斑。

《南齐书》卷四十七《王融传》亦记载:

① (唐)李延寿.南史[M].北京:中华书局,1974:751—753.
② (清)赵翼.廿二史札记[M].北京:中华书局,1963:230.

会房动，竟陵王子良于东府募人，板融宁朔将军、军主。融文辞辩捷，尤善仓卒属缀，有所造作，援笔可待。子良特相友好，情分殊常，晚节大习骑马，才地既华，兼借子良之势，倾意宾客，劳问周款，文武翕习辐凑之。招集江西怆楚数百人，并有干用。世祖疾笃暂绝，子良在殿内，太孙未入，融戎服绛衫，于中书省阁口断东宫仗不得进，欲立子良。上既苏，太孙入殿，朝事委高宗。……郁林深忿疾融，即位十余日，收下廷尉狱……诏于狱赐死……融被收，朋友部曲，参问北寺，相继于道，融请救于子良，子良忧惧不敢救。①

王融是为了萧子良而死的，但萧子良却没有为其说求情的话，其求自保的心态于此可见。这些文人在处事上是如此，在文学创作上也不例外。而世族是对六朝文学最具影响力的文化群体，世族门第为六朝文坛贡献了许多文人。其中以琅邪王氏、陈郡谢氏、吴郡陆氏、张氏、吴兴沈氏等尤为突出。这些世族文人的大量出现，形成了一些文学集团，文人之间的彼此交流与探讨，对当时的文学创作的题材、内容、观念和文学批评等都产生了深远的影响。当然，这种避难自保的心态也影响了文人们的创作。这时期的吊文作品较少，这是其中的原因之一，可以想见，这种心态也使得他们不敢抒发真情实感，即使写了吊文的作品，也是公式化的东西，这也是此时期吊文抒情性弱化的原因之一。

再次，东晋末年以来，阶级之间、民族之间、统治阶级集团之间的斗争空前激烈，世事无常，人生如寄，普遍的痛苦和生存的危机，不但使得士大夫对现实生活失去信心转而寻求解脱，同时"一切众生皆有佛性"的宗教平等观念对无法改变现实中不平等命运的下层民众也产生了极大的吸引力。此时慧远的"形尽而神不灭"论又应时而生，他在《沙门不敬王者论》中提出"感物而非物，故物化而不灭；观数而非数，故数尽而不穷"的神不灭观点，佛教经典《阿含经》提出的"轮回转世说"等对人们恐惧死亡的心理起到了缓解

---

① （南朝·梁）萧子显.南齐书[M].北京：中华书局，1972：823—825.

作用。南北朝时期,佛教发展迅速,其直接原因是统治阶级的大力扶植,这种扶植的目的是为了愚弄百姓,把佛教当作维护自身统治的工具。南朝宋文帝曾与臣下谈论佛教的社会作用,认为佛教有助于名教,《弘明集》卷十一载有何尚之回答宋文帝赞扬佛教事:

> 　帝……谓侍中何尚之曰:"吾少不读经,比复无暇。三世因果,未辨致怀……若使率土之滨,皆纯此化,则吾坐致太平,夫复何事!……"尚之对曰:"……慧远法师尝云:'释氏之化,无所不可。适道固自教源,济俗亦为要务。世主若能剪其讹伪,奖其验实,与皇之政,并行四海,幽显协力,共敦黎庶,何成、康、文、景独可奇哉? 使周汉之初,复兼此化,颂作刑清,倍当速耳。'窃谓此说有契理奥,何者? 百家之乡,十人持五戒,则十人淳谨矣;千室之邑,百人修十善,则百人和厚矣。传此风训,以遍宇内,编户千万,则仁人百万矣……夫能行一善则去一恶;一恶既去则息一刑;一刑息于家,则万刑息于国。四百之狱,何足难错? 雅颂之兴,理宜倍速。即陛下所谓坐致太平者也。"①

这种在僧史上当作美谈的故事,非常典型地表现出统治者需要佛教、佛教服膺统治者权势的状况。同历代封建王朝一样,南朝仍以儒学为正统,但南朝承袭魏晋以来的玄风仍然盛行,如《宋书》卷五十四《羊玄保传》记载:

> 　(羊玄保)子戎,有才气,而轻薄少行检。玄保尝云:"此儿必亡我家。"官至通直郎。与王僧达谤议时政,赐死。死后世祖引见玄保,玄保谢曰:"臣无日磾之明,以此上负。"上美其言。戎二弟,太祖并赐名,曰咸,曰粲。谓玄保曰:"欲令卿二子有林下正始余风。"②

---

① (南朝·梁)僧祐编撰;刘立夫,胡勇译注.弘明集[M].北京:中华书局,2011:296—298.
② (南朝·梁)沈约.宋书[M].北京:中华书局,1974:1536.

玄学和佛学作为儒学的补充,都受到统治者的欢迎和支持。南朝信仰佛教的士大夫,往往都擅长老、庄玄学。如《南齐书》卷四十一《张融传》记载:

> 建武四年,病卒。年五十四。遗令建白旌无旒,不设祭,令人捉麈尾登屋复魂。曰:"吾生平所善,自当凌云一笑。三千买棺,无制新衾。左手执《孝经》《老子》,右手执小品《法华经》。妾二人,哀事毕,各遣还家。"①

在北魏,政治与佛教相互支持的情况尤其突出。早在魏道武帝时,即以法景为道人统,法景则说"能弘道者人主也,我非拜天子,乃是礼佛耳"。②

北朝诸帝,除北魏太武帝和北周武帝的短暂时期外,无不扶持佛教。隋文帝也是扶持佛教的,据《隋书》卷三十五《经籍志》记载:

> 开皇元年,高祖普诏天下,任听出家,仍令计口出钱,铸造经像。而京师及并州、相州、洛州等诸大都邑之处,并官写一切经,置于寺内,而又别写,藏于秘阁。天下之人,从风而靡,竞相景慕,民间佛经多于六经数十百倍。③

从上述材料可见,隋朝之初佛教仍然兴盛。在佛教的迅速传播影响下,佛教神不灭、轮回转世等宗教教义迎合了人们对死亡束手无策的心理,并且无须在现世中得到验证。因此,当佛教在南北朝盛行以后,人们的普遍的死亡恐惧心理得到了缓解,从而导致文人诗赋中的迁逝之叹和死亡之悲就随之减少并逐渐淡化了。

---

① (南朝·梁)萧子显.南齐书[M].北京:中华书局,1972:721.
② (北齐)魏收.魏书[M].北京:中华书局,1974:19.
③ (唐)魏征,等.隋书[M].北京:中华书局,1982:1099.

综上所述,南北朝与隋时期,由于在战乱的社会环境下,朝代更迭,政治斗争残酷,朝不保夕的生存困境,使得士人们的心态发生了很大的变化,对他们来说,避免发表言论和卷入政治纷争,减少乃至不创作有关政治敏感的作品,明哲保身才是最好的选择。再加上佛教的传播与盛行,佛家提出的"轮回转世说"等对人们的死亡恐惧心理起到了缓解的作用,这些因素共同影响了文人们的生活状态和文学创作,反映在吊文这一方面就是吊文作品数量的减少和抒情性的弱化,也预示着吊文在这一时期创作的衰落。南北朝与隋时期吊文的这种发展情况,恰恰是与当时的社会情形息息相关的,正如陶东风先生所说的那样:"一种文学类型就代表了特定的体验世界的方式以及语言结构的方式,它在特定时代的兴盛和衰落都反映着那个时代作家的精神结构和文化心理结构以及语言操作结构的变化,具有相当深厚的人文内涵。"①众所周知,现实生活是作家进行文学创作的重要素材来源,文学是作家人生经历与生命体验的精神表达方式,社会是客观存在的实体,在所有的文学现象中,社会都占有不可或缺的重要位置。而且文学的产生又是在社会出现之后的,作为文学创作的主体,作家因其生活在所处的时代社会之中,故其思想、行为及文学创作等诸多因素不可避免地要受到当时社会背景的影响。社会背景必将影响士人心态,而一个时代的士人心态又必将影响该时代的文学思潮、审美情趣和文学创作之风气。南北朝与隋时期的吊文创作呈现出了沉寂与衰落的情形,出现这种状况的原因正是当时社会的士人心态及复杂的社会背景影响了作家的文学创作。

---

① 陶东风.文体演变及其文化意味[M].昆明:云南人民出版社,1994:60.

第三章

辨体篇

古人对文体的体制十分重视,早在《尚书·华命》篇中就将"辞尚体要"与"政贵有恒"并举。① 其后墨子曰:"立辞而不明于其类,则必困矣。"②刘勰亦云:"夫才童学文,宜正体制,必以情志为神明,事义为骨髓,辞采为肌肤,宫商为声气。"③体制对创作十分重要,学写作之前要宜正体制。在文学创作中,体制的重要性超过语言,宋代倪思认为:"文章以体制为先,精工次之;失其体制,虽浮身切响,抽黄对白,极其精工,不可谓之文矣。"④王安石主张:"论文章先体制而后工拙。"⑤明代陈洪谟曰:"文莫先于辨体,体正而后意以经之,气以贯之,辞以饰之。"⑥一种文体在产生过程中,就会形成自己的约定俗成的文体要求与文体惯例,而这种文体要求与文体惯例又不断地规范着后来者的创作,对此,明代的徐师曾论述得较为充分:"夫文章之有体裁,尤宫室之有制度,器皿之有法式也。为堂必敞,为室必皇,为台必四方而高,为楼必狭而修曲,为笞必圆,为筐必方。为簏必外方而内圆,为篡必外圆而内方,夫因各有当也。苟舍制度法式,而率意为之,其不见笑于识者鲜

① (汉)孔安国传,(唐)孔颖达等正义.尚书正义(十三经注疏本)[M].北京:中华书局, 1979:524.
② (清)孙诒让.墨子閒古[M].香港:中华书局香港分局,1978:31.
③ (南朝·梁)刘勰著,范文澜注.文心雕龙注[M].北京:人民文学出版社,1958:651.
④ (明)徐师曾.文体明辨序说[M].北京:人民文学出版社,1962:80.
⑤ (南宋)严羽著,郭绍虞校释.沧浪诗话校释[M].北京:人民文学出版社,1961:125.
⑥ (明)徐师曾.文体明辨序说[M].北京:人民文学出版社,1962:77.

矣,况为之乎!"①创作必须合乎体制,这是古人关于文体的一个重要概念,然而对体制的遵守,一方面起着规范作用,另一方面又不是死板的、绝对的,依然有一定的灵活性,"定体则无,大体须有"②。因此各种文体需要在遵守体制的大体规范前提下,又要不断地创造、丰富和发展。于是一种文体可能会吸收其他文体的特点与功能,衍生出另一种文体,各种姊妹文体之间也不可避免的会产生渗透与交叉现象。吊文的发展历程正好证明了这一点。那么,我们要对吊文作全面的研究,就不得不对这种文体进行细致的辨体。正如童庆炳先生所说的那样:"体制如此重要,那么辨体——辨明各类文体之异同—就成为十分重要的理论课题。"③

第一节　吊文与诔文

虽然哀祭文的主要种类哀辞、诔文、吊文、祭文等文体,就其题材而言,都是以哀悼死者为对象的,但也有明显区别。刘勰《文心雕龙·诔碑》曰:

> 诔者,累也,累其德行,旌之不朽也。夏商已前,其词靡闻,周虽有诔,未被于士。又贱不诔贵,幼不诔长,在万乘,则称天以诔之。读诔定谥,其节文大矣。自鲁庄战乘丘,始及于士。逮尼父卒,哀公作诔,观其慭遗之切,呜呼之叹,虽非叡作,古式存焉。至柳妻之诔惠子,则辞哀而韵长矣。暨乎汉世,承流而作,扬雄之诔元后,文实烦秽,沙麓撮其要,而挚疑成篇,安有累德述尊,而阔略四句乎?杜笃之诔,有誉前代;吴诔虽工,而他篇颇踈,岂以见称光武而改盼千金哉?傅毅所制,文体伦序,

---

① (明)徐师曾.文体明辨序说[M].北京:人民文学出版社,1962:154.
② (金)王若虚.滹南遗老集·文辩四[M].北京:商务印书馆,民国二十六年(1937)年版,236.
③ 童庆炳.文体与文体的创造[M].昆明:云南人民出版社,1994:12.

孝山崔瑗，辨絜相参。观其序事如传，辞靡律调，固诔之才也。潘岳构意，专师孝山，巧于序悲，易入新切，所以隔代相望，能徽厥声者也。至如崔骃诔赵，刘陶诔黄，并得宪章，工在简要；陈思叨名，而体实繁缓，文皇诔末，旨言自陈，其乖甚矣。若夫殷臣诔汤，追褒玄鸟之祚，周史歌文，上阐后稷之烈，诔述祖宗，盖诗人之则也。至于序述哀情，则触类而长，傅毅之诔北海，云白日幽光，雾雾杳冥，始序致感，遂为后式。景而效者，弥取于工矣。详夫诔之为制，盖选言录行，传体而颂文，荣始而哀终。论其人也，暧乎若可觌；道其哀也，凄焉如可伤，此其旨也。①

刘勰在上述文字中指出了诔文的写作对象、代表作家以及作品，还提出了创作诔文的具体要求以及标准。此外，任昉的《文章缘起》，其遗序中有诔文起源于六经的说法，而且还提出了他认为诔文最早的作品，其曰：

诔，汉武帝公孙弘诔。《周礼》大祝作六辞，其六曰诔。《檀弓》：鲁庄公诔县贲父，士之有诔，始此。《礼记》：贱不诔贵，幼不诔长，礼也。唯天子称天以诔之，诸侯相诔，非礼也。勰曰：尼父卒，哀公作诔，观其憗遗之切，呜呼之叹，虽非叡作，古式存焉。至柳妻之诔惠子，则辞哀而韵长矣。诔之为体，盖选言录行，传体而颂文，荣始而哀终。论其人也，暧乎若可觌；道其哀也，凄然如可伤。挚虞曰：唯诔无定制，故作者多异焉。②

至于隋朝刘善经的《四声指归》中的"论体"部分，则认为：

凡制作之士，祖述多门。人心不同，文体各异。较而言之，有博雅

---

① （南朝·梁）刘勰著，范文澜注.文心雕龙注[M].北京：人民文学出版社，1958：212.
② （南朝·梁）任昉撰，（明）陈懋仁注.文章缘起，《四库全书》1478 册集部[M].上海：上海古籍出版社，1987：227.

焉,有清典焉,有绮绝焉,有宏壮焉,有切至焉。夫模范经诰,褒述功业,渊乎不测,洋哉有闲,博雅之裁也;敷演情志,宣照德音,植义必明,结言雅正,清典之致也;体其淑姿,图其壮观,文章交映,光彩傍发,绮艳之则也;魁张奇伟,阐耀咸灵,纵气凌人,扬声骇物,宏壮之道也……舒陈哀愤,献纳约戒,言唯折中,情必典尽,切至之功也。至如称博雅,则颂、论为其标;语清典,则铭、赞居其极;陈绮艳,则诗、赋表其华;叙宏壮,则诏、檄振其响;论要约,则表、启擅其能;言切至,则箴、诔得其实。①

其后弘法大师的诗歌批评著作《文镜秘府论》中南卷的"论体"部分论及诔文时,对该观点做了进一步的阐释。

徐师曾的《文体明辨序说》中有这样的论述:

> 诔者,累也,累列其德行而称之也。《周礼》太祝作六辞,其六曰诔,即此文也。今考其时,贱不诔贵,幼不诔长,故天子崩则称天以诔之,卿大夫卒则君诔之。②

综合上述所列举的材料可知,就文字表面意义上来看,"诔"有累列事迹的意思。《说文解字》言部曰:"诔,谥也。从言耒声。"③《释名·释典艺》曰:"诔,谥也,累列其事而称之也。"④《说文解字注》曰:"诔,谥也。当云所以为谥也。"⑤《礼记·檀弓上》传曰:"诔者,诔其行迹而为之谥也。"《礼记·曾子问》郑注:"诔,累也。累列生时行迹,读之以作谥。"⑥这几则材料有关"诔"

① (唐)弘法大师撰,王利器校注.文镜秘府论校注[M].北京:中国社会科学出版社,1983:331.

② (明)徐师曾.文体明辨序说[M].北京:人民文学出版社,1962:154.

③ (汉)许慎.说文解字[M].北京:中华书局,1963:57.

④ (东汉)刘熙撰,(清)王先谦疏证.释名[M].上海:上海古籍出版社,1984:413.

⑤ (汉)许慎著,(清)段玉裁注.说文解字注[M].上海:上海古籍出版社,1988:101.

⑥ (汉)郑玄注,(唐)孔颖达等正义.礼记正义(十三经注疏本)[M].北京:北京大学出版社,1999:1299.

的解释意义大体相同,都涉及定谥号的功能。

由上述材料可见,诔的主要功能是定谥号用的,这种功能是吊文所没有的。诔文虽然为定谥而作,但也要有真情实感,方能凄楚动人,在抒发真挚的悲痛之情方面和吊文是相同的。除此之外,诔还有官诔和私诔之分,现存最早的官方诔文是《左传·哀公十六年》所载的鲁哀公所作的《孔子诔》,其辞曰:

> 旻天不吊,不憖遗一老,俾屏余一人在位,茕茕余在疚!呜呼哀哉,尼父,无自律![1]

柳下惠妻为诔柳下惠所作的《柳下惠诔》则是开创了私诔之先河,其辞曰:

> 夫子之不伐兮,夫子之不竭兮,夫子之信诚而与人无害兮。屈柔从俗,不强察兮。蒙耻救民,德弥大兮。虽遇三黜,终不蔽兮。恺悌君子,永能厉兮。嗟乎惜哉,乃下世兮。庶几遐年,今遂逝兮。呜呼哀哉,魂神泄兮。夫子之谥,宜为惠兮。[2]

当然,需要说明的是,所谓作诔定谥,后世也有所变化。如西汉时期出现了专门的"谥议"文体,因而诔文就不一定与定谥有必然联系了。正如徐师曾《文体明辨》所说:"盖古之诔本为定谥,而今之诔惟以寓哀,则不必问其谥之有无,而皆可为之。至于贵贱长幼之节,亦不必论矣。"[3](案,古代还有"贱不诔贵,幼不诔长"的规定)故诔的作谥功能逐渐淡化,又加上"诔颂箴

---

[1] (晋)杜预注,(唐)孔颖达正义.春秋左传正义(十三经注疏本)[M].北京:北京大学出版社,1999:1299.

[2] (汉)刘向.列女传,《四部备要》46 册史部[M].北京:中华书局,民国二十三年(1934)年版,20.

[3] (明)徐师曾.文体明辨序说[M].北京:人民文学出版社,1962:154.

铭之篇,皆有往古成文可放依而作,惟诔无定制,故作者多异焉"①"嘉美终而诔集"(挚虞《文章流别论》)。针对诔文的溢美之实,曹丕提出"铭诔尚实"的写作要求(《典论·论文》);陆机则着眼于诔文的抒情功能,认为"诔缠绵而凄怆"(《文赋》)。但是魏晋时期的诔文,早已非古诔之制,遂至于"诔之为制,盖假言以录行,传体而颂文,荣开始而哀终。论其人也,暧乎若可见;通其意也,凄焉如可伤,此其旨也。"②

比如潘岳的《皇女诔》,其辞曰:

> 厥初在鞠,玉质华繁。玄髮修曜,蛾眉连娟。清颅横流,明眸朗鲜。迎时凤智,望岁能言。亦既免怀,提携紫庭。聪慧机警,授色应声。矗矗其进,好日之经。辞合容止,闲于幼龄。猗猗春兰,柔条含芳。落英凋矣,从风飘扬。妙好弱媛,窈窕淑良。孰是人斯,而罹斯殃。灵殡既祖,次此暴庐。披览遗物,徘徊旧居。手泽未改,领腻如初。孤魂遐逝,存亡永殊。呜呼哀哉!

潘岳的这篇诔文细致地描绘了皇女生前的可爱神态和失去皇女之后的感伤,充分抒发了作者的悲痛之情,故刘勰评该文曰"巧于序悲"③。

从叙事的角度来看,诔文似传记;从抒发的情感方式来看,诔文似吊文。魏晋时期的诔文盛行,并且基本上完成了从实用文体向抒情文体的转变,这对后来的吊文有很大启发。吊文"缠绵凄怆"的感情指向得益于诔文的抒情性。此外,诔文多用四言,也有五言、杂言和骚体的,这与吊文的语言结构大体相似。诔文可以有序,也可以无序,这一点和吊文也是相似的。但诔文除了常用于定谥之用外,诔文的写作要求是一般用于上位者对下级,这一点和吊文是不同的,吊文没有规定哀悼者与被哀悼者之间的关系。

---

① (清)严可均.全上古三代秦汉三国六朝文[M].北京:中华书局,1958:1906.

② (南朝·梁)刘勰著,范文澜注.文心雕龙注[M].北京:人民文学出版社,1958:213.

③ (南朝·梁)刘勰著,范文澜注.文心雕龙注[M].北京:人民文学出版社,1958:213.

第二节　吊文与哀文

此处所说的哀文,可以分为两种——哀辞与哀策文。我们先来对吊文与哀辞进行辨体。刘勰《文心雕龙·哀吊》云:

赋宪之谥,短折曰哀。哀者,依也。悲实依心,故曰哀也。以辞遣哀,盖下流之悼,故不在黄髪,必施夭昏。昔三良殉秦,百夫莫赎,事均夭横,黄鸟赋哀,抑亦诗人之哀辞乎?暨汉武封禅,而霍子侯暴亡,帝伤而作诗,亦哀辞之类矣。及后汉汝阳王亡,崔瑗哀辞,始变前式。然履突鬼门,怪而不辞;驾龙乘云,仙而不哀;又卒章五言,颇似歌谣,亦仿佛乎汉武也。至于苏顺张升,并述哀文,虽发其情华,而未极心实。建安哀辞,惟伟长差善,行女一篇,时有恻怛。及潘岳继作,实锺其美。观其虑赡辞变,情洞悲苦,叙事如传,结言摹诗,促节四言,鲜有缓句,故能义直而文婉,体旧而趣新。金鹿泽兰,莫之或继也。原夫哀辞大体,情主于痛伤,而辞穷乎爱惜。幼未成德,故誉止于察惠,弱不胜务,故悼加乎肤色。隐心而结文则事惬,观文而属心则体奢。奢体为辞,则虽丽不哀,必使情往会悲,文来引泣,乃其贵耳。①

上述这段文字概括了哀辞的溯源、流变及特征,并指出了具体的写作要求。关于哀辞的起源,任昉的《文章缘起》曰:"哀辞,汉班固《梁氏哀辞》。"②挚虞的《文章流别论》曰:"哀辞者,诔之流也。率以施于童殇、夭折,不以寿终者"③。徐师曾的《文体明辨序说》云:"哀辞者,哀死之文也,故或称文。

---

① (南朝·梁)刘勰著,范文澜注.文心雕龙注[M].北京:人民文学出版社,1958:239.
② (南朝·梁)任昉撰,(明)陈懋仁注.文章缘起,《四库全书》1478册集部[M].上海:上海古籍出版社,1987:227.
③ (清)严可均.全上古三代秦汉三国六朝文[M].北京:中华书局,1958:1906.

夫哀之为言依也,悲依于心,故曰哀;以辞遣哀,故曰哀辞也。"①

从文字意义上看,哀辞是用来表示哀悼性质的文体。《说文解字》曰:
"哀,闵也。从口,衣声。"②《周书·谥法解》:"早孤、短折曰哀,恭仁、短折
曰哀。"

哀辞也是表示凭吊的文字,至于和吊文相比,哀辞的写作对象比较特
殊。哀辞"率以施于童殇、夭折,不以寿终者"③。所谓"或以有才而伤其不
用,或以有德而痛其不寿。幼未成德,则誉止于察惠;弱不胜务,则悼加乎肤
色。此哀辞之大略也"④。(《文体明辨序说》)即哀辞描写的对象是"不在黄
发,必施夭昏"⑤,如建安中,文帝与淄侯各失稚子,命徐干、刘桢各为哀辞。
潘岳有金鹿、泽兰哀辞,金鹿,潘岳幼子也;又为任子咸作孤女泽兰哀辞。潘
岳的《金鹿哀辞》是写给他早逝的女儿金鹿的,其辞曰:

> 嗟我金鹿,天资特挺。翼发凝肤,蛾眉蛴领。柔情和泰,朗心聪警。
> 呜呼上天,胡忍我门?良嫔短世,令子夭昏。既披我干,又翦我根。块
> 如瘣木,枯荄独存。捐子中野,遵我归路。将反如疑,回首长顾。

潘岳妻杨氏去世后不久,女儿金鹿也不幸病亡,数年之间,潘岳祸不单
行,在幼子爱妻相继辞世后,唯一的女儿也离开了人世,真可谓是"既披我
干,又翦我根",遭受如此沉重的打击,以至于"捐子中野,遵我归路。将反如
疑,回首长顾",可以想见此时潘岳神思错乱、精神恍惚之情状。

潘岳的《为任子咸妻作孤女泽兰哀辞》也有较强的艺术感染力,其辞曰:

> 泽兰者,任子咸之女也。涉三龄,未没衰而殒。余闻而悲之,遂为

---

① (明)徐师曾.文体明辨序说[M].北京:人民文学出版社,1962:153.
② (汉)许慎.说文解字[M].北京:中华书局,1963:34.
③ (清)严可均.全上古三代秦汉三国六朝文[M].北京:中华书局,1958:1906.
④ (明)徐师曾.文体明辨序说[M].北京:人民文学出版社,1962:153.
⑤ (南朝·梁)刘勰著,范文澜注.文心雕龙注[M].北京:人民文学出版社,1958:239.

其母辞：

茫茫造化，爰启英淑；猗猗泽兰，应灵诞育。鬒发蛾眉，巧笑美目；颜耀荣苕，华茂时菊；如金之精，如兰之馥。淑质弥畅，聪慧日新。朝夕顾复，夙夜尽勤。彼苍者天，哀此矜人；胡宁不惠，忍予眇身；俾尔婴孺，微命弗振；俯览衾裯，仰诉穹旻。弱子在怀，既生不遂。存靡托躬，没无异类。耳存遗响，目想余颜；寝席伏枕，摧心剖肝。相彼鸟矣，和鸣嘤嘤；矧伊兰子，音影冥冥。彷徨丘垄，徙移坟茔。

上述这段文字不仅生动地描绘了孤女泽兰的可爱，也把其母亲失去女儿之后的无尽悲伤之情刻画得淋漓尽致。这两篇哀辞都情真意切，真挚动人，因此受到了高度赞誉，《文心雕龙·哀吊》云："建安哀辞，惟伟长差善，行女一篇，时有恻怛。及潘岳继作，实锺其美。观其虑赡辞变，情洞悲苦，叙事如传，结言摹诗，促节四言，鲜有缓句，故能义直而文婉，体旧而趣新。金鹿泽兰，莫之或继也。"①由此可见，刘勰对潘岳的哀辞创作成就是高度肯定的。

由于哀辞的写作对象比较特殊，用于对过早逝去者之哀念，因而它的用途也就不可避免地受到了一定程度的限制。是故，徐兴华在《中国古代文体总揽》中总结说："哀辞是哀悼死者的文章，汉代班固作《梁氏哀辞》，后世因袭而作，遂成一体……哀辞用于对过早逝世者之哀念，因而用途受到一定的限制。"②哀辞一般有序言和正文两部分，当然，也有无序言者，这一点和吊文的格式大体相似。哀辞序言后的正文部分为韵文，或为整齐的四字句，或为骚体，以便于作者抒发对死者的惋惜、哀伤之情。这与吊文的语言句式也是相似的，所以刘勰的《文心雕龙·哀吊》把哀辞和吊文列在一起进行论述，是有道理的，而且"哀辞者，既以情胜，尤以韵胜。韵非故作烈扬语也，情瞻

①　（南朝·梁）刘勰著，范文澜注.文心雕龙注［M］.北京：人民文学出版社，1958：240.
②　徐兴华，徐商衡，居万荣.中国古代文体总揽［M］.沈阳：沈阳出版社，1994：298.

于中,发为音吐,读者不觉其绵恒有余悲焉,斯则所谓韵也"①。(《春觉斋论文》)哀辞的写作要求是"情主于伤痛,而辞穷乎爱惜"②,这与吊文"切要凄怆"的情感需求也是有相似之处的。

我们再来对吊文与哀策文进行辨体。任昉《文章缘起》曰:"哀策,(汉)乐安相李尤作《和帝哀策》,简其功德而哀之。"③《释名》曰:"哀,爱也。爱而思念之也。"④"今所谓哀册者,古诔之义也。"⑤据此看来,哀册也是诔文的流亚。哀册文是"迁移先皇棺木或于太子,后妃,大臣,诸王时朝廷颁布的册文,也称哀册"⑥。(《中国古代文体总揽》)因此,哀策文所哀悼的对象和吊文也是不同的,它主要用于皇室成员与重臣。后人为了方便叙述,往往把哀辞与哀策文统称为哀文。哀策文的抒情性也是很明显的,从抒情的角度来看,"哀者何也? 哀之为言闵也,闵痛之形于声,从口示声,哀其平生而叙其行为,册文以识闵痛焉"⑦。由此可见,表达哀痛之情是哀策文的主要特征,这一点和吊文也是相同的。

总而言之,吊文和哀辞、哀策文在抒发哀痛之情方面是一致的,在句式、语言、体式等方面也有相似性,主要区别是其写作对象的不同。当然,后来的吊文也用于吊古迹、古物及今人,这是哀辞、哀策文所无法比拟的。

---

① 林纾.春觉斋论文[M].北京:人民文学出版社,1998:57.

② (南朝·梁)刘勰著,范文澜注.文心雕龙[M].北京:人民文学出版社,1958:240.

③ (南朝·梁)任昉撰,(明)陈懋仁注.文章缘起,《四库全书》1478 册集部[M].上海:上海古籍出版社,1987:225.

④ (汉)刘熙撰,(清)王先谦疏证.释名[M].上海:上海古籍出版社,1984:400.

⑤ (清)严可均.全上古三代秦汉三国六朝文[M].北京:中华书局,1958:1906.

⑥ 徐兴华,徐商衡,居万荣.中国古代文体总揽[M].沈阳:沈阳出版社,1994:260.

⑦ (明)黄佐辑.《六艺流别》第十四卷,四库全书存目集部第 300 册,影中山大学图书馆藏嘉靖四十一年欧大任刻.

第三节　吊文与祭文

祭文是"祭奠亲友之辞也"。① 刚开始的时候,祭文的用途十分广泛,可以用来祭祀天地、山川、祈祷雨晴、驱除邪魅,后来多用于祭奠死者,以寄托哀思之情。

从文字意义上来看,"祭"其实就是祭祀的意思。《说文解字》曰:"祭,祭祀也。从示,以手持肉。"②

任昉的《文章缘起》曰:

> 祭文,后汉车骑郎杜笃作《祭延锺文》。礼祭以诚止于告飨。《书》曰:黩于祭祀时谓弗钦,言所以交鬼神之道,罔有过也。《檀弓》:唯祭祀之礼,主人自尽焉耳。岂知神之所飨,亦以主人有斋敬之心也。③

吴讷《文章辨体序说》曰:

> 古者祀享,史有册祝,载其所以祀之之意,考之经可见。若《文选》所载谢惠连之《祭古冢》、王僧达之《祭颜延年》,则亦不过叙其所祭及悼惜之情而已。迨后韩柳欧苏,与夫宋世道学诸君子,或因水旱而祷于神,或因丧葬而祭亲旧,真情实意,溢出言辞之表,诚学者所当取法者也。大抵祷神以悔过迁善为主,祭故旧以道达情谊为尚。④

---

①　(明)徐师曾.文体明辨序说[M].北京:人民文学出版社,1962:154.
②　(汉)许慎.说文解字[M].北京:中华书局,1963:8.
③　(南朝·梁)任昉撰,(明)陈懋仁注.文章缘起,《四库全书》1478册集部[M].上海:上海古籍出版社,1987:227.
④　(明)吴讷.文章辨体序说[M].北京:人民文学出版社,1962:54.

徐师曾《文体明辨序说》云：

> 祭文者，祭奠亲友之辞也。古之祭祀，止于告飨而已。中世以还，兼赞言行，以寓哀伤之意，盖祝文之变也。其辞有散文，有韵语，有俪语；而韵语之中，又有散文、四言、六言、杂言、骚体、俪体之不同。今各以类列之。刘勰云："祭奠之楷，宜恭且哀；若夫辞华而靡实，情郁而不宣，皆非工于此者也。"①

从上述材料可知，祭文和吊文的写作对象都是逝世之人，而且大多是作者的亲朋好友，但是祭文在凭吊古人时和吊文还是有区别的。比如，祭文在祭古人的时候就与一定的祭祀礼仪有关，因此，祭文的主体基调是敬重的，而吊文的感情基调则是哀伤的，中古时期的祭文偏重于对祭主表示恭敬、仰慕、礼赞之情，多是对死者的追悼、哀痛，大多是为亡故亲友所作的，虽也追记逝者的生平，称颂死者，但感情色彩比较浓厚而庄重，所谓"祭奠之楷，宜恭且哀"，比如南朝梁女作家刘令娴所作的《祭夫徐敬业文》，就是为祭奠她的亡夫而写的一篇十分深情的文章，其结尾曰：

> 呜呼哀哉！生死虽殊，情亲犹一。敢遵先好，手调姜桔。素俎空干，祭觞徒溢。昔奉齐眉，异于今日。从军暂别，且思楼中；薄游未反，尚比飞蓬；如当此诀，永痛无穷。百年何几？泉穴方同。

上述这段文字真是情切思哀，语语凄绝。据考可知，徐敬业卒于梁普通五年（524），此文作于梁大同五年（539），距离徐敬业之死已经是十五年之久，亡夫的哀伤犹不能止息，思念之情连绵不绝，足见作者写作此祭文是有着深厚的情感基础的，这也正是它感动人心、享有盛誉的原因。而吊文则是有强烈而浓郁的自我情感的抒发，尤其是借他人之酒杯、浇自己之块垒。此

---

① （明）徐师曾.文体明辨序说[M].北京：人民文学出版社，1962：154.

外,从叙事角度来看,中古时期的祭文一般不叙述祭主的具体事迹,也不加渲染,只是从正面来展示所祭对象的品质与事功,如王僧达《祭颜光禄文》,其辞曰:

> 维宋孝建三年九月癸丑朔十九日辛未,王君以山羞野酌,敬祭颜君之灵:
>
> 呜呼哀哉!夫德以道树,礼以仁清。惟君之懿,早岁飞声。义穷机象,文蔽班杨。性婞刚洁,志度渊英。登朝光国,实宋之华。才通汉魏,誉浃龟沙。服爵帝典,栖志云阿。清交素友,比景共波。气高叔夜,严方仲举。逸翮独翔,孤风绝侣。流连酒德,啸歌琴绪。游顾移年,契阔燕处。春风首时,爰谈爰赋。秋露未凝,归神太素。明发晨驾,瞻庐望路。心凄目泫,情条云互。凉阴掩轩,娥月寝耀。微灯动光,几牍谁照?衾衽长尘,丝竹罢调。揽悲兰宇,屑涕松峤。古来共尽,牛山有泪。非独昊天,歼我明懿。以此忍哀,敬陈奠馈。申酌长怀,顾望歔欷。呜呼哀哉!

本文首先称赞颜延之的德、才与声名;然后述说他的性情及与自己的交往;最后抒发自己的哀痛之情。文章结构紧凑,内容集中。而吊文则对于所吊对象之事,常常进行详细地叙述,而且在叙述过程中,对所吊对象发表自己的看法与观点,或称赞或批判,不一而足。从格式上看,吊文没有固定的格式;而祭文多有一定的格式,其开头有序,为"维……年……月……日,某某人仅以清酌庶羞之奠,祭于某亡人之灵";中间为主体部分,一般是先叙述死者的功业德行,再抒发对死者的哀悼之情,结尾为"呜呼哀哉,尚飨"。唐代以后,祭文也有无序的。和吊文的写作要求相似,祭文的感情色彩也比较浓郁,语言不追求辞藻华美,但要注重感情真挚、情真意切。祭文"其辞有散文,有韵语,有俪语;而韵语之中,又有散文,四言,六言,杂言,骚体,骈体之不同"①,总的来说,祭文以四言及骚体为大多数,从这方面来看,其和吊文的语言结构形式是相似的。另外,由于祭文多用于举行祭奠仪式时宣读,故而注意文字的声韵,使之便于诵读。到唐代的时候,吊文的题材扩大了,不仅可以吊古人,还可以吊古迹,古物,以至吊今人。在这个时候,吊文与祭文的界限就有些模糊了,比如韩愈的《祭田横墓文》,其序言曰"为文以吊之",祭吊混用,不辨异同。因此今人储斌杰先生说:"祭吊古人的文章,有时署祭,有时署吊,又由于它一般偏重于凭吊之义,故古代在文体上常把它另作一类称'吊文',实际也是祭文的一种。"②储先生所言甚是!

我们从上述吊文与哀文、诔文、祭文的比较中,可以发现吊文与多种相近的哀祭类文体在内容和形式上有着千丝万缕的联系。这是因为文体与文体之间是相互吸收、相互促进而共同发展的,一种文体不可能脱离其他文体而独立存在与发展,各种文体在演进的过程中有彼此渗透的现象。但吊文又是一种很有个性的文体,"严格地说,吊文在哀吊类韵文中是非常特殊的一种,与诔文、哀祭文、哀辞等相比,它的实用性不是很强,甚至可以说,大量吊文的写作目的不是为了悼念之用,而是为了抒发自我的牢骚与不平。悼怀死者是名,而抒发自我情感是实;悼亡只是手段,而自悯才是目的。正因为如此,吊文无须受实用性与格式化的约束,可以自由地逞才尽性,在对亡者悼怀的同时倾泻心中郁积的委屈。况且创作这类吊文的作者,绝大部分都有过坎坷的经历,对社会,自然和生命有着深刻的体悟,他们的思想情感与所吊对象必然存在着某种联系。因此这类吊文所承载的内容就是深广复杂的,从文学的角度看也是最有价值的。"③这段文字实际上指出了吊文的一个重要特点,也即是吊文作者的心路历程之流变:悼人→自悼。在这种情况下,作者的感情抒发是极其强烈的;除此之外,在魏晋南北朝这一特殊时期,骚体被较多的用于吊文这种文体,并以其真挚的情感和圆熟的表现打动

---

① (明)徐师曾.文体明辨序说[M].北京:人民文学出版社,1962:154.
② 储斌杰.中国古代文体概论(增订本)[M].北京:北京大学出版社,1990:430.
③ 郭建勋.先唐辞赋研究[M].北京:人民出版社,2004:174.

读者的心。魏晋南北朝时期,当时的士人向外发现了自然的美,向内发现了自己的真性情,他们对生的依恋和对死的恐惧,实际上体现了他们对生存的自觉意识和对个体生命价值的确认。东汉末年,随着皇权的崩溃,桎梏人性的经学失去其官方哲学的地位,对人们的思想束缚日益淡化,而动乱的政治形势又将生存问题凸现在人们面前,整个社会面临着如此浓重的生命之悲与生存悲剧感,由此促使哀吊类文章兴盛与繁荣起来。因而在此时期,吊文的创作出现了第二个高潮。中古以后,凭吊古人古物也大抵用祭文,但吊文的影响不仅表现在祭文也有以骚体面目出现者,甚至影响到祭时人文的形式。吊文之魅力,由此可略见一斑。

第四章

体律篇

　　每一种文体都有其演变发展的规律,但是这个规律并非是某人事先设定好的,而是随着与文学发展相关的诸多因素的变化而变化的,并呈现出错综复杂的文学现象。在前面的几章中笔者已经对先唐吊文从共时性和历时性的角度就其渊源、流变进行了细致地梳理,在仔细考究这些文体发展以及演变规律的时候,也发现了隐藏于现象中的某些固定的吊文发展轨迹与带有规律性的东西,即"现象中巩固的东西"。① 作为一种被广泛应用的文体样式,作家们既然选择了这种具体的文体来表达他们的思想感情,其前提是因为这种"现象中巩固的东西"具有一定的稳定性。正如威廉斯所说:"多种文学样式具有无可置疑的连续性,足以超越与它们上述联系的社会时代。"②这种"无可置疑的连续性",我们把它放到吊文这种具体的文体本身来审视时,就变成了文体的规律。下面我们从吊文的文体特点和文体风格两方面来探讨吊文的发展以及演变规律。

第一节　吊文之文体特点

一、文学特质

　　吊文虽然是一种实用性的文体,但是由于它是用来表示哀悼之情的,作

---

① [俄]列宁著,中共中央编译局编译.列宁全集:第38卷[M].北京:人民出版社,1959:159.
② [英]雷蒙德·威廉斯.马克思主义与文学[M]. 王尔勃,周莉,译.开封:河南大学出版社,2008:181.

者为了充分挥洒心中的抑郁情怀,于是要旁征博引,举古类今,运用各种表现手法,从而使得被哀吊之人的事迹、形象,鲜活生动如在面前,以便于充分抒发哀痛之情感。尽管其文学美学价值是有限的,但是"中国文学史的实际情况是,应用文体和文学文体,都是你中有我,我中有你的。比如论说文往往写得极具形象性、抒情性,极有文采;碑铭哀祭,公文尺牍往往写得充满情致;题跋序赠,生机勃勃,独具性灵"①。再加上时代文风的熏染,对文学审美特性的追求愈来愈鲜明和自觉,而文学的社会功用却被愈加淡化和漠视,使得吊文的写作也讲究起文学色彩来了,过于追求形式方面的美感,终于陷入"华过韵缓"的地步,而未能逃脱"夺伦之讥"的批评。万陆先生曰:"实用性散文之美质表现为'真''活''自然'三方面,即真中求美,圆活变化中出美,明快自然中表现美。概括起来便是:突破文体特有规范的束缚,使附着于实用中的心态物化为具象,真中求美,活中出美,自然中现美。"②吊文作为一种实用性的散文也大致具备这些文学、美学特质。为了更为直观地说明这个问题,兹拈举数例如下以示之(见表七):

表七

作者	篇名	总句数 (以单句计)	对句数(以 单句计)	用典句 (以对句计)
贾谊	《吊屈原文》	27	6	4
蔡邕	《吊屈原文》	3	3	1
祢衡	《吊张衡文》	8	6	3
糜元	《吊夷齐文》	20	3	3
庾阐	《吊贾生文》	39	7	6
李充	《吊嵇中散文》	19	7	4

---

① 谢廷秀.论中国文体的演变[J].学术交流,2004(9):138.

② 万陆.中国散文美学[M].郑州:中州古籍出版社,1989:384.

续表

作者	篇名	总句数（以单句计）	对句数（以单句计）	用典句（以对句计）
嵇含	《吊庄周图文》	14	3	2
潘岳	《吊孟尝君文》	10	2	3
陆机	《吊蔡邕文》	5	2	2
陆机	《吊魏武帝文》	54	27	2
李氏	《吊嵇中散文》	17	3	4
袁淑	《吊古文》	7	3	6
任昉	《吊乐永世书》	7	2	6
任昉	《吊刘文范文》	5	2	4
梁竦	《悼骚赋》	25	6	11

由上述例子可见,吊文的文学色彩还是非常明显的,无论是对句还是用典都在文中占有一定比例。现具体分析如下:

首先,这种文学特质表现在吊文语言的押韵方面。朱光潜先生在其诗歌理论著作《诗论》中认为"韵是去而复返,奇偶相错,前后呼应的。韵在一篇声音平直的文章里生出节奏来"①,而汉语"轻重不分明,音节易散漫,必须藉韵的回声来点名、呼应和贯串"②,并把这种联络贯串当作韵的"最大功用"。中古时期的吊文,其押韵古朴浑厚,自由转韵,灵活多变,这种押韵的方式在两汉时期的骚体类吊文中比较常见。

比如,贾谊的《吊屈原文》中的一段,其辞曰:

> 呜呼哀哉兮,逢时不祥。鸾凤伏窜兮,鸱枭翔翔;阘茸尊显兮,谗谀

---

① 朱光潜.诗论[M].上海:上海古籍出版社,2005:148.
② 朱光潜.诗论[M].上海:上海古籍出版社,2005:148.

得志；贤圣逆曳兮，方正倒置。谓随夷溷兮，谓跖蹻廉；莫邪为钝兮，铅刀为铦。……国其莫吾知兮，子独抑郁其谁语？凤缥缥其高逝兮，夫固自引而远去。袭九渊之神龙兮，勿深潜以自珍。偭蟂獭以隐处兮，夫岂从虾与蛭蟥？所贵圣之神德兮，远浊世而自藏；使麒麟可系而羁兮，岂云异夫犬羊？般纷纷其离此尤兮，亦夫子之故也。历九州而相其君兮，何必怀此都也。

上述这段文字前一部分两句一押韵，数句一转韵。前四句的韵脚字分别是"祥""翔"；中间四句的韵脚字是"志""置"；后四句的韵脚字是"廉""铦"。后一部分用韵较为灵活，两句一转韵，其韵脚字分别是"语""去""珍""蟥""藏""羊""故""都"。

又如王粲的《吊夷齐文》中的一段，其辞曰：

岁旻秋之仲月，从王师以南征。济河津而长驱，逾芒阜之峥嵘。览首阳于东隅，见孤竹之遗灵。心抑郁而感怀，意惆怅而不平。望坛宇而遥吊，抑悲古之幽情。

上述这段文字也是押韵的，而且是一韵到底。其韵脚字分别是："征""嵘""灵""平""情"。

又如梁竦的《悼骚赋》中的一段，其辞曰：

屈平濯德兮，契显芬香。勾践罪种兮，越嗣不长。重耳忽推兮，六卿卒强。赵陨鸣犊兮，秦人入疆。乐毅奔赵兮，燕亦是丧。武安赐命兮，昭以不王。蒙宗不幸兮，长平颠荒。范父乞身兮，楚项不昌。何尔生不先后兮，惟洪动以迟迈。服荔裳如朱绂兮，骋鸾路于犇濑。历苍梧之崇丘兮，宗虞氏之俊义。临众渎之神林兮，东敕职于蓬碣。祖圣道而垂典兮，褒忠孝以为珍。既匡救而不得兮，必殒命而后仁。惟贾傅其违指兮,何扬生之欺真。

上述这段文字前八句是一韵到底的,其韵脚字分别是:"香""长""强""疆""丧""王""荒""昌"。第九句和第十句换了一次韵,韵脚字分别是:"迈""濑";第十一句和第十二句不押韵;最后三句又换了一次韵,其韵脚字分别是:"珍""仁""真"。

再如祢衡的《吊张衡文》,其辞曰:

> 南岳有精,君诞其姿;清和有理,君达其机。故能下笔绣词,扬手文飞。昔伊尹值汤,吕望遇旦。嗟矣君生,而独值汉。苍蝇争飞,凤凰已散。元龟可羁,河龙可绊。石坚而朽,星华而灭。惟道兴隆,悠永靡绝。君颜永浮,河水有竭。君声永流,□□□□。周旦先没,发梦孔丘。余生虽后,身亦存游。士贵知己,君其勿忧。

上述这段文字前三句没有用韵;中间四句一韵到底,其韵脚字分别是:"旦""汉""散""绊"。第八句至第十一句换了韵,其韵脚字分别是"灭""绝""竭";最后三句又换了韵,其韵脚字分别是"丘""游""忧"。文章没有一韵到底,而是数句一换韵,抑扬顿挫,跌宕起伏。这样的韵律安排,读起来婉转悦耳,声律和谐。

魏晋时期的吊文有的也是押韵的,比如陆机的《吊蔡邕文》,其辞曰:

> 彼洪川之方割,岂一篑之所堙。故尼父之惠训,智必愚而后贤。谅知道之已妙,曷信道之未坚。忽宁子之保己,效芟淑之违天。冀澄河之远日,忘朝露之短年。

上述该段文字其押韵方式也是一韵到底的,其韵脚字依次是:"堙""贤""坚""天""年"。

又如潘岳的《吊孟尝君文》中的一段,其辞曰:

> 是以造化为水,天地为舟。乐则齐喜,哀则同忧。岂区区之国,而大邦是谋?琐琐之身,而名利是求。畏首畏尾,东奔西囚。志挠于木偶,命悬于狐裘。

这段文字其韵脚字分别是:"舟""忧""谋""求""囚"。
再如湛方生的《吊鹤文》中的一段,其辞曰:

> 惟海隅之奇鸟,资秀气以诞生。拟鸾皇而比翼,超羽族而独灵。濯冰霜之素质,飏九皋之奇声。啄荒庭之遗粒,漱绝涧之余清。望云舒而息翮,仰朝霞而晨征。辍王子之灵辔,萦虞人之长缨。辞丹穴之神友,与鸡鹜而同庭。轩天衢而奔想,顾樊笼而心惊。独中宵而增思,负清霜而夜鸣。

该段文字的押韵方式也是一韵到底的。其韵脚字依次是:"生""灵""声""清""征""缨""庭""惊""鸣"。

押韵修辞手法的运用,其方式无论是一韵到底的还是中间换韵的,都有助于使得文章读起来朗朗上口,音调和谐,具有语句上的音韵美,给人以对称、凝练的美感,增强了艺术感染力。

其次,对仗的运用。这种结构形式在魏晋南北朝时期的吊文中最为普遍,囿于时代之风,魏晋南北朝时期的吊文创作也折射着当时主流文学形式——骈文的广泛影响,由于主要采用了骈偶的句式,对句就相当普遍。主要是出于内容上对举和强调的需要,而不追求字词对仗是否非常工稳。略举数例以示之:

> 兰生而芳,玉产而洁。阳葩熙冰,寒松负雪。(庾阐《吊贾生文》)

　　寄欣孤松,取乐竹林。尚想蒙庄,聊与抽簪。(李充《吊嵇中散
文》)

　　出握秦机,入专齐政。右眄而嬴强,左顾而田竞。(潘岳《吊孟尝君
文》)

　　厘三才之阙典,启天地之禁闱。举修网之绝纪,纽大音之解徽。
(陆机《吊魏武帝文》)

　　濯冰霜之素质,飏九皋之奇声。啄荒庭之遗粒,漱绝涧之余清。
(湛方生《吊鹤文》)

　　良友不可以不明,明之而理全;恶人不可以不拒,拒之而道显。(李
氏《吊嵇中散文》)

　　这种骈偶格式的运用显得吊文语句看起来十分整齐,这种结构对称的
句子,不仅使得吊文具有形式美,而且显示出作者的庄重之情,魏晋南北朝
时期吊文的这种骈俪化是与整个六朝时期文学追求形式美的创作风气高度
一致的。

　　除此之外,夸张、比喻、对比、排比等表现手法的运用,也使得吊文的表
达方式更加丰富了。比如"观其德行奇伟,风韵邵邈,有似明月之映幽夜,清
风之过松林也"(李氏《吊嵇中散文》),"是以造化为水,天地为舟"(潘岳
《吊孟尝君文》),"昔伊尹值汤,吕尚遇旦;嗟矣君生,而独值汉"(祢衡《吊张
衡文》),"良友不可以不明,明之而理全;恶人不可以不拒,拒之而道显"(李
氏《吊嵇中散文》),"贾谊发愤于湘江,长卿愁悉于园邑;彦真因文以悲出,
伯喈衔史而求人;文举疏诞以殃速,德祖精密而祸及"(袁淑《吊古文》),这
样的语句还有很多,不胜枚举。

　　当然,需要指出的是,最引人注目的表现手法还是典故的恰当而贴切
的运用。两汉时期吊文的篇幅可长可短,这与其自由的抒情性是密切相
关的。虽然有的吊文的写作篇幅很短,区区几十个字,但这种短小的体式
并不影响作者抒发哀悼悲苦的内心情感。作者要表现对逝者的伤痛之

情,那么他的思绪便会纷飞起来,并不受时间与地点的限制,因而浮想联翩,联想到前人,可能与作者所哀吊的对象有相似的经历,于是便拿来用之,从而抒发自我的情怀。典故的运用可以高度凝练作者的思想,于短小精悍的篇幅中充分显示作者的才华及对其所哀吊对象的命运的关注。典故的援用,故事的征引可以使得文章有更强的说服力,使得被凭吊之人的事迹与古人的事迹相互比较,在对比或类比之中,更加充分地抒发了所哀吊之人的真挚情怀。

比如贾谊的《吊屈原文》中有这样的用典片段,其辞曰:

> 鸾凤伏窜兮,鸱枭翱翔;阘茸尊显兮,谗谀得志;贤圣逆曳兮,方正倒置。谓随夷溷兮,谓跖蹻廉;莫邪为钝兮,铅刀为铦。

上述这段文字引用卞随、伯夷、跖蹻的事迹,来表达其对是非不明、黑白颠倒的社会现实的强烈不满与反抗,用典故的优势在于能够扩大作品的实际含量,寄不尽之意于言外,"夺他人之酒杯,浇自己胸中之垒块",从而使语言显得精炼含蓄,委婉而明晰地传达出作者的写作意旨。除此之外,吊文的用典,还不仅仅为了语言的表达,更主要的是寄予作者的看法与情怀,为了阐述一定的事理。这样,典故的运用就使得作者的说理更为充分,也便于作者恰如其分地抒发自己的内心情感。

再如梁竦的《悼骚赋》,其辞曰:

> 彼仲尼之佐鲁兮,先严断而后弘衍。虽离谗以呜邑兮,卒暴诛于两观。殷伊周之协德兮,既太甲而俱宁。岂齐量其几微兮,徒信己以荣名。虽吞刀以奉命兮,抉目眦于门闾。虽荒萌其已殖兮,可信颜于王庐。图往镜来兮,关比在篇,君名既泯没,后辟亦然。屈平潀德兮,系显芬香。勾践罪种兮,越嗣不长。重耳忽推兮,六卿卒强。赵隉呜犊兮,秦人入疆。乐毅奔赵兮,燕亦是丧。武安赐命兮,昭以不王。蒙宗

不幸兮,长平颠荒。范父乞身兮,楚项不昌。何尔生不先后兮,惟洪动以瑕迈。服荔裳如朱绶兮,驰鸾路于犇濑。历苍梧之崇丘兮,宗虞氏之俊义。临众渎之神林兮,东敕职于蓬碣。祖圣道而垂典兮,襃忠孝以为珍。既匡救而不得兮,必殒命而后仁。惟贾傅其违指兮,何扬生之欺真。彼皇麟之高举兮,熙太清之悠悠。临岷川以怆恨兮,指丹海以为期。

在上述这段文字里,作者在悼念屈原的同时,也阐明了忠诚之士如果没有好报,那么"国将不国"的事理,他是运用历史上的各类人物的事迹来说明的:"勾践罪种兮,越嗣不长。重耳忽推兮,六卿卒强。赵殒鸣犊兮,秦人入疆。乐毅奔赵兮,燕亦是丧。武安赐命兮,昭亦不王。蒙宗不幸兮,长平颠荒。范父乞身兮,楚项不昌。"在短短的一篇小文中竟然12处用典;典故所涉及的历史人物有孔子、伍子胥、文种、介子推、乐毅、苏秦、范增、贾谊、扬雄等,典故的出处有《史记》《左传》《战国策》《汉书》等,借此表达对屈原忠而被谤、信而见疏的同情和对当时统治者的强烈不满。最后表明自己的心迹和对屈原的崇敬之情:"既匡救而不得兮,必殒命而后仁。惟贾傅其违指兮,何扬生之欺真。彼皇麟之高举兮,熙太清之悠悠。临岷川以怆恨兮,指丹海以为期。"在这段文字里,典故的恰切运用,不仅节约了篇幅,使得文意更加凝练,而且援古证今,便于淋漓尽致地抒发作者自我的情感。

这种在吊文中运用典故的现象在南北朝时期的作品中尤其明显。南朝的吊文大多是因事写情,创作者欲要把内心抽象的情感形象地表达出来,就不得不刻意地追求书写情感的语言技巧了,遂造成"遂复遗理存异,寻虚逐微,竞一韵之奇,争一字之巧。连篇累牍,不出月露之形,积案盈箱,唯是风云之状"①的创作风气。(李谔《上隋高祖革文华书》)南朝文人又十分喜欢用典事来显示自己的文学才能。文人作品用典之风气发展到南北朝时期已经非常盛行,《南齐书·文学传论》论及当时的三个文学流派,其中一个就是

---

① (唐)魏征,等.隋书[M].北京:中华书局,1982:1099.

以用典而著称,其云:"次则缉事比类,非对不发,博物可嘉,职成拘制。或全借古语,用申今情,崎岖牵引,直为偶说。唯睹事例,顿失精采。此则傅咸五经,应璩指事,虽不全似,可以类从。"①刘勰的《文心雕龙·事类》亦云:"事类者,盖文章之外,据事以类义,援古以证今者也……然则明理引乎成辞,征义举乎人事,乃圣贤之鸿谟,经籍之通矩也。"②彦和指出文章中用典有两种方式,一为"引乎成辞",一为"举乎人事"。刘永济先生在《文心雕龙校释》中又进一步作了阐释:"文家用典,亦修辞之一法,用典之要,不出以少字明多意。其大别有二:一用古事,二用成辞。用古事者,援古事以证今情也;用成辞者,引彼语以明此义也。"③由上述材料可知,文章用典主要分为用古事和用成辞两类,也即是通常所说的事典和语典,对典故的喜爱与运用在当时人的日常生活中也经常呈现出来,略举几例以示之:

据《南史》卷五十九《任昉传》记载:

> 既以文才见知,时人云"任笔沈诗"。昉闻,甚以为病。晚节转好著诗,欲以倾沈,用事过多,属辞不得流便。自尔都下士子慕之,转为穿凿,于是有才尽之谈矣。④

除此之外,当时的文人常常在聚会时比赛看谁知道的隶事多,胜者为荣。《南史》卷四十九《王谌传》记载:

> 谌从叔摛,以博学见知。尚书令王俭尝集才学之士,总校虚实,类物隶之,谓之隶事,自此始也。俭尝使宾客隶事,多者赏之,事皆穷,唯庐江何宪为胜,乃赏以五花簟、白团扇。坐簟执扇,容气甚自得。摛后至,俭以所隶示之,曰:"卿能夺之乎?"摛操笔便成,文章既奥,辞亦华

---

① (南朝·梁)萧子显.南齐书[M].北京:中华书局,1972:907.
② (南朝·梁)刘勰著,范文澜注.文心雕龙注[M].上海:人民文学出版社,1958:614.
③ (南朝·梁)刘勰著,刘永济校释.文心雕龙校释[M].北京:中华书局,1962:146.
④ (唐)李延寿.南史[M].北京:中华书局,1974:1452.

美,举坐击赏。摛乃命左右抽宪簟,手自掣取扇,登车而去。俭笑曰:
"所谓大力者负之而趋。"竟陵王子良校试诸学士,唯摛问无不对。①

《南史》卷四十九《刘怀珍传附刘峻传》亦记载:

> 初,梁武帝招文学之士,有高才者多被引进,擢以不次。峻率性而
> 动,不能随众沉浮。武帝每集文士策经史事,时范云、沈约之徒皆引短
> 推长,帝乃悦,加其赏赉。会策锦被事,咸言已罄,帝试呼问峻,峻时贫
> 悴冗散,忽请纸笔,疏十余事,坐客皆惊,帝不觉失色。自是恶之,不复
> 引见。及峻《类苑》成,凡一百二十卷,帝即命诸学士撰《华林遍略》以
> 高之,竟不见用。②

更有甚者,因为比隶事的多少差点获罪。如《梁书》卷十三《沈约传》
记载:

> 先此,约尝侍宴,值豫州献栗,径半寸,帝奇之,问曰:"栗事多少?"
> 与约各疏所忆,少帝三事。出谓人曰:"此公护前,不让即羞死。"帝以其
> 言不逊,欲抵其罪,徐勉固谏乃止。③

由此可见,隶事已经成为当时社会生活的一部分,成为了文士们普遍欣
赏的一种社会风气。当然,这种风气也影响了文人们的文学创作,即在他们
的作品中经常运用大量的典故。

比如任昉《吊刘文范书》,其辞曰:

---

① (唐)李延寿.南史[M].北京:中华书局,1974:1213.
② (唐)李延寿.南史[M].北京:中华书局,1974:1219—1220.
③ (唐)姚思廉.梁书[M].北京:中华书局,1987:243.

余与先生，虽年世相接，而荆吴数千。未尝膝行下风，禀承余论，岂直发愤当年，固亦恨深终古。然叔夜之叙黔娄，韩卓之慕巨卿，未必接光尘，承风采，正复希向远理，长想千载。然其人自高，假使横经拥帚，日夜扫门，曾不睹千仞之一岊，万顷之涓滴，终于对面万古，莫能及门，故以此弭千载之恨。

在上述这段文字里，作者引用黔娄"不戚戚于贫贱，不汲汲于富贵"的事迹和韩卓仰慕"范张鸡黍"的真挚友情，来表现自己对友人刘文范的敬仰之情和对友人逝去的哀痛之感。在短短的一篇小文中竟然6处用典，典故出处的范围也很广泛。典故的出处有《庄子》《列女传》《汉书》《东观汉记》《初学记》《后汉书》等。

又如任昉的《吊乐永世书》，其辞曰：

永世孝友之至，发自天真，皎洁之操，曾非矫饰。意有所固，白刃不移；理有所托，淄渑自辨。余息惟存，视阴无几。终始之托，方寄祁侯。岂谓乐生，反先朝露。以理遣滞，鄙识未晓；以事寻悲，哀楚交至。宿草易滋，伤恨不平。松槚可拱，悲绪无穷。

上述该段文字所用典故八处，分别出自《礼记》《吕氏春秋》《左传》《史记》《汉书》《隋书》等。

又如庾阐的《吊贾生文》中的一段，其辞曰：

昔皋陶谟虞，吕尚归昌。德充协符，乃应帝王。夷吾相桓，汉登萧张。草庐三顾，臭若兰芳。是以通隐则蠖屈，数感则凤睹。

在上述这段文字里作者一连列举了几个忠臣遇到明主的例子：吕尚遇到周文王，管仲辅佐齐桓公称霸天下，萧何、张良辅助汉王刘邦夺取天下，刘备为争取诸葛亮而三顾茅庐。作者列举这数例旨在说明"士之遇"的问题，从而反衬贾谊的不得志，间接地抒发了自己的不平之情。

在上述的用典事例中，可以看出典故的运用并不是指向历史事件的本身，而是通过对这一史实的援引来和作者所要哀吊对象的事迹作一番对比，从而说明作者本人对其所凭吊对象持有的看法，以抒发自己或感伤或叹惋或不平的情怀。由于典故的运用，使得简洁扼要的语言扩大了作品的实际内容含量，而且有一种寄不尽之意于言外的特殊功效。于是用典，显示其文学才华，成了文人们抒发情感的有力辅助手段，所谓"君子藏器于身，待时而动"，这种作为利器的典故的援引也就成为文人们驰骋才藻的一种方式了。

二、悲情性

吊文是用来表达哀悼之情的文体，它"有感而发，发而不失其性情之正；因凭吊一人，而抒吾怀抱，尤必事同遇同，亦有肺腑中流露之佳文"①。吊文的写作对象是已经逝世的人，因而写作者操笔作文时，不免觉得伤感。尽管吊文作为一种应用性文体，这是它与诗词歌赋等纯文学样式的区别之一，但是它的述哀的实用性并不是很强，它的抒情性反而特别浓烈，咏怀的意味更多。"吊文主哀"，其有强烈的自我感情的抒发。为了更明确地认识吊文的悲情性特征，我们可以对先唐吊文的写作主题作如下划分，以其所哀吊的对象——古人，举例相关篇目如下（见表八）：

---

① 林纾.春觉斋论文[M].北京:人民文学出版社,1998:58.

表八

对象	朝代	作者	篇名	篇数
古人	西汉	贾谊	《吊屈原文》	3
		扬雄	《反离骚》	
		司马相如	《吊秦二世文》	
	后汉	梁竦	《悼骚赋》	8
		班彪	《悼离骚》	
		杜笃	《吊比干文》	
		胡广	《吊夷齐文》	
		蔡邕	《吊屈原文》	
		祢衡	《吊张衡文》	
		王粲	《吊夷齐文》	
		阮瑀	《吊伯夷文》	
	三国魏	缪元	《吊夷齐文》	2
		缪元	《吊比干文》	
	晋	庾阐	《吊贾生文》	10
		李颙	《吊平叔父文》	
		安虑	《使蜀吊孔明》	
		潘岳	《吊孟尝君文》	
		陆机	《吊蔡邕文》	
		陆机	《吊魏武帝文》	
		卞承之	《吊二陆文》	
		傅咸	《吊秦始皇》	
		王文度	《吊范增文》	
		王文度	《吊龚胜文》	
	后魏	孝文帝	《吊殷比干墓文》	1

从上面的表格可以看出,吊人的篇目占有绝对优势,下面我们具体分析这种悲情性特征的具体表现。先看对古人的哀悼之情,比如司马相如的《吊秦二世赋》,其辞曰:

持身不谨兮,亡国失势。信谗不悟兮,宗庙灭绝。呜呼哀哉!操行之不得兮,坟墓芜秽而不修兮,魂无归而不食;夐邈绝而不齐兮,弥久远而愈休;精罔阆而飞扬兮,拾九天而永逝。呜呼哀哉!

在上述这段文字里,作者表达了对秦二世"持身不谨"以至于亡国的痛心,也表达了对他的灵魂无处可归的同情与悲悯。

又如庾阐的《吊贾生文》,其辞曰:

> 呜呼!大庭既邈,玄风悠缅。皇道不以智隆,上德不以仁显。三王亲誉,其轨可仰而标。霸功虽逸,其涂可翼而阐。悲矣先生,何命之蹇!怀宝如玉,而生运之浅!

作者在这段文字里表达了对贾谊命运多舛、"士不遇"之情形的深痛的感伤,对他有才华却无处施展的深切的同情。又如北魏孝文帝的《吊殷比干墓文》,其辞曰:

> 惟子在殷,实为梁栋。外赞九功,内徽辰共。匡率裘职,德音遐洞。周师还旆,非子谁贡。否哉悖运,遘此不辰。三纲道没,七曜辉泯。负乘窃器,忽弃天伦。怀诚贲怒,谠言焉陈。鬼侯已醢,子不见欤?邢侯已脯,子不闻欤?微子去矣,子不知欤?箕子奴矣,子不觉欤?何其轻生,一致斯欤?何其爱义,勇若归欤?遗体既灰,不其惜欤?永生无返,不其痛欤?呜呼哀哉!呜呼哀哉!

据《史记》卷三《殷本纪》记载:

> 纣愈淫乱不止。微子数谏不听,乃与太师、少师谋,遂去。比干曰:"为人臣者,不得不以死争。"乃强谏纣。纣怒曰:"吾闻圣人心有七窍。"剖比干,观其心。箕子惧,乃详狂为奴,纣又囚之。殷之大师、少师乃持其祭乐器奔周。周武王于是遂率诸侯伐纣。[①]

---

① (汉)司马迁撰,(南朝·宋)裴骃集解,(唐)司马贞索隐,(唐)张守节正义.史记[M].北京:中华书局,1959:108.

比干是如此的忠贞却被杀害了,作者一连用了 8 个反问兼排比句,表达了对比干舍生取义的痛惜之感和哀痛之情,为其"知其不可为而为之"的勇气深感震撼。

穿越历史的风霜雪雨,我们看到后人对前贤尚且如此哀痛,那么,面对朝夕与共的友人忽然从面前消失而再也无法回来的悲痛,则更让人悲情不能自已。撰作者操笔作文时,面对一去不返的故旧亲朋,不免神伤意乱,抚今追昔,悯人伤己,情何以堪!然而伊人已去,斯人独憔悴。这种悲伤与哀痛又是如何表达的呢?我们再来看对时人的哀吊之情。为了研究的方便,暂制表如下(见表九):

表九

对象	朝代	作者	篇名	篇数
时人	三国魏	阮籍	《吊某公文》	1
	晋	晋元帝	《吊赐杨邠策》	8
		李充	《吊嵇中散文》	
		束晳	《吊萧孟恩文》	
		束晳	《吊卫巨山文》	
		潘岳	《哭弟文》	
		陆云	《吊陈永长书》	
		陆云	《吊陈伯华书》	
		李氏	《吊嵇中散文》	
	梁	简文帝	《吊道澄法师亡书》	5
		任昉	《吊刘文范书》	
		任昉	《吊乐永世书》	
		刘之遴	《吊震法师亡书》	
		刘之遴	《吊僧正京法师亡书》	
	隋	隋文帝	《吊祭薛册书》	2
		薛道衡	《吊延法师书》	

比如陆云的《吊陈永长书》，其辞曰：

> 冀其永年，遂播盛业。携手退游，假乐此世。奈何一朝独先凋落，奄闻凶讳，祸出不意，附心痛楚，肝怀如割，奈何奈何！……与永耀相得，便结愿好。契阔分爱，恩同至亲。凭烈三益，终始所愿。中间离别，但尔累年。结想之怀，梦寐仿佛。何图忽尔便成永隔，哀心恻楚，不能自胜，痛当奈何奈何！

又如《吊陈伯华书》，其辞曰：

> 昔与大君，分义款笃。弥隆之爱，恩加兄弟。凭此烈好，要以始卒。何图大君独先早逝，远闻讣问，若丧四体，拊心恻楚，肝心如割，奈何奈何！

作者通过追叙生前与友人的深厚感情，对兄弟般情谊的回想，甚至于欲同生共死的愿望，却在友人的忽然逝世中化为云烟。于是抚今追昔，悲痛万分，把对友人的哀悼之情抒发得淋漓尽致，哀切动人，也显示出作者的真性情，这种悲情的美正是通过自由的心灵书写而表现出来的。吊文创作者写作吊文表达哀痛伤感之情，是生者宣泄对于死去的亲友之哀思的必然的情感要求，当一个对象死去，人们才分外感到死者的价值和这种价值失去的不可追回性，这是死者给个人情感、生活带来的巨大损失，即使事隔多年，伤痛也仍然不能平息。"五载不觌，何日不思？"这就是刘令娴在丈夫死后15年还要操笔祭奠其夫的心理基础。这种抒情性在魏晋时期的吊文中尤其明显，因为在魏晋时期，人们对"情"的发现与体认，使得他们更加注重对生的留恋、对死的厌恶（具体原因及分析参见第二章——魏晋时期吊文抒情性较强原因之论述部分，此不赘述）。当然，这在本质上也反映了他们对生的自觉和对个体生命价值的确认。所以一旦失去这种生命价值得以实现的载体——亲人，友人，这种沉重的生命之悲便会从心底弥漫开来，从而转化为一篇篇忧伤而凄美的文字。

三、自我性

在所有的哀祭类文体中，吊文的自我性最为明显。"祝文，是宗教性的文献；诔、碑则是重在道德、事功的嘉许；哀文又偏重于顿失亲人时的哀恸，惟有吊文是揭开道德的面纱而走向人性的深处，摒弃溢美的言辞而形成充满睿智的对话，从简单浅层的哀情伸及对人的存在意义的思考。"①这种自我性主要体现在哀悼别人与自我哀悼的完美结合上。吊文要哀吊古人，要去追慰那些受压抑，受苦难，倍受煎熬的灵魂，欲和死去的灵魂进行心灵的交流，哀悼别人的同时也是在抒发自我的悲苦情怀，因此，哀悼他人其实也是为了哀悼自我，"要在追而慰之的浪漫心空之中弥合现实与理想的激烈冲突，让那影踪不定的灵魂得以安息，使那种狷介狂放的情愫归于宁静，让那心灵的沟沟壑壑在死亡的涤荡下得以舒平"②。这就是所谓的安慰，所谓的"至到"也。

因此，在吊文的创作过程中，作者不免把主观情感也寄寓其中，这就表现出抒情的自我化特征，即是作者有时超越对死者的哀伤情感来书写自己的无限悲情。罗格·梅指出："爱总是提醒我们自己终有一死。当一个朋友或一个家庭成员死后，我们总是深深地感到生命的短暂和不可挽回。但是死亡的可能性中还有一种更深的意义，有一种冒险拼搏的动力，有些人（也许是大多数人）直到通过某人的死，体验到友谊、奉献、忠诚的可贵后，才懂得什么是深挚的爱。"③吊文的作者自身或多或少有过坎坷的经历，对社会、自然和人生有着敏感而深刻的体悟，因而他们的思想情感与其所要哀吊的对象也存在着某种联系：或者对其表示同情，并且联系自己的遭遇，从而抒

---

① 詹绪左.评'吊'议'哀'剖'诔'.江淮论坛,1998(2).
② 詹绪左.评'吊'议'哀'剖'诔'.江淮论坛,1998(2).
③ [美]罗洛·梅.爱与意志[M].冯川,译.北京:国际文化出版公司,1987:104.

发"士不遇"之悲情；或者对其所吊对象的行为不赞成，从而为其设想另一种生存的方式，于是在哀悼之中夹杂着批判。当然，这种批判精神是基于自身的处境而发出的，因而从某种意义上说，这类吊文与其说是在悼念亡者，不如说是作者在自悼，因此鲜明地体现了吊文自我性的文体特征。

比如贾谊的《吊屈原文》，其辞曰：

恭承嘉惠兮，俟罪长沙。仄闻屈原兮，自沉汨罗。造托湘流兮，敬吊先生。遭世罔极兮，乃陨厥身。呜呼哀哉兮，逢时不祥。鸾凤伏窜兮，鸱枭翱翔；阘茸尊显兮，谗谀得志；贤圣逆曳兮，方正倒置。谓随夷溷兮，谓跖蹻廉；莫邪为钝兮，铅刀为铦。于嗟默默，生之亡故兮。斡弃周鼎，宝康瓠兮。腾驾罢牛，骖蹇驴兮。骥垂两耳，服盐车兮。章甫荐屦，渐不可久兮。嗟苦先生，独离此咎兮。

讯曰：已矣！国其莫吾知兮，子独抑郁其谁语？凤缥缥其高逝兮，夫固自引而远去。袭九渊之神龙兮，勿深潜以自珍。偭蟂獭以隐处兮，夫岂从虾与蛭蟥？所贵圣之神德兮，远浊世而自藏；使麒麟可系而羁兮，岂云异夫犬羊？般纷纷其离此尤兮，亦夫子之故也。历九州而相其君兮，何必怀此都也。凤凰翔于千仞兮，览德辉而下之。见细德之险征兮，遥增击而去之。彼寻常之污渎兮，岂容吞舟之鱼！横江湖之鳣鱼兮，固将制于蝼蚁。

据《汉书》卷四十八《贾谊传》记载：

于是天子后亦疏之，不用其议，以谊为长沙王太傅。既已谪去，意不自得，及渡湘水，为赋以吊屈原。屈原，楚贤臣也，被谗放逐，作离骚赋，其终篇曰："已矣，国无人，莫我知也。"遂自投江而死。谊追伤之，因以自谕。①

---

①　（汉）班固撰，（唐）颜师古注.汉书［M］.北京：中华书局，1962：2222.

据上述史料可知,贾谊写作该文时的艰难处境和屈原当年是非常相似的,故而"因以自谕"。所谓"俟罪长沙"即是说从洛阳被贬谪到遥远的南方,此时的贾谊也就与屈原展开了心灵的对话:"仄闻屈原兮,自沉汨罗。造托湘流兮,敬吊先生。遭世罔极兮,乃陨厥身。呜呼哀哉兮,逢时不祥。"此处文字表达了贾谊对屈原的悼念,接下来的文字则是贾谊以屈原自比:"鸾凤伏窜兮,鸱枭翱翔;阘茸尊显兮,谗谀得志;贤圣逆曳兮,方正倒置。谓随夷溷兮,谓跖蹻廉;莫邪为钝兮,铅刀为铦。于嗟嘿嘿,生之亡故兮。斡弃周鼎,宝康瓠兮。腾驾罢牛,骖蹇驴兮。骥垂两耳,服盐车兮。章甫荐屦,渐不可久兮。嗟苦先生,独离此咎兮。"在这段文字中,"贾谊以鸾凤、贤圣、方正不得高位而反处卑污,鸱枭、阘茸、谗谀应处卑污而反居高位等大量倒逆现象,一方面反复宣说自我失位、失志的政治苦痛,一方面对窃居高位的奸佞小人作出了强烈的指斥。贾谊这种失位、失志的政治痛苦以及他对奸佞小人的强烈指斥,无疑来源于他大起大落的高层政治经历、高层政治体验"①。贾谊从屈原的被贬谪联想到自己的处境,真可谓"同是天涯沦落人",伤感之情,溢于言表,"因以自谕"则说明了贾谊把不幸的自己与屈原相比,那么凭吊屈原也是在为自己的不幸而哀鸣。"谗谀得志,圣贤逆曳兮,方正倒置"则是他对当世的不满,"已矣! 国其莫我知兮,独抑郁其谁与! 凤缥缥其高逝兮,因自引而远去"也流露出他自己内心的感伤。虽然看来是哀吊过去的人和事,却志在当今;借凭吊古人屈原而自己哀悼自己,欲寻知己而交心,所谓"夺他人之酒杯,浇自己之块垒"是也。

又如祢衡的《吊张衡文》,其辞曰:

> 南岳有精,君诞其姿;清和有理,君达其机。故能下笔绣辞,扬手文飞。昔伊尹值汤,吕望遇旦。嗟矣君生,而独值汉。苍蝇争飞,凤凰已散。元龟可羁,河龙可绊。石坚而朽,星华而灭。惟道兴隆,悠永靡绝。君颜永浮,河水有竭。君声永流,□□□□。周旦先没,发梦孔丘。余

---

① 程世和.汉初士风与汉初文学[M].北京:中国社会科学出版社,2004:145.

生虽后,身亦存游。士贵知己,君其勿忧。

据考证可知,该文作于祢衡在许都抑郁不得志返回荆州之时。

据《后汉书》卷八十《文苑传·祢衡传》记载:

> (孔)融既爱衡才,数称述于曹操。操欲见之,而衡素相轻疾,自称狂病,不肯往,而数有恣言。操怀忿,而以其才名,不欲杀之。……孔融退而数之曰:"正平大雅,固当尔邪?"因宣操区区之意。衡许往。融复见操,说衡狂疾,今求得自谢。操喜,敕门者有客便通,待之极晏。衡乃著布单衣、疏巾,手持三尺梲杖,坐大营门,以杖捶地大骂。吏白:"外有狂生,坐于营门,言语悖逆,请收案罪。"操怒,谓融曰:"祢衡竖子,孤杀之犹雀鼠耳。顾此人素有虚名,远近将谓孤不能容之,今送与刘表,视当何如。"于是遣人骑送之。……刘表及荆州士大夫先服其才名,甚宾礼之,文章言议,非衡不定。……后复侮慢于表,表耻不能容,以江夏太守黄祖性急,故送衡与之,祖亦善待焉。……①

又据《三国志·魏书·荀彧传》注引《平原祢衡传》曰:

> 衡时年二十四。是以许都虽新建,尚饶人士。衡尝书一刺怀之,字漫灭而无所适。或问之曰……又问:"曹公、荀令君、赵荡寇皆足盖世乎?"衡称曹公不甚多,又见荀有仪容,赵有腹尺,因答曰:"文若可借面吊丧,稚长可使监厨请客。"其意以为荀但有貌,赵健啖肉也。于是众人皆切齿。衡知众不悦,将南还荆州。②

结合上述史料所记载的祢衡的经历和他的吊文可知,祢衡认为张衡也

---

① (南朝·宋)范晔著,(唐)李贤等注.后汉书[M].北京:中华书局,1965:2655—2657.
② (晋)陈寿著,(南朝·宋)裴松之注.三国志[M].北京:中华书局,1959:311.

属于"士不遇"之人,与此同时,他深知自己的不得志,因而把张衡引以为知己,他对张衡的哀悼,其实也是对自己的命运坎坷,才能无法施展的自悼心情之流露。在此,"诗人的个体抒情得到了极大的张扬,他在历史的长河中找到了自己的位置……他为历史人物高声呐喊,他也为自己抒发不平之气。"①

再如李充《吊嵇中散文》,其辞曰:

> 先生挺邈世之风,资高明之质。神萧萧以宏远,志落落以遐逸。忘尊荣于华堂,恬卑静于蓬室。宁漆园之逍遥,安柱下之得一。寄欣孤松,取乐竹林。尚想蒙庄,聊与抽簪。味孤觞之浊醪,鸣七弦之清琴。慕义人之玄旨,咏千载之徽音。凌晨风而长啸,托归流而咏吟。乃自足于丘壑,孰有愠乎陆沉? 马乐原而翘足,龟悦涂而曳尾。畴庙堂而足荣,岂和均之足视? 久先生之所期,羌玄达于遐旨。尚遗大以出生,何殉小而入死? 嗟乎先生,逢时命之不丁。冀后凋于岁寒,遭繁霜而夏零。灭皎皎之玉质,绝琅琅之金声。投明珠以弹雀,捐所重而为轻。谅鄙心之不爽,非大雅之所营。

据《晋书》卷八十《王羲之传》记载:

> 羲之雅好服食养性,不乐在京师,初渡浙江,便有终焉之志。会稽有佳山水,名士多居之,谢安未仕时亦居焉。孙绰、李充、许询、支遁等皆以文义冠世,并筑室东土,与羲之同好。②

或许李充在此秀丽山水中,遥想嵇康风采时,有所感作。嵇康的"萧萧以宏远"的潇洒风神,"落落以遐逸"的闲情雅致,是李充心中的楷模与典范,

① 胡大雷.中古诗人抒情方式的演进[M].北京:中华书局,2003:130.
② (唐)房玄龄,等.晋书[M].北京:中华书局,1974:2093.

故借言圣贤而吐露自我耿介独立的心声,化追悼古人为人生存在意义的思索。因此,在这里,悼人与自悼混为一体,在对古人表示哀悼的同时也显示出自己心中抑郁的情怀。一如林纾《春觉斋论文·流别论》所说的那样:"盖屈原之怀忠而死,不得正于世者,往往托为同心;犹之下第之人,必寻取下第之人,发抒其抑郁之气。"①林氏所说则正揭示了吊文这种自我性的特点,哀悼他人的不幸其实就是为了哀悼自我的遭遇。

先唐时期吊文的这种自我性一直影响到唐代及以后大量作家的吊文写作。比如唐代作家柳宗元的《吊乐毅文》,该文的主要内容是追怀战国时期的燕国大将乐毅,叹息他立下赫赫战功,却终因燕惠王听信田单的反间计,被迫逃奔于赵,并客死他乡。这其中既有对乐毅的深切同情,也寄寓了作者自身遭遇政治迫害,被贬出京的愤怒与无奈。他的《吊屈原文》开头曰:"后先生盖祭祀兮,余雨逐而浮湘,求先生之汨罗兮,擎衡若以荐芳。"②可见该文是柳宗元创作于他贬湘之时,目的也在于凭借哀吊屈原以抒发自己的抑郁情怀。

四、实用性

吊文作为一种应用性抒情文体,其价值首先体现在实用性上。"中国文章发轫于实用,一切文章都带有很强的目的性。"③吊文也是如此,无论它的创作者是谁、身份如何,是属于高高在上的身份高贵的皇族,还是属于普普通通的平民百姓,由于在创作吊文之时,都是缘事缘情而发的,也即是说每一篇吊文的写作都是与当时所发生的事情有着千丝万缕的联系的,或者出于上位对下属的慰问、关怀之情,或者出于亲朋好友之间的丧葬礼仪,或者出于一种有感而发的创作冲动,它的创作体现出鲜明的实用性,也是具有目的性和针对性的,现拈举数例列表归纳如下(见表十):

---

① 林纾.春觉斋论文[M].北京:人民文学出版社,1998:58.
② (北宋)李昉,等.文苑英华[M].北京:中华书局,1966:1827.
③ 张国俊.中国艺术散文论稿[M].北京:中国社会科学出版社,2004:11.

表十

朝代	作者	篇名	创作背景
西汉	贾谊	《吊屈原赋》	《史记·屈原贾生列传》载:"乃以贾生为长沙王太傅。贾生既辞往行,闻长沙卑湿,自以寿不得长,又以適去,意不自得。及渡湘水,为赋以吊屈原。"
西汉	扬雄	《反离骚》	《汉书·扬雄传》载:"(雄)怪屈原文过相如,至不容,作《离骚》,自投江而死。悲其文,读之未尝不流涕也。以为君子得时则大行,不得时则龙蛇。遇不遇命也,何必湛身哉!乃作书,往往摭《离骚》文而反之,自岷山投诸江流,以吊屈原,名曰《反离骚》。"
西汉	司马相如	《吊秦二世文》	《汉书·司马相如传》载:"常从上至长杨猎,是时天子方好自击熊罴,驰逐野兽,相如上书谏之,其辞曰……(案:此说即《上书谏猎》)上善之。还过宜春宫,相如奏赋以哀二世之行失也。"
晋	晋元帝	《吊赠杨邠策》	《华阳国志·后贤志》载:"杨邠……进衡阳内史。遇流民叛乱,攻没长沙、湘东,邠辄救助。贼众浸盛……获邠,欲以为主,邠不许……邠侯其小怠,夜急走……欲投湘东刺史荀眺,共图进取。会眺降贼,邠孤军固城。贼攻围之,誓死不移,遂卒城中。时年六十九。"
晋	庾阐	《吊贾生文》	据《晋书·庾阐传》载:"庾阐,字仲初,颍川鄢陵人也……苏峻之难,阐出奔郗鉴,为司空参军。峻平,以功赐爵吉阳城男,拜彭城内史。……顷之,出补零陵太守,入湘川,吊贾谊。其辞曰……"
晋	嵇含	《吊庄周图文》	《晋书·忠义传嵇绍附嵇含》:"含好学能属文。……举秀才,除郎中。时弘农王粹以贵公子尚主,馆宇甚盛,图庄周于室,广集朝士,使含为之赞。含援笔为吊文,文不加点。其序曰……"
晋	束皙	《吊卫巨山文》	《晋书·束皙传》载:"束皙,字广微,阳平元城人,汉太子太傅疏广之后也。……皙与卫恒厚善,闻恒遇祸,自本郡赴丧……(案:卫恒,字巨山。)"
晋	陆机	《吊魏武帝文》	《晋书·陆机传》载:"张华荐之诸公。后太傅杨骏辟为祭酒。会骏诛,累迁太子洗马,著作郎。"又考《吊魏武帝文》序云:"元康八年,机始以台郎出补著作,游乎秘阁,而见魏武帝遗令,忾然叹息,伤怀者久之。……于是遂愤懑而献吊云尔。"

续表

朝代	作者	篇名	创作背景
后魏	孝文帝	《吊殷比干墓文》	《魏书·高祖纪》载:"十有八年春正月丁未朔,朝群臣于邺宫澄鸾殿。……冬十月甲辰,以太尉,东阳王丕为太傅。……甲申,经比干之墓,伤其忠而获戾,亲为吊文,树碑而刊之。"
隋	隋文帝	《吊祭薛濬册书》	《隋书·薛濬列传》载:"开皇初,擢拜尚书虞部侍郎,寻转考功侍郎……既丁母艰……濬竟不胜丧,病且卒。其弟谟时为晋王府兵曹参军事,在扬州,濬遗书与谟曰……书成而绝,时年四十二。有司以闻,高祖为之屑涕,降使齐册书吊祭曰……"

从上面的表格中所列这些作品的背景来看,吊文的创作动因都有很强的目的性和针对性,一人一文。吊文创作的实用性和目的性非常明显,就是为了表达对其所凭吊对象的哀悼之情。既有帝王将相对古人和时人的悼念,也有普通士人对亲朋好友的伤逝而哀悼,吊文的目的性和实用性表现在以下几个方面:

(1)所哀吊对象的确定性。一如上文所述,吊文在写作之时,目的性和针对性都是很强的,它的写作对象基本上都是确定而具体的个人或群体,而且大多是一人一文。这样,创作对象的确定性就显示了吊文的很强的实用性之目的,比如吊文作者对亲朋好友的哀悼类文章,由于对象非常明确,也就十分清楚地表达了吊者的悲痛之情,使得别人一看就知道作者所哀悼的对象是谁,明白创作者与其关系如何及作文者写该文的目的何在。这样,由于写作对象的确定性,吊文的实用性和针对性这一特点也就显现了出来。此外,哀悼古人的文章也具有对象的确定性这一特点。这些所哀悼的对象大多是古时的圣贤或者是值得后世敬仰的士人,这些志洁行芳的古人死非其所,如比干的被剖心、介子推的被烧死、伍子胥的被投江、屈原的自沉、嵇康的被残害……这本身就是一种美的对象的毁灭,他们在后人心中的伤怀和投影是一种永远也挥之不去的伤痛! 这便是祭奠古人的吊文产生的情感基础。他们的思想品格或者行为对后世有深远的影响,才使得后人对其表示追怀、哀悼之情。兹拈举

几例列表如下(见表十一):

表十一

朝代	作者	篇名	所吊对象	对象的特质
汉	贾谊	《吊屈原文》	屈原	忠贞爱国
	扬雄	《反离骚》		虽九死而不悔
后汉	梁竦	《悼骚赋》		信而见疑
	班彪	《悼离骚》		忠而被谤
	蔡邕	《吊屈原文》		
后汉	杜笃	《吊比干文》	比干	奋诚谏而烬躯
后魏	孝文帝	《吊殷比干墓文》		忠诚爱国
后汉	胡广	《吊夷齐文》	伯夷、叔齐	高风亮节
	王粲	《吊夷齐文》		重德轻身
	阮瑀	《吊伯夷文》		固穷守节
三国魏	糜元	《吊夷齐文》		
晋	李充	《吊嵇中散文》	嵇康	德行奇伟
	李氏	《吊嵇中散文》		风韵邵邈,嫉恶如仇

从表格中明显可看出,吊文所要哀吊的对象都有其特质:屈原之忠贞爱国却被流放、伯夷、叔齐之高风亮节却饥饿而死、比干力谏却被杀害、贾谊抑郁不得志、嵇康特立独行却被小人陷害等,这些人的遭遇令后人千载之下,犹扼腕叹息!

(2)创作需要的明确性。从上面表格中所列举的一些吊文的背景中可以看出,吊文的创作基本上都是有感而发的,作者是为了抒发心中某种情感而创作的,创作需要非常明确。关于这一点,其实刘勰在《文心雕龙·哀吊》中早有论述,其云:"或骄贵而殒身,或狷忿以乖道,或有志而无时,或美才而兼累,追而慰之,并名为吊。"①林纾在《春觉斋论文·流别论》中也说:"盖必循乎古义,有感而发,发而不失其性情之正。因凭吊一人,而抒吾怀抱,尤为事同遇同,方有肺腑中流露之佳文。"②正是由于"追而慰之""有感而发"的创作需要,才有了吊文创作者写作的原动力,这些有感而发的文字,或者说

---

① (南朝·梁)刘勰著,范文澜注.文心雕龙注[M].北京:人民文学出版社,1958:240.
② 林纾.春觉斋论文[M].北京:人民文学出版社,1998:58.

是表示创作需要的文字,作者有时会在序文中交代。比如,庾阐的《吊贾生文》,其序云:

> 中兴二年三月,余忝守衡南,鼓枻三江,路次巴陵,望君山而过洞庭,涉湘川而观汨水,临贾生投书之川,慨以咏怀矣。及造长沙,观其遗像,喟然有感,乃吊之云。

又如束晳的《吊萧孟恩文》,其序云:

> 东海萧惠字孟恩者,父昔为御史,与晳先君同僚。孟恩及晳,日夕同游,分义早著。孟恩夫妇皆亡,门无立副;晳时有伯母从兄之忧,未得自往。致文一篇,以吊其魂;并修薄奠。

有时序文中没有交代,但是在创作背景中可以看到,比如,贾谊的《吊屈原赋》,据《史记》卷八十四《屈原贾生列传》记载:

> 孝文帝初即位,谦让未遑也。诸律令所更定,及列侯悉就国,其说皆自贾生发之。于是天子议以为贾生任公卿之位,绛、灌、东阳侯、冯敬之属尽害之,乃短贾生曰:"雒阳之人,年少初学,专欲擅权,纷乱诸事。"于是天子后亦疏之,不用其议,乃以贾生为长沙王太傅。贾生既辞往行,闻长沙卑湿,自以寿不得长,又以谪去,意不自得。及渡湘水,为赋以吊屈原。其辞曰……①

又如扬雄的《反离骚》,据《汉书》卷八十七《扬雄传》记载:

---

① (汉)司马迁撰,(南朝·宋)裴骃集解,(唐)司马贞索隐,(唐)张守节正义.史记[M].北京:中华书局,1975:2492.

先是时,蜀有司马相如,作赋甚弘丽温雅,雄心壮之,每作赋,常拟之以为式。又怪屈原文过相如,至不容,作《离骚》,自投江而死。悲其文,读之未尝不流涕也。以为君子得时则大行,不得时则龙蛇。遇不遇命也,何必湛身哉!乃作书,往往摭《离骚》文而反之,自岷山投诸江流以吊屈原,名曰《反离骚》。①

从上述史料可见,吊文的创作具有显而易见的明确性,作者是为了抒发自我的情感。其实,吊文创作需要的明确性与其实用性是紧密相联的,正是因为如此,两者才能相互作用,相得益彰。②

第二节　吊文之风格论

众所周知,不同的文体,其风格是不相同的。唐代弘法大师在《文镜秘府论·论体》中云:"至如称博雅,则颂、论为其标;语清典,则铭、赞居其极;陈绮艳,则诗、赋表其华;叙宏壮,则诏、檄推其响;论要约,则表、启擅其能;言切至,则箴、诔得其实。凡斯六事,文章之通义焉。苟非其实,失之远矣。博雅之失也缓,清典之失也轻;奇艳之失也淫,宏壮之失也诞,要约之失也阙,切至之失也直。体大义疏,辞引声滞,缓之至焉。理入于浮,言失于浅,轻之起焉。体貌违方,逞欲过度,淫以兴焉。制伤于阔,辞多诡异,诞则成焉。情不申明,事有遗漏,阙自见焉。体尚专直,文好指斥,直乃行焉。故词人之作也,先看文之大体,随而用心,遵其所宜,防其所失,故能辞成炼核,动合规矩。"③这里讲的文体风格,列举出了六种文体,指出了不同风格和不同文体之间的关系。吊文作为一种文体,也有其自己的风格。正因为这种风

---

① (汉)班固撰,(唐)颜师古注.汉书[M].北京:中华书局,1962:3515.
② 详参:高胜利.论中古吊文的体式特征[J].湖北第二师范学院学报,2008(11).
③ (唐)弘法大师撰,王利器校注.文镜秘府论校注[M].北京:中国社会科学出版社,1983:333.

格,才使得它成为众多文体中的"这一个"。正如黑格尔所说的风格那样:
"指艺术表现的一些定性和规律……风格就是服从所用材料的各种条件的
一种表达方式,而且它还有适应一定艺术种类的要求和从主题概念发生的
规律……因此,像吕莫尔所已经指出的,我们不能把一门艺术的风格应用道
另一门艺术上去。"①这里就指出了每一种文体有其独特性,即文体的不同
风格,吊文也不例外。

前人对吊文的风格所提到的有:刘勰《文心雕龙·哀吊》曰:"夫吊虽古
义,而华辞未造,华过韵缓,则化而未赋。固宜正义以绳理,昭德而塞违,割
析褒贬,哀而有正,则无于夺伦矣。"②刘勰认为吊文要"哀而有正",即文辞
悲哀而内容纯正,是从内容与形式两方面来说的。徐师曾《文体明辨序说》
曰:"大抵吊文之体,仿佛楚骚,而切要凄怆,似稍不同,否则华过韵缓,化而
为赋,其能逃乎夺伦之讥哉?"③徐师曾认为吊文要"切要凄怆",即内容要新
切扼要,感情上要悲痛,强调的是吊文的悲情性。林纾《春觉斋论文·流别
论》曰:"盖必循乎古义,有感而发,发而不失其性情之正;因凭吊一人,而抒
吾怀抱,尤必事同遇同,方有肺腑中流露之佳文。"④也是从内容和情感两方
面说的,强调的是吊文的自我性。根据前述对吊文的文体特点的分析,吊文
的写作风格一是要抒发哀痛之情,这种情感要真切动人;二是内容要纯正,
事情要核实,语言要质朴,不用华丽的辞藻。如糜元的《吊夷齐文》,其辞曰:

> 少承洪烈,从戎于王。侧闻先生,饿于首阳。敢不敬吊,寄之山冈。
> 呜呼哀哉!夫五德更运,天秩靡常。如有绝代之王,必有受命之王。故
> 尧德终于虞舜,禹祚殄于成汤。且夏后之末祀,亦殷氏之所亡。若周武
> 为有失,则帝乙亦有伤。子不弃殷而饿死,何独背周而深藏。是识春香
> 之为馥,而不知秋兰亦芳也。所行谁路?而子涉之。首阳谁山?而子

---

① [德]黑格尔.哲学史讲演录[M].贺麟,王太庆,译.北京:商务印书馆,1959:199.
② (南朝·梁)刘勰著,范文澜注.文心雕龙注[M].北京:人民文学出版社,1958:241.
③ (明)徐师曾.文体明辨序说[M].北京:人民文学出版社,1962:155.
④ 林纾.春觉斋论文[M].北京:人民文学出版社,1998:58.

匿之。彼薇谁菜？而子食之。行周之道，藏周之林。读周之书，弹周子琴。饮周之水，食周之芩。□谤周之主，谓周之淫。是诵圣之文，听圣之音。居圣之世，而异圣之心。嗟乎二子，何痛之深！

作者縻元既对伯夷、叔齐的悲惨遭遇表示深切同情，为之感到伤痛；又看到了他们的缺点：没有认识到事物的发展规律，而是墨守成规，才落到如此凄惨的地步，让人痛心不已。这样来写，既有内容方面的事情，比如"西山采薇"等事迹，又有作者自己感情的抒发，二者的结合，十分符合吊文的写作要求，而且语言质朴，感情真挚。管中窥豹，从这样的篇章中，可略见吊文风格之一斑。

第三节　吊文之写作格式

吊文的写作格式要求是比较宽松的，严格来说，吊文并没有固定的写作格式，因为先唐时期的吊文其体裁有赋、文、书信之区别，但其写作模式大体上还是可以确定的。一般来说，大多数吊文由序、正文、结尾三部分构成。有的开头有序，有的无序，带有序言的往往交代一下创作的背景、缘由，比如扬雄《反离骚》、司马相如《哀秦二世赋》、庾阐《吊贾生文》等，这些序言大多是用散体；中间是正文部分，或者交代与死者的生前来往，或者品评死者的行为事迹，多用韵语，或是四言或是六言，辨体部分已经作了比较论述，此处暂略；结尾部分抒发作者的哀痛之情。但在实际写作中，这三部分并不是受严格限制的，有很大的自由性。

吊文创作的篇幅也是比较自由的，两汉时期的吊文可长可短，收放自如。由于吊文的主要功用是抒发吊文创作者的情感，每个人的情感又因为抒情对象的不同而不同，因而可长可短。对于所哀吊的对象，如果有太多的情感抒发，那么就可以洋洋洒洒，尽情书写，如果没有较多的情感，那么就可以点到为止。比如贾谊《吊屈原文》，由于贾谊的遭遇与屈原颇为相似，他以屈原自喻，心中万分悲痛，因而凭吊屈原，话语较多，这篇吊文共有 27 句；而扬雄的《反离骚》更有 50 句，真可谓是洋洋大观，这种以长篇大论的文字书写直接影响到后代的吊文创作，迨至南北朝时期，北魏孝文帝的《吊殷比干墓文》、东晋陆机的《吊魏武帝文》等，都已是洋洋洒洒，蔚为大观。当然，应该指出的是，魏晋时期人们重情、任情之风盛行，影响了作家的文学创作，一如宗白华先生所云："汉末魏晋六朝是中国历史上最混乱、社会上最痛苦的时代，然而却是精神史上极自由、极解放，最富于智慧、最浓于热情的一个时代。因此也就是最富有艺术精神的一个时代。"①他们对亲人，对友人等都是一往情深，这使得他们在抒发哀痛之情时，淋漓尽致，刺刺不能自休。这是魏晋时期的吊文篇章出现较长篇幅的重要原因之一。至唐代，吊文进一步发展成熟，吊文创作十几个字、几十个字的局面被彻底打破，出现了更长篇幅的鸿篇巨制，比如，李观的《吊汉武帝文》、李华的《吊古战场文》、柳宗元的《吊屈原文》等，这不仅表明吊文的创作逐渐向抒情性文体创作的转向，而且也反映了文人作家对吊文这一文体自由抒情的文体特质的认可和接受。

---

① 宗白华.美学散步[M].上海:上海人民出版社,1980:356.

结　语

吊文作为一种古老的应用性文体,不仅具有在现实社会中的实用性,而且具有极其强烈的抒情性。它的产生与先秦时期的问终、问丧之礼和天灾人祸的吊唁活动息息相关,在以后的漫长的历史长河中,伴随着时代背景的变迁以及文体自身的演变与发展规律,它一方面承担了创作者哀悼亲朋好友的应用性的功能,另一方面又彰显出创作者抒发自我的性情与怀抱,即表达出创作者间接的咏怀的功用。上述笔者对先唐吊文的渊源、分类、功用及发展演变作了较为详尽的梳理,对特别容易引起混淆的和吊文相近的几种姊妹文体也进行了细致辨析,厘清了吊文与祭文、诔文、哀文等文体之间的区别和联系。除此之外,上编还从文体学的角度,着眼于文体的内部本身特征,对先唐吊文作了一番发展史的研究,从历时角度尝试论述了先唐吊文的演化进程,从共时角度尝试论述了先唐吊文的种类及其各种表现特征,并尽可能全面地展现了先唐吊文的历史风貌,且阐释了贯穿在吊文创作中的艺术精神和文体演变规律。管中窥豹,略见一斑,上编对先唐吊文的研究在一定程度上涉及了有关吊文的诸多方面,牵涉到体义、演变、辨体以及体律等文体学的内涵,虽不尽完美,希望以求抛砖引玉之效果。

吊文是由先秦时期的"吊辞"发展而来的,它的产生与当时人们的社会活动——诸如日常生活中的丧礼和天灾人祸等事件的吊唁活动密切相关,在这些吊礼的基础上最终产生了吊文。贾谊的《吊屈原文》为最早的独立成篇的吊文篇章。先唐时期的吊文根据其创作的内容大致可以分为三类:一类是哀吊先贤,尤其是那些在历史上怀才不遇、不得善终的著名人士,他们的遭遇引起后世人的扼腕叹息,创作者在抒发怀念情怀的时候常常也联系到自我,更多的作品是借助古人以及他们的事迹,其实是为了抒发自我的悲情,即创作的目的主要是为了"咏怀"。一类是哀吊当时的人,主要是自己的亲朋好友,他们因为各种原因而离开人世,创作者为了抒发自己的悲伤情怀而写作吊文,即创作的目的主要是为了"述哀"。一类是哀吊物体,创作者通过描写一些动物、植物等物体来抒发自我的情怀,其实就是借助咏物以咏怀的创作模式。吊文在创作的过程中,格式比较灵活,篇幅也无限制,强调抒写作者的真性情与自我的怀抱,这是吊文最重要的文体特征。除此之外,吊文的创作和发展也与文体演变规律、时代的变化密切相关。先秦时期,以简单的吊辞为主,当时社会生活中的凭吊活动诸如死丧之事以及天灾人祸的慰问,都涉及到吊礼,而吊文就是在吊礼的基础上产生的。两汉时期,由于汉赋的兴盛的影响,此时期的吊文体裁,既有赋体又有文类,创作对象大多是先贤前辈,表达出对这些人不幸遭遇的深切同情,也间接地抒发创作者自我不得志的抑郁情怀。魏晋时期,吊文创作呈现出多元化的趋势,这是吊文创作的高潮时期,表现在体裁方面,除了有赋体、文类之外,还有书信体,格式多样;不仅如此,在创作对象方面也有拓展,不仅哀吊先贤而且哀吊时人,哀吊物体的篇章也出现了,内容非常宽泛,表现出吊文这一文体应用的多样性。南北朝与隋时期,吊文的创作对象多是当时的人,以书信体为主,格式化明显,篇数也较少,文学成就远不如前期的作品,反映出吊文的衰落趋势。虽然如此,吊文作为一种古老的文体,其有着自身的特点,它的文学性、自我性、悲情性非常明显,是一种一直还在使用的实用性文体,尽管在与其他文体融合的过程中,正逐渐地走向衰落。

从前面的论述可知,"吊文在哀吊类韵文中是非常特殊的一种,与诔、哀祭文、哀辞等相比,它的实用性不是很强,甚至可以说,大量吊文的写作目的不是为了悼念亡者,而是为了抒发自我的牢骚与不平。悼怀死者是名,而抒发自我情感是实;悼亡只是手段,而自悯才是目的。正因为如此,吊文无须受实用性与格式化的约束,可以自由地逞才尽性,在对亡者悼怀的同时倾泻心中郁积的委屈。况且创作这类吊文的作者,绝大部分都有过坎坷的经历,对社会、自然和生命有着深刻的体悟,他们的思想情感与其所吊对象也必然存在着某种联系。因此这类吊文所承载的内容是深广而复杂的,从文学的角度看也是最有价值的。"①虽然如此,随着社会的翻天覆地的发展变革,吊文这种古老的文体也逐渐趋于消亡,从人们的视线中慢慢逝去,但是,吊文所表现的那种对亲人、朋友的无限深情将在我们的心中永远存在。除此之外,对吊文这种文体的研究,也会使我们从一个侧面对我国古代的悼亡文化有进一步的了解,从那些凄美的文字中领略古人的悲悯情怀与真挚情感。

---

①　郭建勋.先唐辞赋研究[M].北京:人民出版社,2004:174.

下编 **02**

| 文献篇 |

第一章

先唐吊文系年

（系年顺序，大致按照吊文于严可均编纂的《全上古三代秦汉三国六朝文》中出现的先后顺序而系）

此系年考证参考前贤有关著作，为示不掠美，现一一列举如下：陆侃如《中古文学系年》（人民文学出版社 1985 年版）、刘知渐《建安文学编年史》（重庆出版社 1985 年版）、刘如霖《汉晋学术编年》（中华书局 1987 年版）、刘如霖《东晋南北朝学术编年》（中华书局 1987 年版）、吴文治《中国文学史大事年表》（黄山书社 1987 年版）、陈庆元《沈约集校笺》（浙江古籍出版社 1995 年版）、刘跃进《门阀士族与永明文学》下编（《永明文学系年》）（三联书店 1996 年版）、刘跃进、范子烨《六朝作家年谱辑要》（黑龙江教育出版社 1999 年版）、曹道衡、刘跃进《南北朝文学编年史》（人民文学出版社 2000 年版）、沈起炜《中国历史大事年表》（古代卷）（上海辞书出版社 2001 年版）、韩晖《〈文选〉编辑及作品系年考证》（群言出版社 2005 年版）、张可礼《东晋文艺系年》（山东教育出版社 1988 年版）、姜亮夫《陆平原年谱》（古典文学出版社 1957 年版）、王增文《潘黄门集校注》（中州古籍出版社 2002 年版）。

本系年考证，无论从前贤之说，还是自行考证，皆出以证据和辨析。所记之年，先列帝王年号，次在括号内注明公元，月、日均依阴历。

1.贾谊《吊屈原文》作于汉文帝四年（前 176）

据《史记》卷八十四《屈原贾生列传》记载："乃以贾生为长沙王太傅。贾生既辞往行，闻长沙卑湿，自以寿不得长，又以适去，意不自得。及渡湘水,为赋以吊屈原。"

案:所作之赋即为《吊屈原文》;由此可知,该文作于贾谊前往赴任长沙王太傅的途中。《史记》本传又记载:"贾生为长沙王太傅三年,有鸮飞入贾生舍,止于坐隅。楚人命鸮曰'服'。贾生既以適居长沙,长沙卑湿,自以为寿不得长,伤悼之,乃为赋以自广。"

又案:此处所作之赋即为《鵩鸟赋》,若能考知《鵩鸟赋》的写作年代,则《吊屈原文》的创作年代便可推知。

考贾谊《鵩鸟赋》中有"单阏之岁兮,四月孟夏,庚子日斜兮,鵩鸟集余舍"的文字,这是他交代写作的缘起,那么"单阏之岁"是何年呢? 考清人钱大昕《廿二史考异》卷五,他说:"《汉书·律历志》:高帝元年,岁名敦牂;太初元年,岁名困敦,以是推之,单阏之岁,当是文帝七年。"其说有据,可信。据此知贾谊所说的"单阏之岁"是在文帝七年,则其《鵩鸟赋》当是作于该年;那么由此向上推三年,贾谊被谪长沙王太傅的时间则为汉文帝四年,其赴任时所作的《吊屈原文》也应是在此年。

2.司马相如《吊秦二世文》作于汉武帝元光元年(前134)至汉武帝元光三年(前132)之间

《史记》卷一百一十七《司马相如传》关于司马相如出使西南夷、因受金失官又复召为郎后记载曰:"相如口吃而善著书。常有消渴疾。与卓氏婚,饶于财。其进仕宦,未尝肯与公卿国家之事,称病闲居,不慕官爵。常从上至长杨猎,是时天子方好自击熊罴,驰逐野兽,相如上书谏之。其辞曰……(案:此疏即《上书谏猎》)上善之。还过宜春宫,相如奏赋以哀二世行失也。"(《汉书》记载与此同)

案:司马相如所奏该赋即为《哀秦二世赋》,一名《吊秦二世文》。只要考证出《上书谏猎》的写作年代,那么《哀秦二世赋》的创作年代便可推知。

揣摩《史记》《汉书》本传的这段文字叙述,从口气及行文看,似为插叙,并未肯定地称其事在复召为郎后。考《上书谏猎》中有这样的文字:"今陛下好陵阻险,射猛兽,卒然遇轶才之兽,骇不存之地,犯属车之清尘,舆不及还

辕,人不暇施巧,虽有乌获、逢蒙之技,力不得用,枯木朽株尽为害矣!"又据
《汉书》卷六十五《东方朔传》记载:"建元三年,微行始出,北至池阳,西至黄
山,南猎长杨,东游宜春。……八九月中,与侍中、常侍、武骑及待诏陇西北
地良家子能骑射者期诸殿门,故有'期门'之号自此始。微行以夜漏下十刻
乃出,常称平阳侯。旦明,入山下驰射鹿豕狐兔,手格熊罴,驰骛禾稼稻秔之
地。"由此可证,司马相如文中所写为汉武帝青年时期好逞强犯险之行为。
若此文写于司马相如复为郎的元朔二年(前127)后,是时汉武帝已经三十
多岁,有子刘据(元朔元年生),且阅历已深,是不可能如此冒险,胡作非为
的。又考《天子游猎赋》写作年代(据韩晖先生《〈文选〉编辑及作品系年考
证》)为建元六年,其说甚详,可信,今从之。又据《史记》卷一百一十七《司
马相如传》记载:"赋(指《天子游猎赋》)奏,天子以为郎……相如为郎数岁,
会唐蒙使略通夜郎西僰中。"可知建元年间司马相如尚未封郎,不可能作为
从侍游猎,这只能是元光年间的事。又考司马相如《难蜀父老》记载:"汉兴
七十有八载……今罢三郡之士,通夜郎之途,三年于兹。"

　　又案:汉兴七十八年,从汉王元年算起,乃在元光六年(前129),按此向
上推三年,则可知道唐蒙初发巴蜀士卒修治通夜郎的道路其事在元光四年
(前131)。而此时司马相如因为奏《天子游猎赋》已经"为郎数岁",则由此
可推知司马相如开始为郎的时间在元光元年(前134)或稍前一些。据《汉
书》卷五十七《司马相如传》记载可知,元光四年他开始出使巴蜀,其后元光
五、六年间他正奉命忙于巴蜀之事。综合以上几点,司马相如《上书谏猎》当
作于汉武帝元光元年(前134)至汉武帝元光三年(前132)之间。由此可推
知,《哀秦二世赋》也当作于此时。

　　3.扬雄《吊屈原赋》作于汉成帝二十四年(前24)十一月

　　扬雄《吊屈原赋》(一名《反离骚》),至于该文的写作年代,《汉书》卷八
十七《扬雄传》没有明确记载,考其文,有"汉十世之阳朔兮,招摇纪于周正。
正皇天之清则兮,度后土之方贞。图累承彼洪族兮,又览累之昌辞"的文字。

　　案:该段文字是说汉朝第十世皇帝阳朔年十一月里,他看了屈原的《离

骚》。从汉高祖刘邦开国算起,十世皇帝则是成帝,阳朔是成帝第三个年号,前面的年号是河平。

　　据《汉书》卷十《成帝纪》记载:"河平四年,山阳火生石中,改元为阳朔。"阳朔元年为公元前二十四年。"招摇纪于周正","招摇"为北斗第七星,周正指周朝以夏历十一月为正月,此句是说招摇星正指十一月。故系该文作于汉成帝前二十四年十一月。

　　4. 梁竦《悼骚赋》作于汉明帝永平四年(61)冬至汉明帝永平五年(62)之间

　　据《后汉书》卷三十四《梁统传附梁竦传》记载:"竦字叔敬,少习孟氏易,弱冠能教授。后坐兄松事,与弟恭俱徙九真。既徂南土,历江、湖、济沅、湘,感悼子胥、屈原以非辜沉身,乃作《悼骚赋》,系玄石而沉之。"考《悼骚赋》,其中有"临岷川以怆恨兮,指丹海以为期"的文字,知确有其事,与本传合。那么,只要考证出其"坐兄松事"被流放的时间,则该文创作年代大体可推知。又据《后汉书》卷三十四《梁统传附梁松传》记载:"松字伯孙,少为郎……光武崩,受遗诏辅政。永平元年,迁太仆。松数为私书请托郡县,二年,发觉免官,遂怀怨望。四年冬,乃县飞书诽谤,下狱死,国除。"可知梁松"下狱死,国除"之事在永平四年冬,则梁竦被牵连,流放九真,当在此年冬之后,故系本文作于永平四年冬至永平五年间。

　　5.班彪《悼离骚》作于汉光武帝建武十二年(36)左右

　　考《悼离骚》文云:"夫华植之有零茂,阴阳之度也;圣哲之有穷达,亦命之故也。惟达人进止得时,行以遂伸;否则黜而坼蠖,体龙蛇以幽潜。"玩味其意,作者对"天命"有一种认同感,认为"穷达,亦命之故也",俨然人在中年时的口吻,又说"进止得时,行以遂伸;否则诎而坼蠖,体龙蛇以幽潜",对功名、仕途有一种十分达观的看法,是中年人才有的心理状态。据《后汉书》卷四十《班彪传》记载:"彪性沈重好古。年二十余,更始败,三辅大乱。时隗嚣拥众天水,彪乃避难从之。……彪既疾嚣言,又伤时方艰,乃著《王命论》……欲以感之,而嚣终不悟,遂避地河西。河西大将军窦融以为从事,深敬待之,接以师友之道。彪乃为融画策事汉,总河西以拒隗嚣。"可知他青年时一直在外奔波,先是投奔隗嚣,后又投奔河西大将军窦融。又据《后汉书》本传记载:"及融征还京师,光武问曰:'所上奏章,谁与参之?'融对约:'皆从事班彪所为。'帝雅闻彪才,因召入见,举司隶茂才,拜徐令,以病免。后数应三公之命,辄去。彪既才高而好述作,遂专心史籍之间。"可见他青年时便对功名利禄,仕途进退并不在意。又据《后汉书》卷二十三《窦融传》记载,可知窦融被征还京师在建武十二年(36 年)。又据《后汉书》卷四十《班彪传》记载:"后察司徒廉为望都长,吏民爱之。建武三十年,年五十二,卒官。"可知班彪卒时为五十二岁,在建武三十年(54),可推知他随窦融还京师时为三十四岁,恰是人在中年。结合上述对该文意的分析,可知此时班彪的心态与《悼离骚》一文所写的文意符合。故系该文作于建武十二年(36)左右。

6.杜笃《吊比干文》,创作时间存疑

7.胡广《吊夷齐文》作于汉安帝元初四年(117)左右

考《吊夷齐文》中有"遭亡辛之昏虐,时缤纷以芜秽,耻降志于汙君,溷雷同于荣势。抗浮云之妙志,遂蝉蜕以偕逝"的文字,玩味其意,是对伯夷、叔齐的气节大加赞赏,据《文心雕龙·哀吊》曰:"胡阮之吊夷齐,褒而无间;仲宣所制,讥呵实工。然则胡阮嘉其清,王子伤其隘,各志也。"也是说明胡广的该文是赞赏和褒奖伯夷、叔齐的清高与气节。又据林纾《春觉斋论文·流别论》曰:"若胡广、阮瑀之吊伯夷,则一无所托,不过觉得好题目,表见其文采。"由此可推测该文是其青年时期所作,一逞才情而已。据《后汉书》卷四十四《邓张徐张胡传》记载:"广少孤贫,亲执家苦。长大,随辈入郡为散吏。太守法雄之子真,从家来省其父。真颇知人。会岁终应举,雄敕真助求才。雄因大会诸吏,真自于牖间密占察之,乃指广以白雄,遂察孝廉。既到京师,试以章奏,安帝以广为天下第一。旬月拜尚书郎,五迁尚书仆射。"可见胡广的文采非同一般,被"安帝以为天下第一"。考其生平仕宦,其在尚书仆射位置上干了十余年。姑推测《吊夷齐文》作于其被举孝廉左右。那么,胡广是何时被举为孝廉的呢?

考《后汉书》本传李贤注曰："谢承书曰:'广有雅才,学究《五经》,古今术艺皆毕览之。年二十七,举孝廉。'"又考蔡邕《太尉胡广碑》:"公宽裕仁爱,覆载博大,研道如机,穷理尽性。凡圣哲之遗教,文武之未坠,罔有不综。年二十七,察孝廉,除郎中,尚书侍郎。"可知胡广被举为孝廉在二十七岁,其时为何年呢? 据《后汉书》本传记载:"自在公台三十余年,历事六帝,礼任甚优,每逊位辞病,及免退田里,未尝满岁,辄复升进。凡一履司空,再作司徒,三登太尉,又为太傅。其所辟命,皆天下名士。与故吏陈蕃、李咸并为三司。蕃等每朝会,辄称疾避广,时人荣之。年八十二,熹平元年薨。"《后汉书》卷八《孝灵帝纪》也记载曰:"熹平元年春三月壬戌,太傅胡广薨。"可知胡广在汉灵帝熹平元年(172)卒,又据其享年八十二岁,可推知其生年为永元三年(91)。故其二十七岁时,是年在元初四年(117)。故系《吊夷齐文》作于元初四年左右。

8.蔡邕《吊屈原文》作于汉灵帝光和元年(178)至于汉灵帝中平六年(189)间

考《吊屈原文》中有"鹓鸠轩翥,鸾凤挫翮;啄碎琬琰,宝其瓴甋"的文字,结合蔡邕的仕宦经历,揣测其意,并非仅仅是表示对屈原的同情,明显也寄寓了自己的不平与愤怒;又据《北堂书钞》吊文三十八引有"托白水而腾文"条,可知该文是在作者路过白水时所创作的。

案:白水,即白水江,在四川境内,与岷江合流,注入长江,而长江又通湘江,是故蔡邕以此遥寄对屈原的哀痛之情。

那么,蔡邕是何时路过白水的呢? 据《后汉书》卷六十下《蔡邕传》记载:"光和元年,遂置鸿都门学……时妖异数见,人相惊扰。其年七月,诏召邕与光禄大夫杨赐,谏议大夫马日磾,议郎张华,太史令单飏诣金商门,引入崇德殿,使中常侍曹节、王甫就问灾异及消改变故所宜施行。……又特诏问曰……邕对曰……章奏,帝览而叹息;因起更衣,曹节于后窃视之,悉宣语左右,事遂泄露。其为邕所裁黜者,皆侧目思报。……于是诏下尚书,诏邕诘状……于是下邕,质于洛阳狱……中常侍吕强愍邕无罪,请之,帝亦更思其章,有诏减死一等,与家属髡钳,徙朔方,不得以赦令除。"可知蔡邕迁徙朔方,事在光和元年。又据《后汉书》本传记载:"帝嘉其才高,会明年大赦,乃宥邕还本郡。……五原太守王智践之,酒酣,智起舞属邕,邕不为报。……诟邕曰:'徒敢轻我!'邕拂衣而去。智衔之,密告邕怨于囚放,谤讪朝廷。内宠恶之。邕虑卒不免,乃亡命江海,远迹吴会。往来依太山羊氏,积十二年,在吴。……中平六年,灵帝崩,董卓为司空,闻邕名高,辟之。"可知中平六年蔡邕又回到了朝廷。

案:结合蔡邕《吊屈原文》的文字与其迁徙朔方及在吴会隐居之经历,推测该文可能作于这段时间中。又据曹道衡、沈玉成《中古文学史料丛考》"蔡邕远迹吴会往来依太山羊氏"条"然寻其遗文,自光和三年至中平六年间,碑诔哀吊……"考证,姑系该文作于光和元年至中平六年间。

9.祢衡《吊张衡文》作于汉献帝建安二年(197)

据《北堂书钞》卷一百二吊文三十八"由西鄂吊平子"条"祢衡《吊张衡文》,余今反(返)国,命驾言归,路由西鄂,道吊平子"的记载,可知《吊张衡文》是祢衡在返国(荆州)的路上作的。我们只要考证出其返国(荆州)的时间,则该文的创作年代大体可推定。据《后汉书》卷八十下《文苑传下》记载:"(祢衡)兴平中,避难荆州。建安初,来游许下。……融既爱衡才,数称述于曹操。操欲见之……闻衡善击鼓,乃召为鼓吏,因大会宾客,阅试音节。……操笑曰:'本欲辱衡,衡反辱孤。'孔融退而数之曰:'正平大雅,固当尔邪?'因宣操区区之意。衡许往。……衡乃著布单衣、疏巾……以杖捶地大骂。……操怒,谓融曰:'祢衡竖子,孤杀之犹雀鼠尔。顾此人素有虚名,远近将谓孤不能容之,今送于刘表,视当何如。'于是遣人骑送之。……刘表及荆州士大夫先服其才名,甚宾礼之,文章言议,非衡不定。"

案:祢衡游许当在建安元年(196)。据《祢衡别传》记载,黄祖大会宾客杀祢衡,在建安三年(198)十月。故其游许后被送回荆州当在建安二年(197)。又据《世说新语》卷一"言语"篇记载:"祢衡被魏武谪为鼓吏,正月半试鼓。衡扬枹为渔阳掺挝,渊渊有金石声,四座为之改容。"刘孝标注引

《文士传》曰："帝甚忿之，以其才名不杀，图欲辱之，乃令人录为鼓吏。后至八月朝会，大阅试鼓节，作三重阁，列坐宾客。以帛绢制衣，作一岑牟，一单绞及小裈。"

又案：无论是正月或者八月，都一定是祢衡到许的次年，因为据《后汉书》卷九《孝献帝纪》记载："建安元年……秋七月甲子，车驾至洛阳……八月辛亥，镇东将军曹操自领司隶校尉，录尚书事……庚申迁都许……"，又据《三国志·魏书·武帝纪》记载："建安元年春正月，太祖军临武平……二月，……天子拜太祖建德将军，……秋七月，杨奉、韩暹以天子还洛阳……洛阳残破，董昭等劝太祖还许。九月，车驾出轩辕而东……自天子西迁，朝廷日乱，至是宗庙社稷制度始立。"可知都许在九月，不可能在同一年内。又据《三国志·魏书·荀彧传》注引《平原祢衡传》记载："……于是众人切齿。衡知众不悦，将南还荆州。"结合《北堂书钞》卷一百二吊文三十八"由西鄂吊平子"条，故系该文作于建安二年(197)。

10.王粲《吊夷齐文》作于汉献帝建安十六年(211)秋七月

考《吊夷齐文》中有"岁旻秋之仲月，从王师以南征。济河津而长驱，逾芒阜之峥嵘。览首阳于东隅，见孤竹之遗灵"的文字，可知该文作于七月份，是作者跟随曹操出征时所作。据《三国志·魏书·武帝纪》记载："十六年春正月，天子命公世子丕为五官中郎将，置官属，为丞相副。……是时关中诸将疑繇欲自袭，马超遂与韩遂、杨秋、李堪、成宜等叛……秋七月，公西征……九月，进军渡渭……"可知曹操此次西征事在建安十六年。陆侃如《中古文学系年》考定王粲此次从征，并作《吊夷齐文》，可信，今从之。故系该文作于建安十六年秋七月。

11.阮瑀《吊伯夷文》作于汉献帝建安十六年(211)

考《吊伯夷文》中有"余以王事，适彼洛师；瞻望首阳，敬吊伯夷"的文字，结合王粲《吊夷齐文》中"从王师以南征"的文字，知二人所指系同一事件，即曹操西征之事。据《三国志·魏书》卷二十一《王粲传》注："又《典略》载太祖初征荆州，使瑀作书与刘备，及征马超，又使瑀作书与韩遂，此二书今具存。"其事可证。又据《三国志·魏书·武帝纪》记载可知曹操西征马超之事在建安十六年七月。陆侃如《中古文学系年》认为该年阮瑀为曹操作书与韩遂，并为文吊伯夷，今从之。又考姚振宗《三国艺文志》卷四："《类聚》吊夷齐文有王粲、阮瑀、糜元三人……寻其文则元与王、阮从魏武西征马超、韩遂时作，建安十六年也。"又为一佐证。故系该文作于建安十六年。

12.糜元《吊夷齐文》作于汉献帝建安十六年（211）

糜元，生卒年不详，《三国志·魏书》无传。严可均《全三国文》记载有"元，为散骑常侍，有集五卷"的简介，大抵与王粲、阮瑀为同时代人。考其《吊夷齐文》中有"少承洪烈，从戎于王"及"有绝代之王，必有受命之王"的文字，玩味其意，是为曹操代汉立论。且其有从曹操出征的经历，或为与王粲等跟随曹操西征时所作。又据姚振宗《三国艺文志》卷四载："《类聚》吊夷齐文有王粲、阮瑀、糜元三人……寻其文则元与王、阮从魏武西征马超、韩遂时作，建安十六年也。"姑从之。故系该文作于建安十六年。

13.阮籍《吊某公文》，创作时间存疑

14.晋元帝《吊赠杨邠策》作于晋怀帝永嘉七年（313）四月

考《吊赠杨邠策》中有"惟永嘉七年四月己未，使持节都督江阳诸军事镇东大将军琅邪王睿谨遣板命。前衡阳内史杨君忠肃贞固，守正不移……"的文字，可知该文作于晋怀帝永嘉七年（313）四月。据《晋书》卷五《孝怀帝纪》记载："（永嘉五年）五月，益州流人汝班、梁州流人蹇抚作乱于湘州，虏刺史荀眺，南破零、桂诸郡，东掠武昌……衡阳内史滕育并遇害。"又据《华阳国志·后贤志》记载："杨邠……进衡阳内史。遇流民叛乱，攻没长沙、湘东，邠辄救助。贼众浸盛……获邠，欲以为主，邠不许……邠侯其小息，夜急走……欲投湘东刺史荀眺，共图进取。会眺降贼，邠孤军固城。贼攻围之，誓死不移，遂卒城中。时年六十九。"

案：上述史料所记杨邠之事迹与该吊文内容吻合，可信。又据《吊赠杨邠策》中有"前衡阳内史"的文字，可推测滕育可能为杨邠的后任。故系该文作于永嘉七年四月。

15.庾阐《吊贾生文》作于晋康帝建元二年（344）三月

据《晋书》卷九十二《庾阐传》记载："庾阐，字仲初，颖川鄢陵人也……阐好学，九岁能属文。……州举秀才，元帝为晋王，辟之，皆不行……苏峻之难，阐出奔郗鉴，为司空参军。峻平，以功赐爵吉阳县男，拜彭城内史。鉴复请为从事中郎。寻召为散骑侍郎，领大著作。顷之，出补零陵太守，入湘川，吊贾谊。其辞曰：中兴二十三载，余忝守衡南，鼓枻三江，路次巴陵，望君山而过洞庭，涉湘川而观汨水，临贾生投书之川，慨以咏怀矣。"

案：苏峻之难是指苏峻、祖约叛乱之事，据《晋书》卷七《成帝、康帝纪》记载："二年春正月，宁州秀才庞遗起义兵，攻李雄将任回、李谦等，雄遣其将罗恒、费黑救之。……十一月，豫州刺史祖约、历阳太守苏峻等反。……四年春正月，帝在石头，贼将匡术以苑城归顺，百官赴焉。侍中钟雅、右卫将军刘超谋奉帝出，为贼所害。……甲午，苏逸以万余人自延陵湖将入吴兴。乙未，将军王允之及逸战于溧阳，获之。"由此可知，苏峻、祖约之乱，起于咸和二年（327）冬，止于咸和四年（329）春，因此，苏峻之乱被平定其事在咸和四年，则可知庾阐出补零陵太守当在该事件之后，又该文中有"中兴二十三载"句，考其本传，未见有此"中兴"之年号；又据《续修四库全书》本，第1605册，257页，作"中兴二年三月"，二者孰是？

考《晋书》卷七《成帝、康帝纪》记载："康皇帝讳岳，字世同，成帝母弟也。……癸巳，成帝崩。甲午，即皇帝位，大赦。……建元元年春正月，改元，抚恤鳏寡孤独。……初，成帝有疾，中书令庾冰自以舅氏当朝，权侔人主，恐异世之后，亲戚将疏，乃言国有强敌，宜立长君，遂以帝为嗣。制度年号，再兴中朝，因改元曰建元。……"可知"建元"乃为晋康帝年号，只有癸卯、甲辰两年（公元343——344），而无二十三年之久，故以中兴二年三月为是。且《晋书》卷九十二《庾阐传》又记载曰："又作《扬都赋》，为世所重。年五十四卒。"可知即使建元后仍用中兴年号，庾阐亦不得活至二十三年之后矣。疑作中兴二十三载者，盖因《晋书》本传之误录或后世传抄之误。故系该文作于建元二年三月。

16. 李充《吊嵇中散文》可能作于晋穆帝永和三年(347)左右

考《吊嵇中散文》云:"寄欣孤松,取乐竹林。尚想蒙庄,聊与抽簪。味孤觞之浊醪,鸣七弦之清琴。慕义人之玄旨,咏千载之徽音。凌晨风而长啸,托归流而咏吟。"又云:"嗟乎先生,逢时命之不丁。冀后凋于岁寒,遭繁霜而夏零。灭皎皎之玉质,绝琅琅之金声。投明珠以弹雀,捐所重而为轻。谅鄙心之不爽,非大雅之所营。"玩味其意,该段文字是对嵇康逍遥于竹林的赏慕和对其不幸命运的同情,但字里行间透露出一种清新飘逸之感。由此可知此时作者李充的处境应该还是不错的,心情也很好。据《晋书》卷九十二《李充传》记载:"征北将军褚裒又引为参军,充以家贫,苦求外出。裒将许之为县,试问之,充曰:'穷猿投林,岂暇择木!'乃除剡县令。"据《晋书》卷九十三《褚裒传》记载,可知褚裒为征北大将军,事在穆帝永和三年(347)。

案:剡县属扬州会稽郡,此处山清水秀,风景宜人。又据《晋书》卷八十《王羲之传》记载:"羲之雅好服食养性,不乐在京师,初渡浙江,便有终焉之志。会稽有佳山水,名士多居之,谢安未仕时亦居焉。孙绰、李充、许询、支遁等皆以文义冠世,并筑室东土,与羲之同好。"由此可知会稽有秀丽的山水景色,名士们多在此居住,或许李充在此秀丽山水中,畅想嵇康风采时,有所感作。故系该文作于永和三年(347)左右。

17. 嵇含《吊庄周图文》可能作于晋惠帝元康二年(292)

据《晋书》卷八十九《忠义传·嵇绍传附嵇含传》记载:"含好学能属文。家在巩县亳丘,自号亳丘子,门曰归厚之门,室曰慎终之室。楚王玮辟为掾。玮诛,坐免。举秀才,除郎中。"

案:楚王玮被诛之事,据《晋书》卷四《惠帝纪》记载:"永平元年春正月乙酉朔,临朝,不设乐。……六月,贾后矫诏使楚王玮杀太宰、汝南王亮,太保、菑阳公卫瓘。乙丑,以玮擅害亮、瓘,杀之。"其事在永平元年六月,则嵇含"坐免"之事当在此年。

又据《晋书》本传记载:"举秀才,除郎中。时弘农王粹以贵公子尚主,馆宇甚盛,图庄周于室,广集朝士,使含为之赞。含援笔为吊文,文不加点。其序曰……其辞曰……粹有愧色。"嵇含"举秀才,除郎中"的具体时间不可考,陆侃如《中古文学系年》假定在免官的次年,即元康二年,今从之,则该文当作于此时。姑系该文作于元康二年左右。

18.安虑《使蜀吊孔明》,创作时间存疑

19.束皙《吊萧孟恩文》作于晋武帝太康三年(282)至晋惠帝永宁二年(302)间

据《晋书》卷五十一《束皙传》记载:"束皙字广微,阳平元城人。……赵王伦为相国,请为记室。皙辞疾罢归,教授门徒。年四十卒。"又据《晋书》卷五十九《赵王伦传》记载,可知司马伦为相国之事在晋惠帝永康元年(300)四月,则束皙病卒必在该年后。又据《晋书》本传记载:"皙博学多闻,与兄璆俱知名。少游国学,或问博士曹志曰:'当今好学者谁乎?'志曰:'阳平束广微好学不倦,人莫及也。'"考《晋书》卷五十《曹志传》记载,可知曹志始为博士在咸宁初年(275),齐王攸之国之前迁祭酒。

案:世家子弟入国学,年岁约在十四五岁至十七八岁,据《北齐书》卷三十三《徐之才传》记载徐之才以十三岁入太学,《梁书》卷四十《许懋传》记载许懋以十四岁入太学。假设束皙于咸宁三年(277)左右入太学,年十五,四十岁则在永宁二年(302)。

考《吊萧孟恩文》中有"孟恩及皙,日夕同游,分义早著"的文字,可知束皙与萧孟恩年纪相仿。又云"孟恩夫妇皆亡,门无立副";则此时孟恩可能为二十岁或稍后,因为据《礼记·冠义》记载:"冠而字之,成人之道也。"冠礼之后,男子便可结婚生子了。而据古礼,男子二十而加冠。故萧孟恩可能在二十岁或稍后死亡的,故系该文作于太康三年(282)至永宁二年(302)间。

20.束皙《吊卫巨山文》作于晋惠帝元康元年(291)六月之后

据《晋书》卷五十一《束皙传》记载:"皙与卫恒厚善,闻恒遇祸,自本郡赴丧。尝为《劝农》及《汤饼赋》诸赋,文颇鄙俗,时人薄之。……"

案:卫恒,字巨山。是束皙的好友。

据《晋书》卷三十六《卫瓘传》记载:"贾后素怨瓘,且忌其方直,不得驰己淫虐;又闻瓘与玮有隙,遂谮瓘与亮欲为伊霍之事,启帝作手诏,使玮免瓘等官。黄门齐诏授玮,玮性轻险,欲骋私怨,夜使清河王遐收瓘。左右疑遐矫诏,咸谏曰:'礼律刑名,台辅大臣,未有此比,且请拒之。须自表得报,就戮未晚也。'瓘不从,遂与子恒、岳、裔及孙等九人同被害,时年七十二。"卫瓘及其子孙被害之事发生在元康元年六月。又据《吊卫巨山文》序云:"元康元年楚王玮矫诏举兵,害太保卫公及公四子三孙。公世子黄门郎巨山与晳有交好;时自本郡赴其丧,作吊文一篇,以告其枢。"可知该文作在元康元年六月之后无疑。

21.潘岳《哭弟文》,创作时间存疑

22.潘岳《吊孟尝君文》作于晋武帝泰始元年(265)十二月至晋武帝泰始二年(266)四月之间

考《吊孟尝君文》中有"出握秦机,入专齐政。右眄而嬴强,左顾而田竞"等歌颂孟尝君英雄业绩的文字,玩味其意,大抵是其早年游齐时所作,寄寓了作者年少时渴望遇到知音,一展宏图大志的胸怀与抱负。然考潘岳生平仕宦,无琅琊为官之经历,但其父茈曾为琅琊内史,因此推测该文可能是其随父至琅琊后所作。据《晋书》卷五十五《潘岳传》记载:"父茈,琅琊内史。"据《晋书》卷三《武帝纪》记载可知,司马炎于泰始元年(265)十二月代魏称帝,建晋改元。丁卯,大封宗室功臣,封司马伦为琅琊王。《晋书》卷五十九《赵王伦传》亦记载曰:"武帝受禅,封琅琊郡王。"则潘岳父为琅琊内史,当在此年。该年潘岳十九岁,次年弱冠。又据《文选》卷九潘岳《射雉赋》李善注引《射雉赋序》曰:"余徙家于琅琊,其俗实善射。聊以讲肄之余暇,而习媒翳之事,遂乐而赋之也。"可证上述推测成立。又《射雉赋》中有"于时青阳告谢,朱明肇授"句,李善录徐爰注曰:"时四月也。"据此可知,该赋作于泰始二年孟夏四月,而此时潘岳尚在琅琊。又据《文选》卷七潘岳《籍田赋》李善注引臧荣绪《晋书》曰:"潘岳……弱冠辟司空太尉府,举秀才,高步一时。"

案:弱冠即二十岁左右,潘岳于泰始二年四月尚在琅琊作《射雉赋》,则其辟司空太尉府,举秀才,从此踏上仕途,当在本年四月后。综上所述,故系《吊孟尝君文》作于泰始元年十二月至泰始二年四月之间。

23.陆机《吊蔡邕文》作于晋惠帝永康元年(300)至晋惠帝永宁元年(301)之间

据姜亮夫《陆平原年谱》,系该文作于永康元年。姜氏曰:"玩其词旨,盖亦为哀张华作也。"其中最要之句为"故尼父之惠训,智必愚而后贤。谅知道之已秒,曷信道之未坚。"按茂先一生比迹伯喈,盖有三同:心精辞绮,智极幽微,一也;沉潜坟典,博物洽闻,二也;俱隐巷网,固嗟承剑,三也。忠于乱世,自古为难。故机以"智而未愚,信道未坚"两语评之。论伯喈与茂先皆从此旨立场,则吊蔡者其名,吊张华者其实。姜氏所言有理。

案:张华是被赵王伦杀害的,而张华对陆机兄弟厚遇有加,照理说陆机是应该有文章哀吊张华的,但是因为此时他是在赵王伦手下任职,"赵王伦辅政,引为为相国参军。预诛贾谧功,赐爵关中侯。"(《晋书》本传)故可能是在张华被杀之时没敢写哀吊类的文字,或者是写了也不敢拿出来,后流失;姜亮夫先生所言,则陆机可能是借哀吊蔡邕之名,行吊张华之实。言之有理,姑从之。除此之外,还要考虑到陆机创作该文时的写作动机。陆机哀吊蔡邕,或许是有感于自身遭遇与蔡邕命运的类似,吊蔡邕其实也是在感叹自身的命运。据《后汉书》卷六十《蔡邕传》记载可知,蔡邕被董卓所器重,辟为司空祭酒,后因为慨叹董卓之死而被司徒王允所杀。陆机的仕途情形何尝不是如此?陆机被赵王伦所看重,担任地位贵重的黄门侍郎之职,后来赵王伦被杀,牵涉到陆机,经历了生死险境,据《晋书》卷五十四《陆机传》记载:"伦之诛也,齐王冏以机职在中书,九锡文及禅诏疑机与焉,遂收机等九人付廷尉。赖成都王颖、吴王晏并救理之,得减死徙边,遇赦而止。"陆机反思自己的仕途遭遇,通过哀吊蔡邕抒发自我的情怀,当是在情理之中。故系该文作于永康元年至永宁元年间。

24.陆机《吊魏武帝文》作于晋惠帝元康八年(298)

据《晋书》卷五十四《陆机传》记载:"张华荐之诸公。后太傅杨骏辟为祭酒。会骏诛,累迁太子洗马、著作郎。"

案:姜亮夫《陆平原年谱》系此事在元康八年,考据甚详,可信。

又考《吊魏武帝文》序云:"元康八年,机始以台郎出补著作,游乎秘阁,而见魏武帝遗令,忾然叹息,伤怀者久之。……于是遂愤懑而献吊云尔。"又正文末云:"览遗籍以慷慨,献兹文而凄伤。"可知该文及序是他于元康八年为著作郎时读魏武帝遗令后所作。故系《吊魏武帝文》作于元康八年。

25.陆云《吊陈永长书》作于晋惠帝永康元年(300)至晋惠帝永宁元年(301)之间

考陆云《与杨彦明书》云:"永耀已葬,冥冥远矣。存想其人,痛切肝怀。奈何奈何,闻伯华善佳,深慰存亡。人生有终,谁得免此。"又据《吊陈永长书》云:"贤弟永耀早丧俊德,酷痛甚痛,奈何。"据上述文字可知陈永长即是陈永耀的哥哥。我们只要考证出《与杨彦明书》的创作年代,则《吊陈永长书》的写作年代大体可以推知。《与杨彦明书》中有"彦先来,相欣喜,便复分别,恨恨不可言。阶途尚否,通路今塞,令人罔然。……少明湘公,亦不成迁。……永耀已葬,冥冥远矣。存想其人,痛切肝怀,奈何奈何!闻伯华善佳,深慰存亡"的文字,据《晋书》卷六十八《贺循传》记载:"久之,召补太子舍人。赵王伦篡位,转侍御史,辞疾去职。"可知贺循(案:贺循,字彦先)奔赴洛阳任太子舍人之职当在元康九年(299)十二月之前。又云"少明湘公亦不成迁",此指夏靖(案:夏靖,字少明)仕途不顺利之事情,据陆云《晋故豫章内史夏府君诔》可知,夏靖的主要仕历为:入太子府、为尚书郎、为武昌太守、为湘东太守、为豫章内史。而从湘东太守到为豫章内史则是平调,不算升迁,该事情发生在永康元年。故《与杨彦明书》当作于永康元年(300)之后。又据《与杨彦明书》载:"永耀已葬,冥冥远矣。"可推知《吊陈永长书》作于永宁元年(301)前后。

又考《吊陈永长书》中有"义在奔驰,牵役万里。至心不叙,东望贵舍,雨泪沾襟。今遣吏并进薄祭,不得临哀"的文字,可知陆云此时在洛阳任职,故系该文作于永康元年至永宁元年间。

26.陆云《吊陈伯华文》作于晋惠帝永康元年（300）至晋惠帝永宁元年（301）之间

据上文《吊陈永长书》考证，可知《与杨彦明书》大抵作于永康元年（300）之后。又考《与杨彦明书》中有"永耀已葬，冥冥远兮。存想其人，痛切肝怀，奈何奈何！闻伯华善佳，深慰存亡。人生有终，谁得免此"的文字，可知作该文时，陈伯华尚在世。又据《吊陈伯华书》中有"昔与大君，分义款笃。弥隆之爱，恩加兄弟。凭此烈好，要以始卒"的文字，可以推知陈伯华是陈永长的儿子。又据《晋书》卷五十四《陆机传》记载："颖晚节政衰，云屡以正言忤旨。……机之败也，并收云。……蔡克入至颖前，叩头流血，曰……颖恻然有宥云色。孟玖扶颖入，催令杀云。时年四十二。"

案：陆云被杀之事发生在太安元年（302）。故《吊陈伯华书》当作于此年之前。又结合上述《吊陈永长书》的创作情形，可以推知此两篇吊文当是作于同一时间。综上所考述，故系《吊陈伯华书》作于永康元年（300）至永宁元年（301）之间。

27.湛方生《吊鹤文》，创作时间存疑

28.李氏《吊嵇中散文》作于晋哀帝兴宁三年（365）至晋废帝太和四年（369）之间

考袁宏《七贤序》云："中散遣外之情，最为高绝。不免世祸，待举体秀异，直致自高。故伤之者也。"又据李氏《吊嵇中散文》云："故彼嵇中散之为人，可谓命世之杰矣。观其德行奇伟，风韵邵邈，有似明月之映幽夜，清风之过松林也。……故存其心者，不以一眚累怀；检乎迹者，必以纤芥为事。慨达人之获讥，悼高范之莫全。凌清风以三叹，抚兹子而怅焉。"玩味其意，上述所引两段文字有相似之处，既赞赏嵇康的风韵神采，又为其不幸的命运而悲伤，又考虑到李氏乃是东阳太守袁宏之妻，因此，二文似作于同时的可能性比较大。

案：《七贤序》即《竹林名士传序》。又袁宏曾写《三国名臣颂赞》，旨在歌颂三国时期的一些名臣，为其留名，以供后人瞻仰。这与其写作《竹林名士传》的动机大致相同。或许二者作于同一时期。那么《三国名臣颂赞》作于何时呢？

据《晋书》卷九十二《文苑传·袁宏传》记载："（谢）尚为安西将军、豫州刺史，引（袁）宏参其军事。累迁大司马桓温府记室。温重其文笔，专综书记。后为《东征赋》，赋末列称过江诸名德，而独不载桓彝。……后为《三国名臣颂》……从桓温北征，作《北征赋》，皆其文之高者。"此段材料的叙述，将《三国名臣颂》置于《东征赋》和《北征赋》之间，从其语气和用词来看，作者是按创作先后顺序来安排的。那么，《东征赋》和《北征赋》是作于何时的呢？据《世说新语·文学》"袁宏始作《东征赋》"条刘孝标注引《续晋阳秋》曰："宏为大司马记室参军，后为《东征赋》，悉称过江诸名望。时桓温在南州，宏语众云：'我决不及桓宣城。'"南州，据《文选》卷二十二殷仲文《南州桓公九井作》诗李善注引《水经注》可知，指的即是古姑孰（一作熟）。桓温移镇姑孰，在他为大司马后两年，即兴宁三年。（见《资治通鉴晋纪》）由此可知，《东征赋》当作于兴宁三年或稍后。又据《晋书》本传载："（宏）从桓温北征，作《北征赋》，皆其文之高者。"考《晋书》卷八《海西公纪》可知，桓温北征鲜卑，仅一次，事迹如下："（太和）四年夏四月庚戌，大司马桓温率众伐慕容暐。秋七月辛卯，暐将慕容垂率众拒温，温击败之。"可知《北征赋》当作于太和四年。因此，《三国名臣颂》当作于兴宁三年（365）至太和四年（369）间，所以《竹林名士传序》或作于此时，因而推测《吊嵇中散文》或作于此时。姑系该文作于兴宁三年至太和四年之间。

29.袁淑《吊古文》可能作于宋文帝元嘉六年（429）以前

考其文曰："夫然，不患思之贫，无苦识之浅。士以伐能见斥，女以骄色贻遣。以往古为镜鉴，以未来为针艾。书余言于子绅，亦何劳乎菁蔡。"此段文字是在列举了贾谊、司马相如、蔡邕等人的不幸遭遇后所感发之言，玩味其意，乃是不愿出仕的心理写照，仿佛他已经明白"扬才露己"的后果，"士以伐能见斥，女以骄色贻遣"，此语句表现出的心理活动与他入仕前的经历、性情极为相似；据《宋书》卷七十《袁淑传》记载："少有风气……至十余岁，为姑夫王弘所赏。不为章句之学，而博涉多通，好属文，辞采遒艳，纵横有才辩。本州命主簿，著作佐郎，太子舍人，并不就。彭城王义康命为司徒祭酒。义康不好文学，虽外相礼接，义好甚疏。"据《南史》卷二《文帝纪》记载："六年春正月辛丑，祀南郊。癸丑，以荆州刺史彭城王义康爲司徒、录尚书事。"可知彭城王义康为司徒在元嘉六年，是时袁淑方二十二岁，则袁淑为司徒祭酒当在此年。姑系该文作于元嘉六年（429）以前，为其青年时期入仕前所作。

30.崔凯《吊哭》，创作时间存疑

31.简文帝《吊道澄法师亡书》，创作时间存疑

32.任昉《吊乐永世书》作于齐明帝建武二年（495）至齐明帝建武四年（497）之间

据《南齐书》卷五十五《乐颐列传附乐预传》记载："乐颐字文德，南阳涅阳人。世居南郡。少而言和行谨，仕为京府参军……弟预亦孝，父临亡，执其手以托郢州行事王奂，预倍感闷绝，吐血数升，遂发病……建武中，为永世令，民怀其德。卒官，有一老妪行担斛薪叶将诣市，闻预死，弃担号泣。"由此可知乐预建武中为永世令，卒于官，则可推知此文当作于建武年间，而其确切年份不可考，暂系该文作于建武二年至建武四年之间。

33.任昉《吊刘文范文》作于齐明帝建武二年（495）

据《梁书》卷四十《刘之遴传》记载："刘之遴字思贞，南阳涅阳人也。父虯，齐国子博士，谥文范先生。"又据《南齐书》卷五十四《刘虬传》记载："刘虬字灵预，南阳涅阳人也。旧族，徙居汉陵。……虬精信释氏，衣粗布衣，礼佛长斋。注《法华经》，自讲佛义。以江陵西沙洲去人远，乃徙居之。建武二年，诏征国子博士，不就。其冬虬病，正昼有白云徘徊檐户之内，又有香气及磬声，其日卒。年五十八。"

案：蚪与虬同，为异体字，则刘文范当是刘之遴的父亲刘虬，刘虬卒于建武二年，故此文亦当作于其卒年即齐明帝建武二年。

34.刘之遴《吊震法师亡书》作于梁武帝普通五年（524）至梁武帝中大通

元年(529)之间

　　据《梁书》卷四十《刘之遴传》记载:"刘之遴字思贞,南阳涅阳人也。父虬,齐国子博士,谥文范先生。之遴八岁能属文,十五举茂才对策,沈约、任昉见而异之。……太清二年,侯景乱,之遴避难还乡,未至,卒于夏口,时年七十二。"又据《南史》卷五十《刘虬传附刘之遴传》记载:"之遴字思贞,八岁能属文。……寻避难还乡,湘东王(萧)绎常嫉其才学,闻其西上至夏口,乃密送药杀之。不欲使人知,乃自制志铭,厚其赗赠。"二书所记略同。

　　案:刘之遴于梁武帝太清二年(548)卒,时年七十二,由此可推知其生年则为昇明元年(477年)。

　　考《吊震法师亡书》云:"弟子少长游遇,数纪迄兹,平生敬仰,善友斯寄,衰疾待尽,不获临泄,鲠恸之怀,二三增楚,扶力修唁,迷猥不次。"

　　又案:"弟子少长游遇","少长"其时大概为12岁—15岁,"数纪迄兹",一个"数"字表明乃为三年或三年稍上一些,一纪为十二年,"数纪"则约为36年或稍上,可以推知刘之遴作该文时约为48岁—51岁。在普通五年(524)至中大通元年(529)之间。又据吊文中有"衰疾待尽,不获临泄……扶力修唁,迷猥不次"的文字,则可知其作该文时可能有亲友之丧。考《梁书》本传又载:"累迁中书侍郎,……后除南郡太守。武帝谓曰:'卿母年德并高,故令卿衣锦还乡,尽荣养之理。'后转为西中郎湘东王绎长史,太守如故。……丁母忧,服阙,徵为秘书监,领步兵校尉。出为郢州行事,之遴意不愿出……武帝手敕曰:'朕闻妻子具,孝衰于亲;爵禄具,忠衰于君。卿既内足,理忘奉公之节。'"

　　又案:萧绎之继任荆州,其事在梁武帝普通七年(526)(据《梁书》卷五《元帝纪》),则刘之遴"丁母忧"当在普通七年之后,与文中"衰疾待尽,不获临泄……扶力修唁"等文字符合。

　　综合上述材料,姑且系《吊震法师亡书》作于普通五年(524)至中大通元年(529)之间。

　　35.刘之遴《吊僧正京法师亡书》作于梁武帝大同元年(535)至梁武帝大

同四年（538）之间

据刘之遴《吊震法师亡书》创作年代考证，可知刘之遴生年为宋顺帝昇明元年（477），卒年为梁武帝太清二年（548）。考《吊僧正京法师亡书》云："弟子纨绮游接，五十余年，未隆知顾，相期法侣，至乎菩提，不敢生慢，未来难知，现在长隔。眷言生年，永同万古，寻思惋怆，倍不自胜。"

案："纨绮"，谓少年，约八岁左右；"五十余年"，假定时长为 51 年—54 年，则刘之遴作该文时约为 59 岁—62 岁。是时为梁武帝大同元年（535）至梁武帝大同四年（538）。姑且系该文作于大同元年至大同四年之间。

36.北魏孝文帝《吊殷比干墓文》作于太和十八年（494）十月十四日

据《魏书》卷七《高祖纪》记载："十有八年春正月丁未朔，朝群臣于邺宫澄鸾殿。……冬十月甲辰，以太尉、东阳王丕为太傅。……甲申，经比干之墓，伤其忠而获戾，亲为吊文，树碑而刊之。"

案："太和"为北魏孝文帝使用过的年号，共用二十三年，"十有八年"则为太和十八年，则知该文作于太和十八年十月。

又考《吊殷比干墓文》云："唯皇构迁中之元载，岁御次乎阉茂，望舒会于星纪，十有四日，日唯甲申。子扬和淇右，蹀骊鄜西。……"文中所述与本传合，又据"望舒会于星纪"知为十月，故综上所述，系本文作于北魏孝文帝太和十八年十月十四日。

37.隋文帝《吊祭薛濬册书》作于开皇中，具体年份难详考

据《隋书》卷七十二《薛濬列传》记载："开皇初，擢拜尚书虞部侍郎，寻转考功侍郎……既丁母艰……寻起令视事，濬屡陈诚款，请终丧制，优诏不许。……濬竟不胜丧，病且卒。其弟谟时为晋王府兵曹参军事，在扬州，濬遗书与谟曰……书成而绝，时年四十二。有司以闻，高祖为之屑涕，降使齐册书吊祭曰……"又据严可均《全隋文》辑《吊薛濬册书》注有"开皇中"说明，与其事合，可信。但确切年份不可考，暂系于开皇中。

38.薛道衡《吊延法师书》作于开皇年间，确切年份俟考

据《吊延法师》中有"经行晏坐，夷险莫二；戒德律仪，始终如一。圣皇启

运,像法重兴。……而法柱忽倾,仁舟遽没"的文字。据《隋书》卷五十七《薛道衡传》记载,可知薛道衡与隋炀帝的关系并不好,"圣皇"非指隋炀帝;又据其《高祖文皇帝颂》曰:"炎灵启祚,圣皇驭宇,运天策于帷幄,播神威于沙朔、柳塞、毡裘之长,皆为臣隶,瀚海、蹛林之地,尽充池苑。"可知薛道衡对文帝杨坚推崇之致,故本传载:"(炀)帝览之不悦,顾谓苏威曰:'道衡致美先朝,此鱼藻之义也。'"故"圣皇"当指隋文帝。据"像法"重兴,可知此前"像法"曾遭禁毁。所指何事呢?

据《周书》卷五《武帝纪》记载:"(建德)三年春正月壬戌,朝群臣于露门。……五月庚申……丙子,初断佛、道二教,经像悉毁,罢沙门、道士,并令还民。……六年春正月乙亥……辛丑,诏曰:'……朕菲食薄衣,以弘风教,……其东山,南园及三台可并毁撤。……'"可知建德三年至建德六年期间周武帝都是执行禁佛教政策的。又考《隋书》卷三十五《经籍志四》记载:"开皇元年,高祖普诏天下,听任出家,仍令计口出钱,营造经像。"又载:"开皇初又兴,高祖雅信佛法,于道士蔑如也。"可知其云"像法重兴"当指开皇初隋文帝重兴佛法之事。揣摩《吊延法师书》上述所引文意,延法师当是在"圣皇启运,像法重兴"后不久去世的,所以作者愈加悲痛。姑系该文作于开皇元年之后。

39.藏彦《吊驴文》,创作时间存疑

附录

先唐现存吊文简目

序号	作者	篇名	出处
1	贾谊	《吊屈原文》	《全汉文》卷十六
2	司马相如	《吊秦二世文》	《全汉文》卷二十一
3	扬雄	《反离骚》	《全汉文》卷五十二

续表

序号	作者	篇名	出处
4	梁竦	《悼骚赋》	《全后汉文》卷二十二
5	班彪	《悼离骚》	《全后汉文》卷二十三
6	杜笃	《吊比干文》	《全后汉文》卷二十八
7	胡广	《吊夷齐文》	《全后汉文》卷五十六
8	蔡邕	《吊屈原文》	《全后汉文》卷七十九
9	祢衡	《吊张衡文》	《全后汉文》卷八十七
10	王粲	《吊夷齐文》	《全后汉文》卷九十一
11	阮瑀	《吊伯夷文》	《全后汉文》卷九十三
12	糜元	《吊夷齐文》	《全三国文》卷三十八
13	阮籍	《吊某公文》	《全三国文》卷四十四
14	晋元帝	《吊赠杨邠策》	《全晋文》卷八
15	庾阐	《吊贾生文》	《全晋文》卷三十八
16	李充	《吊嵇中散文》	《全晋文》卷五十三
17	李颙	《吊平叔父文》	《全晋文》卷五十三（补入）
18	嵇含	《吊庄周图文》	《全晋文》卷六十五
19	安虑	《使蜀吊孔明》	《全晋文》卷八十六
20	束皙	《吊萧孟恩文》	《全晋文》卷八十七
21	束皙	《吊卫巨山文》	《全晋文》卷八十七
22	潘岳	《哭弟文》	《全晋文》卷九十三
23	潘岳	《吊孟尝君文》	《全晋文》卷九十三
24	陆机	《吊蔡邕文》	《全晋文》卷九十九
25	陆机	《吊魏武帝文》	《全晋文》卷九十九
26	陆云	《吊陈永长书》	《全晋文》卷一百三
27	陆云	《吊陈伯华书》	《全晋文》卷一百三
28	湛方生	《吊鹤文》	《全晋文》卷一百四十

序号	作者	篇名	出处
29	卞承之	《吊二陆文》	《全晋文》卷一百四十（补入）
30	李氏	《吊嵇中散文》	《全晋文》卷一百四十四
31	袁淑	《吊古文》	《全宋文》卷四十四
32	崔凯	《吊哭》	《全宋文》卷五十六
33	简文帝	《吊道澄法师亡书》	《全梁文》卷十一
34	任昉	《吊乐永世书》	《全梁文》卷四十三
35	任昉	《吊刘文范文》	《全梁文》卷四十四
36	刘之遴	《吊震法师亡书》	《全梁文》卷五十六
37	刘之遴	《吊僧正京法师亡书》	《全梁文》卷五十六
38	魏孝文帝	《吊殷比干墓文》	《全后魏文》卷七
39	隋文帝	《吊祭薛濬册书》	《全隋文》卷三
40	薛道衡	《吊延法师书》	《全隋文》卷十九
41	臧彦	《吊驴文》	《先唐文》卷一
42	王文度	《吊龚胜文》	《北堂书钞》
43	王文度	《吊范增文》	《北堂书钞》
44	傅咸	《吊秦始皇赋》	《艺文类聚》
45	陆机	《吊魏武帝柳赋》	《陆机集》
46	陆机	《吊少明》	《陆云集》
47	糜元	《吊比干文》	《太平御览》
48	颜延之	《吊张敷文》	《宋书》

第二章

先唐吊文校注

吊屈原文

贾谊

恭承嘉惠兮,俟罪长沙。仄闻屈原兮,自沉汨罗。造托湘流兮,敬吊先生。遭世罔极兮,乃陨厥身。呜呼哀哉①兮,逢时不祥。鸾凤②伏窜兮,鸱枭翱翔;阘茸尊显兮,谗谀得志;贤圣逆曳兮,方正倒置。谓随夷③溷兮,谓跖蹻④廉;莫邪⑤为钝兮,铅刀为铦。于嗟默默,生之亡故兮!斡弃周鼎,宝康瓠兮。腾驾罢牛,骖蹇驴⑥兮。骥垂两耳,服盐车兮。章甫荐屦,渐不可久兮。嗟苦先生,独离此咎兮。讯曰:已矣!国其莫吾知兮,子独抑郁其谁语?凤缥缥其高逝兮,夫固自引而远去。袭九渊之神龙兮,勿深潜以自珍。偭蟂獭以隐处兮,夫岂从虾与蛭螾?所贵圣之神德⑦兮,远浊世而自藏;使麒麟可系⑧而羁⑨兮,岂云异夫犬羊?般纷纷其离此尤兮,亦夫子之故也。历九州而相其君兮,何必怀此都也。凤凰翔于千仞兮,览德辉而下之。见细德之险征兮,遥增击而去之。彼寻常之污渎兮,岂容吞舟之鱼!横江湖之鳣鲸兮,固⑩将制于蝼蚁。

校勘记

①"呜呼哀哉"后:《文选》无"兮"字

②鸾凤:《艺文类聚》作"鸾鸟"

③"溷"前:《类聚》无"为"字

④"跖蹻"前:《类聚》无"谓"字

⑤莫邪:《类聚》作"莫耶"

⑥"蹇驴"后:《类聚》无"兮"字

⑦"神德"后:《类聚》无"兮"字

⑧"系"前:《类聚》无"得"字

⑨"羁"后:《类聚》无"兮"字

⑩"固"前:《文选》无"夫"字

注释

【1】恭:敬也,《越绝书》:恭承嘉惠,述畅往事。嘉惠:指皇帝的诏命。俟罪:待罪。《琴操》:伍子胥曰:"俟罪斯国,志原得兮。"

【2】仄闻:从旁闻知,表示有所闻的谦辞。仄,同侧。汨罗:水名。在今湖南省东北部,注入洞庭湖。

【3】造:到。

【4】罔极:混乱变化,没有定规。罔,无,没有。张晏曰:谗言罔极。罔极,言无中正也。《周书》文王曰:惟世罔极,汝尚助予。

【5】鸾凤:传说中属于同一类的神鸟。鸱鸮:猫头鹰一类的鸟,古人认为是恶鸟。

【6】阘茸:此处指没有才能的小人。胡广曰:阘茸,不才之人,无六翮翱翔之用,而反尊显,为诂谀得志于世也。《字林》曰:阘茸,不肖也。司马迁《报孙会宗书》:今已亏形为埽除之隶在阘茸之中。

【7】逆曳:不顺。胡光曰:"逆曳,不可顺道而行也。"

【8】倒置:贤,不肖颠倒易位也。

【9】随:卞随,传说中的古代隐士,商汤灭夏后要把天下让给他,他不肯接受,投水自杀。伯夷:伯夷,因反对周武王灭商,饿死在首阳山。事见《史记·伯夷列传》。溷:混浊。跖,蹻:李奇曰:跖,鲁之盗跖。蹻,楚之庄蹻。跖和蹻都是古代统治阶级心目中的大盗。

【10】莫邪:人名,后用作宝剑名。《吴越春秋》曰:干将者,与欧冶子同师,

俱作剑。阖闾得而宝之,以故使干将造剑二枚,一曰干将,二曰莫邪,莫邪,干将妻之名也。铅刀:铅做的刀,很钝。左思《咏史》:铅刀贵一割,梦想驰良图。铦:锋利。

【11】默默:不得志也。《史记·魏其武安侯列传》:魏其日默默不得志。于嗟:叹词。毛诗曰:吁嗟鸠兮。

【12】翰:转。周鼎:指周代的传国宝器九鼎。康瓠:瓦盆底。

【13】腾,飞腾。罢,通疲。蹇:跛足。

【14】骥垂两耳,服盐车兮:《战国策·汗明》:大骥服盐车,上太行,中坂迁延,负辕不能上。古代用以比喻人才不得其用。

【15】章甫:古代的一种礼帽。《礼记·仪礼》曰:士冠章甫,殷道也。屦:用麻等制成的单底鞋。

【16】壹郁:指心情抑塞愁闷。司马迁《报任安书》:顾自以为身残处秽秽,动而见尤,欲益反损,是以抑郁而无谁语。

【17】缥缥:同飘飘,飞翔貌。《汉书·扬雄传》:往时武帝好神仙,相如上《大人赋》,欲以风,帝反缥缥有凌云之志。

【18】袭:覆也,犹言查也。九渊:极深的渊。《庄子》:千金之珠,必九重之渊,而骊龙颔下。泊:潜伏貌。

【19】伓:背弃。蝫:据说是一种吞食鱼类的四脚水蛇。水獭:水獭,生活在水边,善于入水吞鱼。应劭曰:蝫水獭,水虫害鱼者也。蛭螾:蛭,水蛭,俗名蚂蟥。螾,同蚓,蚯蚓。

【20】神德:非凡的德行。自藏:独善其身。《庄子》曰:宣尼见蛾丘之将,是圣人仆也。是自埋于民,自藏于畔。

【21】般,同斑。纷乱貌。尤:罪过。

【22】九州:古代中国设置的九个州。后来九州泛指中国。德辉:道德的光辉。

【23】细德:苛细之德,指小人的行为。增击:加快飞行,击空高飞。如淳曰:凤凰增击九千里,绝云气,遥远也。增,高高上飞意也。险征:危险的征兆。

【24】寻常:应劭曰:八尺曰寻,倍寻曰常。污渎:死水沟。吞舟之巨鱼:《庄

子》:弟子谓桑楚曰:"夫寻常之沟,巨鱼无所还其体,而鲵鳅为之制也。"

【25】横江湖之鳣鲸兮句:鳣,即鲟鱼。蝼蚁,蚂蚁。《庄子》:庚桑楚谓弟子曰:"吞舟之鱼而失水,则蝼蚁能苦之。"《战国策》:齐人说靖郭君曰:"君不闻海大鱼乎? 荡而失水,则蝼蚁得意焉。"

哀秦二世赋

司马相如

登陂陁①之长阪兮,坌入曾宫之嵯峨。临曲江之隑洲②兮,望南山之参差。岩岩深山③之崆崆④兮,通⑤谷豁兮谽谺。汨淢⑥噏习⑦以永世⑧兮,注平皋之广衍。观众树之蓊薆⑨兮,览竹林之榛榛。东驰土山⑩兮,北揭⑪石濑。弭节容与兮,历吊二世。持身不谨⑫兮,亡国失势。信谗不寤⑬兮,宗庙灭绝。呜呼⑭哀哉! 操行⑮之不得兮,坟墓芜秽而不修⑯兮,魂无⑰归而不食,夐邈绝而不齐兮,弥久远而愈侏,精罔阆而飞扬兮,拾九天而永逝。呜呼哀哉!

校勘记

①"长阪"后:《类聚》无"兮"字

②隑州:《类聚》作"澄州"

③"深山"后:《类聚》无"之"字

④崆崆:《类聚》作"浲浲"

⑤"通"前:《类聚》无"兮"字

⑥汨淢:《类聚》作"泊乎"

⑦噏习:《类聚》作"溝鞁"

⑧"永逝"后:《类聚》无"兮"字

⑨"蓊薆"后:《类聚》无"兮"字

⑩"土山"后:《类聚》无"兮"字

⑪揭:《类聚》作"偈"

⑫"不谨"后:《类聚》无"兮"字

⑬"不瘳"后:《类聚》无"兮"字

⑭"呜呼"后:《类聚》无"哀哉"二字

⑮操行:《类聚》作"掺行"

⑯"不修"后:《类聚》无"兮"字

⑰魂无:《类聚》作"魂魄"

注释

【1】陂阤句:亦作陂陀,陂陁。倾斜貌。《广雅·释诂二》:陂陀,衺也。《广雅·歌韵》:陀,陂陀,不平貌。阪:山坡,斜坡。《诗经·小雅·正月》:瞻彼阪田,有菀其特。

【2】嵯峨句:山高峻貌。淮南小山《招隐士》:山气茏从兮石嵯峨,溪谷崭岩兮水曾波。

【3】曲江句:即曲江池。秦为宜春苑,汉为乐游原。

【4】参差句:不齐貌。《诗经·周南·关雎》:参差荇菜,左右流之。

【5】严严句:高峻貌。《诗经·鲁颂·閟宫》:泰山严严,鲁邦所詹。《世说新语·容止》:山公(涛)曰:"嵇叔夜(康)之为人也,严严若孤松之独立,其醉也傀俄若玉山之将崩。"硿硿:深通貌。谽谺:山谷空阔貌。

【6】汩减句:水流迅疾貌。喻习:水飘忽貌。平皋:水边的平地。广衍:宽广绵长貌。《墨子·非攻》:今万兼之国,虚数于千,不胜而入,广衍数于万,不胜而群。张衡《西京赋》:尔乃广衍沃野,厥田上上。

【7】观众树句:瑜薆:草木茂盛貌。榛榛:草木茂盛貌。《汉书·扬雄传》:枳棘之榛榛兮,蝘狖拟而不敢下。

【8】石濑:撞击沙石而过的流水。弥节:停息。《汉书·李广传》:将军其率师东进,弥节白檀。

【9】操行:操守,品行。王充《论衡·幸偶》:凡人操行有贤有愚,及遭祸福,有幸有不幸。

【10】芜秽:荒废,指田地因不整治而杂草丛生。《离骚》:虽委绝其亦何伤兮,哀众芳之芜秽。

【11】夐:通迥,远。休:通昧,冥也。

【12】罔阆:传说山川中的精怪,也作魍魉。《左传·宣公三年》:魑魅魍魉,莫能逢之。《史记·孔子世家》:木石之怪夔,魍魉。

【13】九天:高天。《孙子·形》:善攻者,动于九天之上。

反离骚

扬雄

雄怪屈原文过相如,至不容,作《离骚》,自投江而死。悲其文,读之未尝不流涕也。以为君子得时则大行,不得时则龙蛇。遇不遇命也,何必湛身哉!乃作书,往往摭《离骚》文而反之,自岷山投诸江流,以吊屈原,名曰《反离骚》。

有周氏之蝉嫣①兮,或鼻祖於汾隅。灵宗初谍伯侨②兮,流于末③之扬侯。淑周楚之丰烈兮,超既离乎皇波。因江潭而三往记兮,钦吊楚之湘累。惟天轨④之不辟⑤兮,何纯洁而离纷!纷⑥累以其涹涊兮,暗累以其缤纷。汉十世之阳朔⑦兮,招摇纪於周正。正皇天之清则⑧兮,度后土之方贞。图累承彼洪族兮,又览累之昌辞,带钩矩而佩衡兮,履欃枪以为綦。素初贮厥丽服兮,何文肆而质鼟。资娵娃之珍髢兮,鬻九戎而索赖。凤凰⑨翔於蓬陼⑩兮,岂驾鹅之能捷!骋骅骝以⑪曲艰⑫兮,驴⑬骡连蹇而齐足。枳棘之榛榛兮,猿狖疑而不敢下。灵修既信椒、兰之唼佞兮,吾累忽焉而不蚤睹?衿芰茄⑭之绿⑮衣⑯兮,被夫容之朱裳。芳酷烈而莫闻⑰兮,固不如⑱襞而幽之离房。闺中容竞淖约兮,相态以丽佳,知众嬬之嫉妒兮,何必扬累之蛾眉?懿神龙之渊潜,俟庆云而将举。亡春风之被离兮,孰焉知龙之所处?愍吾累之众芬兮,扬烨烨之芳苓。遭季夏之凝霜兮,庆夭悴而丧荣。横江、湘以南往兮,云走乎彼苍吾,驰江潭之泛溢兮,将折衷乎重华。舒中情之烦或兮,恐重华之不累与。陵阳侯之素波兮,岂吾累之独见许?精琼靡与秋菊⑲兮,将以延夫天年;临汨罗而自陨⑳兮,恐日薄於西山。解扶桑之总辔兮,纵令之遂奔驰。鸾皇腾而不属兮,岂独飞廉与云师!卷薜芷与若蕙兮,临湘渊而投之;棍申椒与菌桂兮,赴江湖而沤之。费椒胥以要神兮,又勤索彼琼茅。违灵氛而不从兮,反湛身於江皋!累既攀夫傅说㉑兮,奚不信而遂行？徒恐鹝鸠之将鸣兮，顾先百草为不芳②！初累弃彼虑妃兮，更思瑶台之逸女。抈雄鸩以作媒兮，何百离而曾不壹耦！乘云蜺之旖旎兮，望昆仑以樛流。览四荒而顾怀兮，奚必云女彼高丘？既亡鸾车之幽蔼兮，焉驾八龙之委蛇？临江濑而掩涕兮，何有《九招》与《九歌》？夫圣哲之不遭兮，固时命之所有；虽增欷以於邑兮，吾恐灵修之不累改。昔仲尼之去鲁兮，斐斐迟迟而周迈。终回复於旧都兮，何必湘渊与涛濑！澡渔父之舖歠兮，洁沐浴之振衣。弃由、聃之所珍兮，跖彭咸之所遗！

校勘记

①"蝉嫣"后：《类聚》无"兮"字

②伯侨兮：《类聚》作"伯侨子"

③末：《类聚》作"未"

④天规：《类聚》作"夫规"

⑤"不辟"后：《类聚》无"兮"字

⑥纷：《类聚》作"分"

⑦阳朔：《类聚》作"杨翔"

⑧"清则"后：《类聚》无"兮"字

⑨凤凰：《类聚》作"凤皇"

⑩蓬陼：《类聚》作"蓬渚"

⑪以：《类聚》作"于"

⑫曲艰：《类聚》作"曲叹"

⑬驴后：《类聚》无"骡"字

⑭芰茄：《类聚》作"荷芰"

⑮绿：《类聚》作"绣"

⑯"衣"后：《类聚》无"兮"字

⑰"闻"后：《类聚》无"兮"字

⑱"不如"前：《类聚》无"固"字

⑲"秋苟"后：《类聚》无"兮"字

⑳"自陨"后:《类聚》无"兮"字

㉑"傅说"后:《类聚》无"兮"字

㉒芳:《类聚》作"荣"

注释

【1】婵嫣:连绵不绝。汾偶:汾水之旁。

【2】灵宗句:扬氏出自有周,为神灵之后裔,故曰灵宗。谍:同牒,谱牒。伯侨:扬雄始祖名。扬侯:扬雄的五世祖。

【3】淑周句:善,好。丰烈:美业。皇波:大水,指黄河,长江。

【4】惟:思。天轨:天道。泱涊:污浊。张衡《思玄赋》:属箕伯以函风兮,激泱涊而为清。刘向《九叹·惜贤》:拨陷谀而匡邪兮,切泱涊之流俗。

【5】阳朔:汉成帝第三个年号。招摇:北斗第七星。在杓柄顶端。周正:周朝以夏历十一月为正月。

【6】清则:清明有规则。方贞:方正。

【7】昌辞:指《离骚》。累:李奇曰:诸不以罪死曰累。

【8】钧:圆规。矩:矩尺。衡:天枰。欃枪:彗星。

【9】娵娃:孟康曰:闾娵,吴娃。皆古之美女。髢:假发。九戎:九州外的狄戎,指远方民族。

【10】蓬阤:蓬草杂生之洲渚。

【11】骅骝:骏马名。曲囏:曲折艰困的地方。

【12】灵修:指楚王。《离骚》称楚王为灵修。狖:似猴而长尾。

【13】衿:结上。夫容:即芙蓉,荷花。襞:叠衣裳。

【14】淖约:同绰约,美貌。《庄子·逍遥游》:绰约若处子。

【15】嫭:美貌。蛾眉:代指美貌。《诗经·卫风·硕人》:蝼首蛾眉。

【16】懿:美。俟:同俟,等待。

【17】煒煒:同暐暐,光盛貌。荃:芳草名。

【18】季夏:指秋前。

【19】苍吾:即苍梧,舜所葬处。《山海经·海内经》:南方苍梧之丘,苍梧之洲,其中有九巍山,舜之所葬。

【20】重华:舜名。阳侯:应邵曰:阳侯,古之诸侯也,有罪自投江,其神为大波。

【21】琼:美玉。扶桑:神木,生于东海旸阳谷。《淮南子·天文》:日出于旸谷,沐浴于咸池,拂于扶桑。

【22】飞廉:风神。云师:云神。

【23】薜芷若蕙:皆香草名,即分别指薜荔,芳芷,杜若,佩兰。申椒,菌桂:皆香木。

【24】棍:颜师古曰:大束也。椒糈:糈,亦作糈,精米。杂以花椒曰椒糈,用以祭神。琼茅:亦作蓍茅,用以占卜的灵草。《离骚》:索蓍茅以筳篿兮,命灵氛为余占之。

【25】傅说:殷朝人,遭遇刑罚,操版建筑于傅严,殷高宗举以为相。

【26】鹈鴂:即鹈鴂:一名子归,一名杜鹃。

【27】虑妃:《离骚》作宓妃。王逸曰:宓妃,神女,以比喻隐士。《文选》五臣注以为喻贤臣,五臣说是。

【28】旖柅:同旖旎,轻盈柔顺貌。司马相如《上林赋》:旖旎从风。樛流:犹周流。《离骚》:览相观于四极兮,周流乎天余乃下。

【29】幽蔼:犹晻蔼,蓊郁蔽日貌。

【30】九招:即韶,韶是舜乐。九歌:是禹乐。

【31】时命:时运与天命。欷:嘘唏,叹气。於邑:犹如鸣咽。

【32】仲尼:孔子名丘字仲尼。斐斐:往来貌,犹言徘徊。迟迟:徐徐而行。

【33】餔:吃。歠:饮。釃:薄酒。

【34】由,聃:由,许由。尧时高士。尧让天下于许由,许由不受,隐耕于箕山。聃:老子,名耳字聃,周柱下史,周衰,老子骑青牛出关而去,著《道德经》五千言。彭咸:殷时贤大夫,谏王不听,投水而死。

悼骚赋

梁竦

彼仲尼之佐鲁兮，先严断而后弘衍。虽离谗以鸣邑兮，卒暴诛于两观。殷伊周①之协德兮，既太甲而俱寙②。岂齐量其几微兮，徒信己以荣名。虽吞刀以奉命兮，抉目眦于门闾。虽荒萌其已殖兮，可信颜于王庐。图往镜来兮，关比在篇。君名既泯没兮，后辟亦然。屈平濯德兮，契显芬香。勾践罪种兮，越嗣不长。重耳忽推兮，六卿卒强。赵陨③鸣牛犊兮，秦人入疆。乐毅奔赵兮，燕亦是丧。武安赐命兮，昭以不王。蒙宗不幸兮，长平颠荒。范父乞身兮，楚项不昌。何尔生不先后兮，惟洪动以遐迈。服荔裳如朱绂兮，骋鸾路于犇濑。历苍梧之崇丘兮，宗虞氏之後义。临众渎之神林兮，东敕职于蓬碣。祖圣道而垂典兮，褒忠孝以为珍。既匡救而不得兮，必殒命而后仁。惟贾傅其违指兮，何扬生之欺真。彼皇麟之高举兮，熙太清之悠悠。临岷川以怆恨兮，指丹海以为期。

校勘记

①伊周：《后汉书》作"伊尹"

②寙：《后汉书》作"宁"

③陨：《后汉书》作"殒"

注释

【1】仲尼佐鲁：《史记·孔子世家》：定公十四年，孔子年五十六，由大司寇行摄相事，有喜色。门人曰："闻君子祸至不惧，福至不喜。"孔子曰："有是言也。不曰乐其以贵下人乎？"于是诛鲁大夫乱政者少正卯。与闻国政三月，粥羔豚者弗饰贾；男女行者别于涂；涂不拾遗；四方之客至于邑者，不求有司，皆予之以归。

【2】勾践罪种：《史记·越王勾践世家》：范蠡逐去，自齐遗大夫种曰："蜚鸟尽，良弓藏；狡兔死，走狗烹。越王为人长颈鸟喙，可与共患难，不可与共乐。子

何不去?"种见书,称病不朝。人或谗种且作乱,越王乃赐种剑曰:"子教寡人伐吴七术,寡人用其三而败吴,其四在子,子为我从先王试之。"种遂自杀。

【3】重耳忽推:《史记·晋世家》:(晋)文公修政,施惠百姓。赏从亡者及功臣。大者封邑,小者封爵。未尽行赏,周襄王以弟带难出居郑地,来急告晋。晋初定,欲发兵,恐他乱起,是以赏从亡未及隐者介子推。推亦不言禄,禄亦不及。

【4】长平颠荒:《史记·赵世家》:七月,廉颇免而赵括代将。秦人围赵括,赵括以军降,卒四十余万皆坑之。王悔不听赵豹之计,故有长平之祸焉。

【5】乐毅奔赵:《史记·乐毅列传》:会燕昭王死,子立为燕惠王。惠王自为太子时尝不快于乐毅,及即位,齐之田单闻之,乃纵反间于燕……于是燕王固已疑乐毅,得齐反间,乃使骑劫代将,而召乐毅。乐毅知燕惠王之不善代之,畏诛,遂而降赵。

【6】武安赐命:《史记·苏秦列传》:燕易王卒,燕哙立为王。其后齐大夫多与苏秦争宠者,而使人刺苏秦,不死,殊而已。齐王使人求贼,不得。苏秦且死,乃谓齐王曰:"臣即死,车裂臣以徇于市,曰'苏秦为燕作乱于齐',如此刺臣之贼必得矣。"于是如其言,刺苏秦者果自出,齐王因而诛之。苏秦既死,其事大泄。齐后闻之,乃恨怒燕,燕甚恐。

【7】范父乞身:《史记·项羽本纪》:汉王患之,乃用陈平计间项王。项王使者来,为太牢具,举欲进之。见使者,佯惊愕曰:"吾以为亚父使者,乃为项王使者。"更持去,以恶食食项王使者。使者归报项王,项王乃疑范增与汉有私,稍夺之权。范增大怒,曰:"天下事大定矣,君王自为之。愿赐骸骨归卒伍。"项王许之。

【8】贾傅违指:《史记·屈原贾生列传》:孝文帝方受,坐宣室。上因感鬼神事,而问鬼神之本。贾生因具道所以然之状。至半夜,文帝前席。既罢,曰:"吾久不见贾生,自以为过之,今不及也。"居顷之,拜贾生为梁怀王太傅。

【9】扬生欺真:《汉书·扬雄传》:当成、哀、平间,莽、贤皆为三公,权倾人主,所荐莫不拔擢,而雄三世不徙官。及莽篡位,谈说之士用符命称功德获封爵者甚众,雄复不仕,以耆老久次转为大夫,恬于势利乃如是。

【10】抉目眦于门间:《史记·伍子胥列传》:(吴王)乃使使赐伍子胥属镂之

剑,曰:"子以此死。"伍子胥仰天叹曰:"嗟乎! 谗臣嚭为乱矣,王乃反诛我。我令若父霸。自若未立时,诸公子争立,我以死争之于先王,几不得立。若既得立,欲分吴国与我,我顾不敢望也。然今若听谀臣之言以杀长者。"乃告其舍人曰:"必树吾墓上以梓,令可以为器;而抉吾眼县吴东门之上,以观越寇之入灭吴也。"乃自刭死。

悼离骚

班彪

夫华植之有零茂,故阴阳之度也。圣哲之有穷达,亦命之故也。惟达人进止得时,行以遂伸,否则诎而坼蠖,体龙蛇以幽潜。

注释

【1】华植:华,光彩,光辉的意思。《淮南子·墬形训》:末有十日,其华照下地。

【2】零茂:凋落与茂盛。零,草木凋落。《楚辞·远游》:悼芳草之先零。茂,草木茂盛。《诗经·小雅·南山有台》:德音是茂。《诗经·齐风·还》:子之茂兮。

【3】阴阳:本义为日光的向背,向日为阳,背日为阴。历来引申为气候的寒暖。阳伏而不能生,阴通而不能燕,于是有地震。《老子》:万物负阴而抱阳。

【4】穷达:贫困与显达。穷,贫困。《孟子·尽心上》:穷不失义。达,显贵。《孟子·尽心上》:达则兼善天下。

【5】达人:通达事理的人。《左传·昭公七年》:圣人有明德者,若不当世,其后必有达人。孔颖达疏:谓知能通达之人。

【6】遂伸:伸展,伸直。《周易·系辞上》:引而申之。遂,成功,顺利。《礼记·月令》:百事乃遂。《史记·司马相如列传》:长卿久宦游不遂,而来过我。遂伸,顺利伸展,引申为成功,得志的意思。

【7】坼蠖:坼,分裂,裂开。《淮南子·本经训》:天旱地坼。蠖,即尺蠖。形

容物形屈曲,状如尺蠖。徐陵《玉台新咏序》:三台妙迹,龙伸蠖曲之书;五色花笺,河北胜东之纸。坼蠖,比喻为志向不能伸展。

【8】龙蛇:如龙蛇之蛰。言暂静待动。《周易·系辞下》:龙蛇之蛰,以存身也。疏:龙蛇之蛰以存身者,言静以求动也。龙蛇初蛰,是静也;以此存身,是后动也。

吊比干文

杜笃

敬申吊于比干,寄长怀于尺牍。

注释

【1】敬申:申,一再,重复。《左传·成公十三年》:申之以盟誓,重之以婚姻。

【2】比干:殷时的大臣。《史记·殷本纪》:纣愈淫乱不止。微子数谏不听,乃与大师、少师谋,遂去。比干曰:"为人臣者,不得不以死争。"乃强谏纣。纣怒曰:"吾闻圣人心有七窍。"剖比干,观其心。

【3】长怀:长久的怀念。《诗·大雅·卷阿》:尔受命长矣,茀禄尔康矣。

【4】尺牍:牍,书板。汉代诏书写于一尺一寸长的书版上。《汉书·匈奴传》:汉遗单于书,以尺一牍。后者称尺牍,用为书信的统称。《史记·扁鹊仓公传论》:缇萦通尺牍,父得以后宁。

吊夷齐文

胡广

遭亡辛之昏虐,时缤纷以芜秽;耻降志于汙君,溷雷同于荣势。抗浮云之妙志,遂蝉蜕以偕逝;徽六军于河渚,叩王马而虑计。虽忠情而指尤,匪天命之所谓;赖尚父之戒慎,镇左右而不害。

注释

【1】遭:逢,遇。《礼记·曲礼上》:遭先生于道。

【2】亡辛:辛,商纣王的年号。《史记·殷本纪》:帝乙崩,子辛立,是为帝辛,天下谓之纣。

【3】昏虐:昏聩,残暴。《吕氏春秋·诬徒》:昏于小利,惑于嗜欲。《新唐书·魏征传》:忠臣已婴祸诛,君隐昏恶,衰国辱家,只取空名。《尚书·洪范》:无虐茕独。

【4】缤纷:繁多的样子。《离骚》:佩缤纷其繁饰兮。陶潜《桃花源记》:芳草鲜美,落英缤纷。

【5】芜秽:犹荒废。形容田地未整治,杂草丛生。《离骚》:虽萎绝其亦何伤兮,哀众芳之芜秽。杨恽《报孙会宗书》:田彼南山,芜秽不治。

【6】汙君:汙,污的繁体字,污秽,污浊的意思。汙君,即昏君。《尚书·胤征》:旧染污俗,咸与维新。此处指商纣王。

【7】雷同:相同,人云亦云的意思。《礼记·曲礼上》:毋剿说,毋雷同。郑玄注:雷之发声,物无不同时应者,人之言当名由己,不当然也。《楚辞·九辩》:世雷同而炫耀兮,何毁誉之昧昧。

【8】蝉蜕:亦称蝉壳。蚱蝉幼虫脱下的壳,可作药用,此处比喻解脱。《史记·屈原贾生列传》:蝉蜕于浊秽,以浮游尘埃之外。

【9】浮云:飘浮在空中的云,也用来比喻不值得关心的事物。《论语·述而》:不义而富且贵,于我如浮云。左思《咏史》:连玺耀前庭,比之犹浮云。

【10】徼:拦截的意思。司马相如《封禅文》:徼麋鹿之怪兽。

【11】叩:通扣。此处指扣住缰绳不让马走。匪:通非,不是的意思。

【12】尚父:吕望。周文王称吕望为尚父,意谓可尊尚的父辈。

【13】叩马而虑计:《史记·伯夷列传》:武王载木柱,号为文王,东伐纣。伯夷、叔齐叩马而谏曰:“父死不葬,而上干戈,可谓孝乎? 以臣弑君,可谓仁乎?”左右欲兵之。太公曰:“此义人也。”扶而去之。

吊屈原文

蔡邕

鹬鸠轩翥,鸾凤挫翮;啄碎琬琰,宝其瓴甋。皇车奔而失辖,执辔忽而不顾;卒坏覆而不振,顾抱石其何补。

校勘记

"鹬鸠轩翥"前:《北堂书钞》有"迥隔世而遥吊,托白水而腾文"二句。

注释

【1】鹬鸠:鸟名。《尔雅·释鸟》:鹬鸠,鸥鸠。轩翥:飞举的样子。《楚辞·远游》:鸾鸟轩翥而翔飞。

【2】鸾凤:鸾鸟和凤凰。多用于比喻贤俊人士。《后汉书·刘陶传》:公卿所举,率光其私,所谓放鸥枭而囚鸾凤。

【3】琬琰:琬圭和琰圭。《尚书·顾命》:弘璧琬琰在西序。《金楼子·立言下》:殿亡,焚众器皆尽,唯琬琰不焚,君子则唯仁义存而已矣。瓴甋:砖。《尔雅·释宫》:瓴甋谓之甓。郭璞注:甋砖也。今江东呼瓴甓。

【4】抱石:《史记·屈原贾生列传》:令尹子兰闻之大怒,卒使上官大夫短屈原于顷襄王,顷襄王怒而迁之。屈原至于江滨,被发行吟泽畔。……乃作怀沙之赋。其辞曰……于是怀石遂投汨罗而死。

吊张衡文

祢衡

南岳有精①,君诞其姿;清和有理,君达其机。故能下笔绣辞②,扬手文飞。昔伊尹值汤,吕望③遇旦。嗟矣君生,而独值汉。苍蝇④争飞,凤凰已散。元龟可羁⑤,河龙可绊。石坚而朽,星华而灭。惟道兴隆,悠永靡绝⑥。君颜永浮⑦,

河水有竭。君声永流,□□□□。周旦先没⑧,发梦孔丘。余生虽后,身亦存游。士贵知己,君其勿忧。

校勘记

①"南岳有精"前:《北堂书钞》有"余今反国,命驾言归;路由西鄂,道吊平子"二句

②辞:《御览》作"乱"

③吕望:《御览》作"吕尚"

④苍蝇:《御览》作"仓蝇"

⑤羁:《御览》作"霸"

⑥悠永靡绝:《御览》作"悠悠永纪"

⑦君言永浮:《御览》作"君音永浮"

⑧旦光没发:《御览》作"周旦先没,发梦孔丘"(案:严文误)

注释

【1】南岳:衡山的古称。见《尔雅·释山》。精:传说中的精灵,精怪。《瑞应图》:龙马者,河水之精。诞:生,育。傅咸《舜华赋》:应青春而敷药,逮朱夏而诞英。《后汉书·襄楷传》:昔文王一妻诞数十子。

【2】伊尹值汤:《史记·殷本纪》:伊尹名阿衡,阿衡欲奸(干)汤而无由,乃为有辛氏媵臣,负鼎俎,以滋味说汤,致于王道。汤举任以国政。

【3】吕望遇旦:《史记·齐太公世家》:吕尚盖尝贫困,年老矣,以渔钓奸(干)周西伯。西伯将出猎,卜之,曰:"所获非龙非彨,非虎非黑,所获霸王之辅。"于是周西伯猎,果遇太公于渭之阳,与语大悦,曰:"自吾先君太公曰'当有圣人适周,周以兴。'子真是邪?吾太公望子久矣。"故号之曰太公望,载与俱归,立为师。

【4】元龟可羁,河龙可绊:见河出龙马,雒负龟书:《周易·系辞上》:河出图,洛出书,圣人则之。《汉书·五行志》:刘欣以为虞羲氏继天而王,受河图,则而画之,八卦是也。禹治洪水,赐洛书,汇而陈之,洪范是也。《尚书·顾命·伪

孔传》：天封河图在东序。河图，八卦。伏羲王天下，龙马出河，遂则其文以画八卦，谓之河图。《水经注·洛水注》：黄帝东巡河，过洛，备坛沈璧，受龙图于河，龟书于洛，赤文绿色。

【5】周旦先没，发梦孔丘：《史记·孔子世家》：明岁，子路死于卫。孔子病，子贡请见。孔子方负杖逍遥于门，曰："赐，汝来何其晚也？"孔子因叹，歌曰："太山坏乎！梁柱摧乎！哲人萎乎！"因以涕下。谓子贡曰："天下无道久已，莫能宗予。夏人殡于东阶，周人于西阶，殷人两柱间，昨暮予梦坐两柱之间，予始殷人也。"后七日卒。

吊夷齐文

王粲

岁旻秋之仲月，从王师以南征。济河津而长驱，逾芒阜之峥嵘。览首阳于东隅，见孤竹之遗灵。心抑郁而感怀，意惆怅而不平。望坛宇而遥吊，抑悲古之幽情。知养老之可归，忘除暴之为念①；洁己躬以骋志，衍圣哲之大伦。忘旧恶而希古，退采薇以穷居，守圣人之清概，要既死而不渝。厉清风于贪士，立果志于懦夫。到于今而见称，为作者之表符。虽不同于大道，合②尼父之所誉。

校勘记
①念：《类聚》作"世"
②合：《类聚》作"今"

注释
【1】旻秋：旻，秋天。《尔雅·释天》：秋为旻天。郭璞注：旻，犹愍也，愍万物凋落。仲月：仲，居中的。旧时兄弟排行常以伯仲叔季为序，仲是老二。

【2】济：渡。《诗经·邶风·匏有落叶》：济有深涉。踰：逾的繁体字。跨过，越过的意思。长驱：指军队以不可阻挡之势向远方挺进。《战国策·燕策二》：轻卒锐兵，长驱至国。峥嵘：高峻的样子。苏轼《巫山》诗：瞿塘迤逦尽，巫

峡峥嵘起。

【3】首阳:首阳山,一称雷首山,在山西省永济市南,传说为伯夷叔齐采薇隐居处。孤竹之遗灵:孤竹,古代的国名。在今河北卢龙南。存在于商,西周,春秋时。伯夷叔齐即商末西周初年孤竹君的两子。孤竹君有二子伯夷叔齐,闻西伯昌贤,往归焉,至则西伯已死,武王起兵伐纣。伯夷叔齐叩马而谏,武王不听,灭殷立周。伯夷叔齐以为武王不孝不仁,义不食周粟,隐于首阳山,饿死。

【4】郁悒:忧郁,郁闷。《韩诗外传》卷八:于是楚王盖悒如也。司马相如《长门赋》:舒息悒而增欷兮,蹝履起而彷徨。惆怅:因失望或失意而哀伤。《楚辞·九辩》:羁旅而无友生,惆怅而私自怜。

【5】知养老之可归:《孟子·离娄上》:伯夷辟纣,居北海之滨,闻文王作兴,曰:盍归乎来! 吾闻西伯善养老者。

【6】坛宇:坛,土筑的高台,古时用于祭祀及朝会,盟誓等大事。《礼记·祭祀》:燔柴于泰坛,祭天也。《左传·襄公二十八年》:子产相郑伯以如楚,舍不为坛。宇:屋檐。《周易·系辞下》:后世圣人易之以宫室,上栋下宇,以待风雨。此处坛宇指远处的高台。

【7】衍:本义为水广布或长流,引申为展延。《尚书·虞夏传》:至今衍于四海。果志:果敢之志。果,果敢的意思。《论语·子路》:言必信,行必果。

【8】表符:表率,标准。《淮南子·本经训》:抱表怀绳。

吊伯夷文

阮瑀

余以王事,适彼洛师;瞻望首阳[①],敬吊伯夷;东海让国,西山食薇;重德轻身,隐景潜晖;求仁得仁,报之[②]仲尼;没而不朽,身沉名飞[③]。

校勘记

①首阳:《北堂书钞》作"首山"

②报之:《北堂书钞》作"见叹"

③"身沉名飞"后：《北堂书钞》有"稽首凭吊，向往深之"八字

注释

【1】适：去，往。洛师：洛阳，东汉的都城。

【2】瞻望：遥望。首阳：首阳山，一称雷首山，在山西省永济市南，传说为伯夷，叔齐采薇隐居处。

【3】东海让国：《史记·伯夷列传》：伯夷，叔齐，孤竹君之二子也。父欲立叔齐，及父丧，叔齐让伯夷。伯夷曰："父命也。"遂逃去。叔齐亦不肯立而逃之。国人立其中子。

【4】西山采薇：《史记·伯夷列传》：武王已平殷乱，天下宗周，而伯夷叔齐耻之，义不食周粟，隐于首阳山，采薇而食之。

【5】隐景潜晖：景，影的本字。《周礼·地官·大司徒》：以土圭之法，测土深，正日景。《诗经·邶风·二子乘舟》：泛泛其景。

【6】仲尼：孔子的字，孔子，名丘，字仲尼。仁：古代儒家的一种含义极广的道德范畴。《说文》人部：仁，亲也，从人，二。《礼记·中庸》：仁者，人也，亲亲为大。本指人与人相互亲爱。《论语·述而》：子曰："若圣与仁，则吾岂敢？抑为之不厌，诲人不倦，则可谓云尔已矣。"

吊夷齐文

糜元

少承洪烈，从戎于王。侧闻先生，饿①于首阳。敢不敬吊，寄之山冈②。呜呼哀哉！夫五德更运，天秩③靡常。如④有绝代之王，必有受命之王⑤。故尧⑥德终于虞舜，禹祚⑦殄⑧于成汤。且夏后⑨之末祀⑩，亦殷氏之所亡。若周武为有失，则帝乙亦有伤。子不弃殷而饿死，何独背周而深藏。是识春香之为馥，而不知秋兰亦芳也。所行谁路？而子涉之。首阳谁山？而子匿之。彼薇谁菜？而子食之。行周之道⑪，藏周之林。读周之书，弹周之琴。饮周之水，食周之芩⑫。谤周之主⑬，谓周之淫。是诵圣⑭之文，听圣之音。居圣之世，而异圣之心。嗟

乎二子,何痛之深!

校勘记

①饿:《类聚》作"处"

②冈:《北堂书钞》作"岗"

③秩:《类聚》作"祚"

④有:《类聚》作"见"

⑤王:《类聚》作"主"

⑥"尧"后:《太平御览》无"德"字

⑦"禹"后:《太平御览》无"祚"字

⑧"夏"后:《太平御览》有"氏"字

⑨殄:《类聚》作"灭"

⑩祀:《类聚》作"礼"

⑪道:《类聚》作"林"

⑫芩:《太平御览》作"茶"

⑬"谤周之王"前:《类聚》有"而"字,《太平御览》同

⑭圣:《类聚》作"周"

注释

【1】洪烈:盛大的功业。《汉书·翟方进传》:此乃皇天上帝所以安我帝室,俾我成就洪烈也。《晋书·乐志·玄云》:我皇叙群才,洪烈何巍巍。桓桓征四表,济济理万机。

【2】饿于首阳:《史记·伯夷列传》:武王已平殷乱,天下宗周,而伯夷,叔齐耻之,义不食周粟,隐于首阳山,采薇而食之。及饿且死,作歌。其辞曰:"登彼西山兮,采其薇兮,以暴易暴兮,不知其非兮。神农,虞夏何焉没兮,我安适归矣!于嗟徂兮,命之衰兮。"遂饿死于首阳山。

【3】五德:阴阳家的所谓五行之德。战国时期阴阳家邹阳提出。指水火木金土五种物质德性相生相克和终而复始的循环变化,以用来证明王朝兴替的原

因。是迷信的说法。天秩：天的秩序。秩，秩序常复。《诗经·小雅·宾之初筵》：是日既醉，不知其秩。毛传：秩，常也。

【4】祚：皇位，国统。《史记·秦楚之际月表》：平定海内，卒践帝祚。班固《东都赋》：往者王莽作逆，汉祚中缺。尧德终于虞舜：《史记·五帝本纪》：尧立七十年得舜，二十年而老，令舜摄行天子之政，荐之于天。……舜曰："天也。夫而后之中国践天子位焉，是为帝舜。"禹祚殄于成汤：《史记·夏本纪》：汤修德，诸侯皆归汤，汤遂率兵以伐夏桀。夏桀走鸣放，遂放而死。夏桀谓人曰："吾悔不遂杀汤于夏台，使至此。"汤乃践天子位，代夏朝天下。

【5】若周武为有失：指武王伐纣，在封建社会里被认为是以下犯上，以臣弑君。帝乙亦有伤：帝乙是商纣王的父亲，把帝位传与纣，而纣王却残暴无道。

【6】芩：植物名。可食用。《诗经·小雅·鹿鸣》：食野之芩。秋兰：亦称建兰。兰科，多年生草本植物，花芳香馥郁，供观赏或者做香料。

吊某①公文

阮籍

沈渐荼酷，仁义同违。如何不吊②，玉碎冰③摧。

校勘记

①某：《北堂书钞》作"北"

②吊：《北堂书钞》作"硏"

③冰：《百三家本》作"水"

注释

【1】沈，同沉，没也。渐，浸也。又同潜。《尚书·洪范》：沉潜刚克。

【2】荼：《尔雅·释草》：荼，苦菜。违：《说文解字》：离也。《广韵》：背也。

吊赠杨邠策

晋元帝

惟永嘉七年四月己未,使持节都督江阳诸军事镇东大将军琅邪王睿谨遣板命:前衡阳内史杨君,忠肃贞固,守正不移,口虽危逼①,节义可嘉,不幸陨卒孤城,口甚悼之②。今列上尚书,赠君淮南内史。魂而有灵,嘉兹宠荣,呜呼哀哉!

校勘记

①"虽威逼"前:《华阳国志》无"口"

②"甚悼之"前:《华阳国志》无"口"

注释

【1】板命:写在诏板上的任命书,代指诏书。《后汉书·杨赐传》:念宫人之主,割用板之命。李贤注:板,指诏书也。

【2】陨卒:通殒,死亡的意思。《左传·襄公三十一年》:巢陨诸樊。

吊贾生文

庾阐

中兴二年三月,余忝守衡南,鼓枻三江,路次巴陵,望君山而过洞庭,涉湘川而观汨水,临贾生投书之川,慨以咏怀矣。及造长沙,观其遗像,喟然有感,乃吊之云:

伟哉! 兰生而芳,玉产而洁。阳葩熙冰,寒松负雪。莫邪挺锷,天骥汗血。苟云其隽,谁与比杰! 是以高明倬茂,独发旨①秀。道率天真,不议世疚。焕乎若望舒耀景而焯群星,矫乎若翔鸾拊翼而逸宇宙也。飞荣洛汭,擢②颖山东。质清浮磬,声若孤桐。琅琅其璞,岩岩其峰。信道居正,而以天下为公③。方驾逸步,不以曲路期通。是以张高弦悲,声激柱落。清唱未和,而桑濮代作。虽有惠音,莫过韶濩。虽有腾鳞,终仆石礐④。呜呼! 大庭既邈,玄风悠缅。皇道不以智隆,上德不以仁县。三五亲誉,其轨可仰而标。霸功虽逸,其涂可翼而阐。悲矣先生,何命之蹇! 怀宝如玉,而生运之浅! 昔咎繇⑤谟虞,吕尚归昌。德协充符,乃应帝王。夷吾相桓,汉登萧张。草庐三顾,臭若兰芳。是以道隐则蠖屈,数感则凤睹。若栖不择木,翔飞九五。虽曰玉折,隽才何补! 夫心非死灰,智必有⑥形。形托神司⑦,故能全生。奈何兰膏,扬芳汉庭。摧景飙风,独丧厥明。悠悠太素,存亡一指。道来斯通,世往斯圮⑧。吾哀其生,未见其死。敢不敬吊,寄之渌水。

校勘记

①旨:《晋书》作"奇"

②擢:《类聚》作"濯"

③"天下为公"前:《类聚》无"而以"二字

④石礐:《晋书》作"一礐"

⑤咎繇:《类聚》作"皋陶"

⑥有:《晋书》作"存"

⑦司:《晋书》作"王"

⑧世往斯圮:《类聚》作"世往斯否"

注释

【1】莫邪:古代人名。后转为宝剑名。《吴越春秋》卷四:干将者,吴人也。与欧冶子同师,俱能为剑。越剑来,献三枚,阖闾得而宝之。以故使剑匠作二枚,一曰干将,一曰莫邪。莫邪,干将之妻也。后用来泛指宝剑。

【2】汗血:骏马名。《史记·大宛列传》:得乌孙好马,名曰天马。及得大宛汗血马,益壮,更名乌孙马曰西极,名大宛马曰天马云。

【3】望舒:神话中为月神驾车的神。《离骚》:前望舒使先驱兮,后飞廉使奔属。后来用以代指月亮。张协:《杂诗》:下车若昨日,望舒四五圆。

【4】桑濮:桑间濮上的简写。《礼记·乐记》:桑间濮上之音,亡国之音也;

其政散,其民流。《汉书·地理志下》:卫地有桑间濮上之阻,男女亦亟聚会,声色生焉。潘岳《笙赋》:故丝竹之器未改,而桑濮之流已作。

【5】韶濩:古乐名。《左传·襄公二十九年》:见舞韶濩者。杜预注:殷汤乐。孔颖达疏:以其防濩下民,故称濩也。韶亦绍也,言其能绍继大禹也。

【6】三五:指三皇五帝。《汉书·郊祀志下》:夫周秦之末,三五之隆。颜师古注:三谓三皇,五谓五帝也。也指三王,五霸。《楚辞·九章·抽思》:望三王以为像兮,指彭咸以为仪。王逸注:三皇五伯可修泛也。"伯"同"霸"。

【7】咎繇谟虞:咎繇,即皋陶。屈原《离骚》:汤禹严而求合兮,挚咎繇而能调。

【8】吕尚归昌:《史记·齐太公世家》:吕尚盖尝穷困,年老矣,以渔钓奸周西伯。西伯将出猎,卜之,曰:"所获非龙非彲,非虎非罴,所获霸王之辅。"于是周西伯猎,果遇太公于渭之阳,与语大悦,曰:"自吾先君太公曰'当有圣人适周,周以兴。'子真是邪? 吾太公望子久矣。"故号之曰"太公望"。载与俱归,立于师。

【9】夷吾相桓:管仲,字夷吾。《史记·管晏列传》:(管仲)少时常与鲍叔牙游,鲍叔知其贤。管仲贫困,常欺鲍叔,鲍叔终善遇之,不以为言。已而鲍叔事公子小白,管仲事公子纠。及小白立为桓公,公子纠死,管仲囚焉。鲍叔遂进管仲。管仲既用,任政于齐,齐桓公以霸,九合诸侯,一匡天下,管仲之谋也。

【10】萧张:萧何,张良,二人是汉高祖刘邦的重要谋士。

【11】草庐三顾:汉末刘备三次前往隆中访诸葛亮,也称三顾茅庐。《三国志·蜀·诸葛亮出师表》:先帝不以臣卑鄙,猥自枉屈,三顾臣于草庐之中。

【12】九五:本指《易经》中的卦爻位名。《易经·乾》:九五,飞龙在天,利见大人。孔颖达疏:言九五阳气盛至于天,故飞龙在天。……犹若圣人有龙德,飞腾而居天位。后用以九五指帝位。

【13】厥名:厥,其。《尚书·禹贡》:厥土惟白壤,厥赋惟上上错,厥田惟中中。

【14】太素:古代所说的形成天地的素质。《列子·天瑞》:太素者,质之始也。《白虎通义·天地》:始起先有太初,后有太始,形兆既成,名曰太素。

吊嵇中散文

李充

先生挺邈世之风,资高明之质。神萧萧以宏远,志落落以遐逸。忘尊荣于华堂,恬卑静于蓬室。宁漆园之逍遥,安柱下之得一。寄欣孤松,取乐竹林。尚想蒙庄,聊与抽簪。味孤觞之浊醪①,鸣七弦之清琴。慕义人之玄②旨,詠千载之徽音。凌晨风而长啸,托归流而詠吟。乃自足于丘壑,孰有愠乎③陆沉?马乐原而翘足,龟悦涂而曳尾。畴庙堂而足荣,岂和均④之足视?久先生之所期,羌玄达于⑤遐旨。尚遗大以出生,何殉小而入死?嗟乎先生,逢时命之不丁。冀⑥后凋于岁寒,遭繁霜而夏零。灭皎皎之玉质,绝琅琅之金声。投⑦明珠以弹雀,捐所重而为轻。谅鄙心之不爽,非大雅之所营。

校勘记

①浊醪:《太平御览》作"浊膠"

②元:《太平御览》作"玄"

③乎:《太平御览》作"于"

④和铃:《太平御览》作"和钧"

⑤于:《太平御览》作"而"

⑥冀:《太平御览》作"翼"

⑦援:《太平御览》作"投"

注释

【1】漆园:古地名。战国时庄周曾为蒙漆园吏。《史记·老子韩非列传》:庄子者,蒙人也,名周。周尝为蒙漆园吏,与梁惠王,齐宣王同时。

【2】蒙庄:庄子,他曾在蒙邑中做事。

【3】陆沉:亦作陆地。《庄子·则阳》:方且与世违,而心不屑与之俱,是陆沉者也。比喻隐于市朝之中。

【4】岁寒:一年的寒冬。见《论语·子罕》:岁寒,然后知松柏之后凋也。潘岳《金谷集作》:春荣谁不慕,岁寒良独希。

【5】萧萧:肃立的样子。《世说新语·容止》:嵇康身长七尺八寸,风姿特秀,见者叹曰:"萧萧肃肃,爽朗清举。"落落:高超不凡的样子。杜笃:《首阳山赋》:长松落落,卉木蒙蒙。庾信《谢赵王示新诗启》:落落词高,飘飘意远。

【6】皎皎:白洁的样子。《诗经·小雅·白驹》:皎皎白驹,食我场苗。琅琅:清朗,响亮的声音。司马相如《子虚赋》:礧石相击,琅琅磕磕。

【7】柱下:相传老子曾为柱下史,后因以柱下为老子或老子《道德经》的代称。谢灵运《山居赋》:见柱下之经二,睹濠上之篇七。

吊庄周图文

嵇含

帝婿王弘远华池丰屋,广延贤俊,图庄公垂纶之象,记先达辞聘之事,画真人于刻桷之室,载退士于进趣之堂,可谓托非其所,可吊不可赞也。其辞曰:迈矣庄周,天特纵放。大块授其生,自然资其量。器虚神清,穷玄极旷。人伪俗季,真风既散。野无讼屈之声,朝有争宠之叹。上下相凌,长幼失贯。于是借玄虚以助溺,引道德以自奖。户咏恬旷之辞,家画老庄之象。今王生沉沦名利,身尚帝女,连耀三光,有出无处。池非岩石之溜,室非茅茨之宇,驰屈产于皇衢,画兹象其焉取!嗟乎先生!高迹何局?生处岩岫之层,死穷雕槛之屋,托非其所,没有余辱。悼大道之湮晦,遂含悲而吐曲。

注释

【1】王弘远:即王粹,是嵇含的朋友。

【2】图庄公垂纶之像,记先达辞聘之事:《庄子·秋水》:庄子钓于濮水。楚王使大夫二人往先焉,曰:"愿以境内累矣!"庄子持竿不顾,曰:"吾闻楚有神龟,死已三千岁矣。王巾笥而藏之庙堂之上。此龟者,宁其死为留骨而贵乎?宁其生而曳尾于涂中乎?"二大夫曰:"宁生而曳尾涂中。"庄子曰:"往矣!吾将曳尾

于涂中。"

【3】桷:方形的椽子。

【4】大块:指大地。一说泛指大自然。《庄子·大宗师》:夫大块载我以形,劳我以生,佚我以老,息我以死。

【5】三光:指日月星。《白虎通义·封公侯》:天有三光,日月星。

使蜀吊孔明

安虑

适子之墓,冥漠无声。庙堂犹在,松柏冬青。遐哉邈矣,长游幽冥。

注释

【1】冥漠:冥,玄默也。漠,无声。郭璞《游仙诗》:中有冥寂士,静啸抚清弦。《汉书·冯奉世传》:玄成等漠然无有对者。

【2】庙堂:宗庙明堂。《庄子·秋水》:吾闻楚有神龟,死已三千岁矣,王巾笥而藏之庙堂之上。

【3】遐:远。《诗经·小雅·鸳鸯》:君子万年,宜其遐福。朱熹《诗集传》:遐,远也,久也。邈:远,遥远,久远。《九章·怀沙》:汤禹久远兮,邈而不可慕。蔡琰《胡笳十八拍》:雁飞高兮邈难寻,空断肠兮思愔愔。

【4】幽冥:地下,阴间。《冀州从事郭君碑》:悼君短折,永归幽冥。曹植《王仲宣诔》:嗟乎夫子,永安幽冥。

吊萧孟恩文

束皙

东海萧惠字孟恩①者,父昔为御史,与皙先君同僚。孟恩及皙,日夕②同游,分义早著。孟恩夫妇皆亡,门无立副③;皙时有伯母从兄之忧,未得④自往。致文一篇,以吊其魂;并修薄奠。其文曰:

旧友人阳平束晳:谨请同业生李察奉脯⑤脩一束,麦糒一器,以致祠⑥于处士萧生之墓,曰:呜呼哀哉! 精爽遐登,形骸幽匿。有邪亡邪,莫之能测。敬荐薄馈,魂兮来食! 孟恩孟恩,岂犹我识?

校勘记

①"孟恩"前:《太平御览》无"字"字

②日夕:《太平御览》作"旦夕"

③副:《太平御览》作"胤"

④得:《太平御览》作"获"

⑤脯:《太平御览》作"服"

⑥祠:《太平御览》作"词"

注释

【1】同僚:在一起做官的人。《诗·大雅·板》:我虽异事,及尔同僚。

【2】分义:即情谊。曹植《赠白马王彪》:恩爱苟不亏,在远分日亲。

【3】同业生:古时同师受业者。又称同学或同门。《汉书·萧望之传》:复事同学博士白奇。

【4】脯脩:脯,干肉。《诗·大雅·凫鹥》:尔酒既湑,尔肴伊脯。

【5】麦糒:糒,干饭,干粮。《汉书·李陵传》:令军士持二升糒,一半冰,期至遮虏障降者相待。

【6】精爽:魂灵。潘岳《寡妇赋》:睎形影于几筵兮,驰精爽于丘墓。

【7】形骸:人的形体,躯壳。《庄子·德充符》:今子与我游于形骸之内,而子索我于形骸之外,不亦过乎?

吊卫巨山文

束晳

元康元年楚王玮矫诏举兵,害太保卫公及公四子三孙。公世子黄门郎巨山

与晢有交好;时自本郡来赴其丧,作吊文一篇,以告其枢。曰:

同志旧友阳平束晢顷闻飞虎肆暴,窃矫皇制。祸集于子,宗祊几灭。越自冀^①方,来赴来祭。遥望子第^②,铭旌丛立,既窥子庭,其殡盈十。徘徊感动,载号载泣。敛袂升阶,子不我揖。引袂授袪,子不我执。哀哉魂兮^③,于焉乃^④集?

校勘记

①冀:《太平御览》作"翼"

②第:《太平御览》作"弟"(按:《太平御览》误)

③哀哉魂兮:《太平御览》作"魂兮魂兮"

④乃:《太平御览》作"栖"

注释

【1】矫诏:假传君命,发布诏敕。《公羊传·僖公三十三年》:矫以郑伯之命而犒师焉。《后汉书·石显传》:后果有人上书,告显专命矫诏开宫门。

【2】宗祊:祊,宗庙门内设祭的地方。《诗经·小雅·楚茨》:祝祭于祊。毛传,祊,门内也,因以为祭名。《礼记·礼器》:设祭于堂,为祊乎外。郑玄注:祊祭,明日之绎祭也。谓之祊者,于庙门之旁,因名焉。

【3】铭旌:即明旌。竖立在灵枢前的表识死者姓名的旗幡。《礼仪·士丧礼》:为铭各以其物。郑玄注:铭,明旌也。杂帛为物,士大夫之所建也。以死者为不可别,故以其旗帜识之。

【4】徘徊:来回地行走。《汉书·高后记》:(吕产)入未央宫欲为乱,殿内弗内,徘徊往来。陶潜《饮酒》:徘徊无定止,夜夜声转悲。

【5】敛袂:袂,衣袖。《晏子春秋·内篇杂下》:张袂成荫,挥汗如雨。袪:袖口。《诗经·郑风·遵大路》:掺执子之袪兮。

哭弟文

潘岳

视不见兮听不闻,逝日远兮忧弥殷。终皓首兮何时忘,情楚恻①兮常苦辛。

校勘记

①恻:《类聚》作"侧"

注释

【1】弥殷:弥,更加。《论语·子罕》:仰之弥高,钻之弥坚。《荀子·不苟》:故操弥约而事弥大。殷:恳切,深厚。皓首:白首,指老年。《后汉书·吕强传》:故太尉段颖,武勇冠世,习于边事,垂发服戎,功成皓首。

【2】楚恻:楚,痛苦。恻,凄怆,伤痛。《易经·井》:为我心恻。

【3】苦辛:苦,困苦,忧苦,痛苦。《尚书·皇庚中》:尔惟自鞠自苦。古乐府《孤儿行》:孤儿生,孤子遇生,命独当苦。《隋书·许智藏传》:帝每有所苦……智藏为奏之,用无不效。辛:悲痛。鲍照《代空城雀》:辛伤伊何言,怵惕良已多。苦辛,痛苦,悲伤之意。

吊孟尝君文

潘岳

人冈贵贱,士无真伪。延人如归,望宾若介。出握①秦机,入专齐政。右眄②而嬴强,左顾而田竞。是以造化为水,天地为舟。乐则齐喜,哀则同忧。岂区区之国,而大邦是谋? 琐琐之身,而名利是求。畏首畏尾,东奔西囚。志挠于木偶,命悬于狐裘。

校勘记

①握:《类聚》作"掘"

②眄:《百三家本》作"盻"

注释

【1】罔:无,没有。

【2】延人如归:招延人才使得他们如同回家一样。望宾若企:就如同踮起脚跟一样,渴望宾客来归。企,踮起脚跟。

【3】出握秦机:《史记·孟尝君列传》:齐湣王二十五年,复卒使孟尝君入秦,昭王即以孟尝君为秦相。

【4】入专齐政:《史记》本传:齐湣王不自得,以其遣孟尝君。孟尝君归,则以为齐相,任政。

【5】造化:指自然的创造化育。《庄子·大宗师》:今一以天地为大炉,以造化为大冶。

【6】琐琐:琐碎,细小的样子。亦作璅璅。《诗经·小雅·节南山》:琐琐姻亚。《晋书·习凿齿传》:璅璅常流,碌碌凡士,焉足以感其方寸哉!

【7】志挠于木偶:《史记·孟尝君列传》:孟尝君将入秦,宾客莫欲其行,谏,不听。苏代谓曰:"今旦代从外来,见木禺人与土禺人相与语。木禺人曰:'天雨,子将败矣。'土禺人曰:'我生于土,败则归土。今天雨,流子而行,未知所止息也。'今秦,虎狼之国也,而君欲往,如有不得还,君得无为土禺人所笑乎?"孟尝君乃止。

案:《战国策·齐策三》设喻劝阻孟尝君入秦者为苏秦。

【8】命悬于狐裘:《史记·孟尝君列传》:于是秦昭王乃止。囚孟尝君,谋欲害之。孟尝君使人抵昭王幸姬求解。幸姬曰:"妾愿得君狐白裘。"时孟尝君有一狐白裘,直千金,天下无双,入秦献之昭王,更无他裘。孟尝君患之,遍问客,莫能对。最下座有能为狗盗者,曰:"臣能得狐白裘。"乃夜为狗,以入秦宫藏中,取其所献狐白裘至,以献秦王幸姬。幸姬为言昭王,昭王释孟尝君。

吊蔡邕文

陆机

彼洪川之方割,岂一篑之所堙。故尼父之惠训,智必愚而后贤。谅知道之已妙,曷信道之未坚。忽宁子之保己,效苌淑①②之违天。冀澄河之远日,忘朝露之短年。

校勘记

①淑:《百三家本》作"叔"
②淑:《类聚》作"叔"

注释

【1】洪川:洪,大。曹操《步出夏门行》:秋风萧瑟,洪波涌起。川,水道,河流。《考弓记·后人》:两山之间,必有川焉。洪川,指大的河流。此处比喻天下大乱的形势。篑:盛土的竹器。《尚书·旅獒》:为山九仞,功亏一篑。

【2】尼父:对孔子的尊称。《礼记·檀弓上》:鲁哀公诔孔丘曰:"天不遗耆老,莫相予位焉。呜呼哀哉!尼父!"郑玄注:尼父,因且字以为之谥。惠训:柔和的训导。惠,柔顺。《诗经·邶风·燕燕》:终温且惠。

【3】忽宁子之保己:《春秋左传·襄公二十五年》:卫献公自夷仪使与宁喜言,宁喜许之。大叔文子闻之,曰:"呜呼!《诗》所谓'我躬不说,皇恤我后'者,宁子可谓不恤其后矣。将可乎哉?殆必不可。君子之行,思其终也,思其复也。《书》曰:'慎始而敬终,终以不困。'《诗》曰:'夙夜匪解,以事一人。'今宁子视君不如弈棋,其何以免乎?弈者举棋不定,不胜其耦。而况置君而弗定乎?必不免矣。九世之卿族,一举而灭之。可哀也哉!"

【4】效苌叔之违天:苌弘,周时刘文公的大夫,后因罪为周人所杀,传其血化为碧玉。《庄子·外物》:人主莫不欲其臣之忠,而忠未必信,故伍员流于江,苌弘死于蜀,藏其血三年而化为碧。

【5】朝露:早晨的露水,易逝,因以比喻事物存在时间的短促。《史记·商君列传》:君之危若朝露,尚将欲延年益寿乎?《汉书·苏武传》:存亡不可知,人生若朝露。颜师古注曰:朝露见日则晞,人命短促亦如之。冀:希望,向往。《离骚》:冀枝叶之峻茂兮,愿俟时乎吾将刈。

吊魏武帝文

陆机

元康八年,机始以台郎出补著作,游乎秘阁,而见魏武帝遗令,忾然叹息,伤怀者久之。客曰:"夫始终者,万物之大归;死生者,性命之区域。是以临丧殡而后悲,睹陈根而绝哭。今乃伤心百年之际,兴哀无情之地,意者无乃知哀之可有,而未识情之可无乎?"机答之曰:"夫日食由乎交分,山崩起于朽壤,亦云数而已矣。然百姓怪焉者,岂不以资高明之质,而不免卑浊之累,居长安之势,而终婴倾离之患故乎?夫以回天倒日之力,而不能振形骸之内;济世夷难之智,而受困魏阙之下。已而格乎上下者,藏于区区之木;光于四表者,翳乎蕞尔之土。雄心摧于弱情,壮图终于哀志;长算屈于短日,远迹顿于促路。呜乎!岂特瞽史之异阙景,黔黎之怪颓岸乎?观其所以顾命冢嗣,贻谋四子,经国之略既远,隆家之训亦弘。又云:'吾在军中,持法是也。至①小忿怒,大过失,不当效也。'善乎达人之谠言矣!持姬女而指季豹,以示四子曰:'以累汝。'因泣下。伤哉!曩以天下自任,今以爱子托人。同乎尽者无余,而得乎亡者无存。然而婉娈房闼之内,绸缪家人②之务,则几乎密与!又曰:'吾婕好妓人,皆着铜爵台。于台堂上施八尺床,繐帐,朝晡上脯糒之属。月朝十五,辄向帐作妓。汝等时时登③铜雀台,望吾西陵墓田。'又云:'余香可分与诸夫人。诸舍中无所为,学作履组卖也。吾历官所得绶,皆着藏中。吾余衣裘,可别为一藏。不能者兄弟可共分之。'既而竟分焉。亡者可以勿求,存者可以勿违,求与违不其两伤乎?悲夫!爱有大而必失,恶有甚而必得。智慧不能去其恶,威力不能全其爱。故前识所不用心,而圣人罕言焉。若乃系情累于外物,留曲念于闺房,亦贤俊之所宜废乎?"于是遂愤懑而献吊云尔。

接皇汉之末绪,值王途之多违。仝重渊以育鳞,抚庆云而遐飞。运神道以载德,乘灵风而扇威。摧群雄而电击,举勍敌其如遗。指八极以远略,必翦焉而后绥。厘三才之阙典,启天地之禁闱。举修网之绝纪,纽大音之解徽。扫云物以贞观,要万途而来归。丕大德以宏覆,援日月而齐晖。济元功于九有,固举世之所推。彼人事之大造,夫何往而不臻。将覆篑于浚谷,挤为山乎九天。苟理穷而性尽,岂长算之所研。悟临川之有悲,固梁木其必颠。当建安之三八,实大命之所艰。虽光昭于曩载,将税驾于此年。惟降神之绵邈,眇千载而远期。信斯武之未丧,膺灵符而在兹。虽龙飞于文昌,非王心之所怡。愤西夏以鞠旅,泝秦川而举旗。逾镐京而不豫,临渭滨而有疑。冀翌日之云瘳,弥四旬而成灾。咏归途以反旆,登崤渑而朅来。次洛汭而大渐,指六军曰念哉!伊君王之赫奕,实终古之所难。威先天而盖世,力荡海而拔山。厄奚险而弗济,敌何强而不残。每因祸以提福,亦践危而必安。迄在兹而蒙昧,虑噤闭而无端。委躯命以待难,痛没世而永言。抚四子以深念,循肤体而颓叹。迨营魄之未离,假余息乎音翰。执姬女以嚬瘁,指季豹而濒焉。气冲襟以鸣咽,涕垂睫而泛澜。违率土以靖寐,戢弥天乎一棺。咨宏度之峻邈,壮大业之允昌。思居终而恤始,命临没而肇扬。援贞吝以基悔,虽在我而不藏。惜内顾之缠绵,恨末命之微详。纡广念于履组,尘清虑于余香。结遗情之婉娈,何命促而意长!陈法服于帷座,陪窈窕于玉房。宣备物于虚器,发哀音于旧倡。矫戚容以赴节,掩零泪而荐觞。物无微而不存,体无惠而不亡。庶圣灵之响像,想幽神之复光。苟形声之翳没,虽音景其必藏。徽清弦而独奏,进脯糒而谁尝?悼繐帐之冥漠,怨西陵之茫茫。登爵台而群悲,眝美目其何望?既睎古以遗累,信简礼而薄葬。彼裘绂于何有,贻尘谤于后王。嗟大恋之所存,故虽哲而不忘。览遗籍以慷慨,献兹文而凄伤。

校勘记

①"至"后:《文选》有"于"字

②家人:《文选》作"广念"

③登:《北堂书钞》作"望"

注释

【1】元康:晋惠帝司马衷年号。秘阁:皇宫收藏图书档案的地方。

【2】大归:最后的归宿。《尸子》:老莱子曰:"人生于天地之间,寄也。寄者,同归也。"死生:《孔子家语》:孔子曰:"命者,性之始也;死者,生之终也。有始则必有终矣。"

【3】陈根:指坟墓上多年生杂草。《礼记》:朋友之墓,有宿草而不哭焉。郑玄注:宿草,谓陈根也。临丧殡而后悲:《国语》:楚子西叹于朝。蓝尹亹曰:"吾闻君子唯独居思念前世之崇替,与哀殡丧,于是有叹,其余则否。"百年:作者作此文时距离曹操死将近百年。

【4】交分:太阳与月亮的交合与离分。《左传》:秋七月,壬午朔,日有蚀之。公问于梓慎曰:"是何物也? 祸福何为?"对曰:"二至二分,日有蚀之,不为灾,日月之行也。分,同道也;至,相过也。其他月则为灾,阳不克也。"山崩于朽壤:《国语》:梁山崩,伯宗问绛人曰:"乃将若何?"对曰:"山有朽壤而崩,将若何?"数:自然运数。

【5】高明:指太阳,月亮。《尚书》:高明柔克。卑浊:指日蚀,月蚀。婴:同迎,遇到。

【6】回天倒日:《后汉书》:左回天,具独坐。《淮南子》:鲁阳公与韩遘难,战酣,日暮,援戈而麾之,日为之反三舍。形骸:人的形体,躯壳。《庄子·德充符》:申徒,兀者也,谓子产曰:"今子与我游于形骸之内,而子索我于形骸之外,不亦过乎?"

【7】魏阙:宫廷外的一种门,亦指代朝廷。《吕氏春秋》:公子牟曰:"心存魏阙之下。"许慎《淮南子》注曰:魏阙,王之阙也。

【8】格:法式,规范。上下:指朝廷内外。《尚书》:格于上下。区区之木:指棺材。《左传》:楚灵王曰:"是区区者,而不畀余也。"四表:四方。《尚书》:光被四表。蕞尔,小。《左传》:子产曰:谚曰"蕞尔之国。"杜预注曰:蕞尔,小貌也。

【9】弱情:指疾病。哀志:指弥留之际。长算,远迹:指宏图大业。《思玄赋》:盍远迹以飞声。短日,促路:指短暂的生命。

【10】瞽,史:官名。瞽,乐官;史,史官。《国语·周》:庶人传语,瞽史教诲。

阙景：日，月腐蚀。景，同影。黔黎：黔首，黎民的合称。即庶民，黎民。潘岳《河阳县作》：黔黎竟何常，政成在民和。颓岸：山崩。

【11】顾命：临终遗命。《后汉书·阳兴传》：帝风眩疾甚，后以兴领侍中，受顾命于云台广室。冢祀：长子。《尔雅》：冢，大也。《左传》：里克曰：太子奉冢祀社稷之粢盛，故曰冢子。贻：遗留。毛诗曰：贻厥孙谋。

【12】达人：才能通达的人。谠言：善言，正言。《声类》：谠，善言也。季豹：指曹操的小儿子曹豹。

【13】曩：从前。婉娈：柔顺貌。《汉书》：哀纪述曰："婉娈董公。"房闼：闺房。绸缪：缠绵。《毛诗》：绸缪束薪。

【14】婕妤：女官。铜爵台：即铜雀台。《魏志》曰：建安十五年冬作铜爵台。縗帐：灵堂的幔帐。郑玄《礼记》注曰：凡布细而疏者谓之縗。朝晡：早晚。脯糗：干饭。《汉书》：东方朔曰："干肉为脯。"《说文解字》曰：糗，干饭也。月朝：初一。

【15】诸舍中：众妾。组：丝织的带子。履组：《晏子春秋》：景公为履，黄金之綦，饰以组，连以珠。绶：系印的丝带。

【16】爱有大：指生命。恶有甚：指死亡。《尸子》：父母爱之，喜而不忘；父母恶之，惧而无怨。然则爱与恶，其于成孝无择也。

【17】前识：有先见之明的人。《老子》：前识者，道之华。所不用心：《论语》：子曰：饱食终日，无所用心。圣人：指孔子。罕言：《论语》：子罕言利。

【18】情累于外物：《慎子》：德精微而不见，是故外物不累其内。愤懑：郁闷，怨恨。《白虎通义》：天子崩，臣子哀痛，愤懑。

【19】皇汉末绪：东汉末期。《东都赋》：系唐统，接汉绪。王途多违：国运多艰。蔡邕《解诲》：王途坏，人极驰。《汉书》：元帝诏，政令多违。

【20】伫：等待。重渊：深渊。庆云：瑞云。古以为祥瑞之气。《汉书·礼乐志·郊祀歌》：甘露降，庆云集。扬雄《释愁》：懿神龙之渊潜，竢庆云而将举。《汉书·天文志》：若烟非烟，若云非云，郁郁纷纷，萧索轮囷，是谓庆云。喜气也。

【21】运神道以载德：神道，神妙不测的造化自然。《周易·观》：观天之神

道,而四时不忒,圣人以神道设教,而天下服矣。载德:《国语》:祭公谋父曰:"弈世载德。"载,犹行也。

【22】勍敌:劲敌。《左传》:子鱼曰:"君未知战。勍敌之人,隘而不列,天赞我也。"杜预曰:勍,强也。拾遗:形容轻而易举。《汉书》:梅福上书曰:"高祖取楚若拾遗。"八极:八方边界。《淮南子》:八纮之外,乃有八极。绥:安抚。釐:整理。

【23】三才:指天、地、人。《周易》:易有天道焉,有人道焉,有地道焉,兼三才而两之。禁闱,关闭的门。《后汉书》:周举在禁闱,有密静之风。

【24】绝纪:断绝的纲纪。大音:礼乐文明。《老子》:大音希声,大象无形。徽:琴弦。

【25】云物:比喻群凶。《左传》:分至启闭,必书云物。贞观:张铣注:犹清平也。《周易》:天地之道,贞观者也。

【26】丕:弘扬。大德:《周易》:天地之大德曰生。宏覆:普遍荫庇。《礼记》:天无私覆。《淮南子》:为帝异道,而德覆天下。

【27】济:成就,元功:大功。《史记》:太史公曰:惟高祖元功,辅臣股肱。九有:九州。毛诗曰:奄有九有。

【28】大造:大功。《左传》:吕相曰:我有大造乎西也。臻:到。

【29】篑:盛土的筐子。《论语》:孔子曰:"譬如平地,虽覆一篑,进,吾往也。"九天:比喻极高。《司马兵法》:善攻者动于九天之上。

【30】理穷性尽:命终。《周易》:穷理尽性,以至于命。研:谋虑,思虑。

【31】临川之有悲:《论语·子罕》:子在川上曰:"逝者如斯夫,不舍昼夜。"梁木必颠:《礼记·檀弓》:泰山其颓乎? 梁木其坏乎? 哲人其萎乎? 比喻栋梁之才也必有一死。

【32】三八:指汉献帝建安二十四年。大命:天命。《尚书》:天监厥德,用集大命。

【33】光昭:显赫。曩载:从前的岁月。税驾:卸马停车,比喻人的死亡。《史记》:李斯曰:"当今可谓富贵极矣,吾未知所税驾也。"

【34】降神:谓生圣智也。毛诗:惟岳降神。千载:桓谭《新论》:夫圣人乃千

载一出，贤人君子所想思而不可得见者也。

【35】灵符：天命。兹：此也，此处指太祖。《论语》：子畏于匡，曰，文王既没，文不在兹乎。天之将丧斯文也，匡人其如予何。膺：承。曹植《大魏篇》：大魏膺灵符，天禄方兹始。龙飞：《周易》：飞龙在天，大人造也。文昌：星宿名。西夏：指刘备的蜀汉政权。旧时称中国为夏，西部则称西夏。

【36】鞠旅：誓师。毛诗曰：陈师鞠旅。秦川：渭水。魏明帝《自惜薄祐行》：出身秦川，爱居伊洛。

【37】镐京：指长安。毛诗曰：宅是镐京。不豫：帝王有病的代称。《尚书》：既克商二年，王有疾，不豫，公乃告太王，王季，文王，公归，王翌日乃瘳。

【38】冀：希望。反旆：班师回朝。《东京赋》：乃反旆而回复。崤渑：崤山。旧属渑池县，故又称崤渑。《汉书》：王莽册命王奇曰："崤渑之险，东当郑卫。"揭来：去来，返回。《思玄赋》：回志揭来从玄谋。

【39】洛汭：洛阳。《尚书》：东至于洛汭。大渐：病情加剧。六军：古制天子六军。又泛指全军。《三国志·魏书·辛毗传》：河北平，则六军盛而天下震。

【40】赫奕：声威显赫。终古：自古。《楚辞》：长无绝兮终古。盖世，拔山：《史记·项羽本纪》：项羽歌曰："力拔山兮气盖世，时不利兮骓不逝。"荡海：田邑《与冯衍书》：欲摇太(泰)山而荡北海。

【41】禔福：安福。《难蜀父老》：遐迩一体，中外禔福。《说文解字》：禔，安也。践危：身履险境。迄在兹：到如今。

【42】蒙昧：病重昏迷。《晋书·阮种传》：臣以顽鲁之质，应清明之举，前者对策，不足以畴塞圣诏，所陈不究，臣诚蒙昧，所以为罪。噤闭：闭口无音。《楚辞》曰：口噤闭而不言。

【43】委：听任。《鹏鸟赋》：纵躯委命。没世：《论语》：子曰："君子疾没世而名不称焉。"

【44】营魄：魂魄。《楚辞》曰：载营魄而登霞。音翰：音，言语；翰，笔。指口述笔录的遗嘱。

【45】瘁：凄苦貌。《孟子》：戚而言。漼：垂泪貌。

【46】呜咽：哽咽，说不出话。蔡琰《悲愤诗》：观者皆唏嘘，行路亦呜咽。涕

211

垂睫:桓谭《新论》:雍门周以琴见孟尝君,孟尝君泪承睫,潸出。汍澜:流泪貌。汍同澶。《汉书》:息夫躬绝命辞曰:涕泣流兮澶澜。五臣注瓒曰:澶澜,涕泪出阑干也。澶与汍古今字,同。

【47】率土:指统治的整个疆域。毛诗曰:率土之滨,莫非王臣。靖床:安息。古诗曰:靖床黄泉下。戢:收敛。弥天:满天。《尚书·五行传》:云起于山,弥于天。一棺:《淮南子》:吾死也朽,有一棺之土。

【48】宏度:宏大的气度。峻远:高远。允昌:坚实昌盛。

【49】思居终句:恤,顾念。《谷梁传》曰:先君有正终,则后君有正始也。肇扬:开始发扬。

【50】贞客:犹言教训。《周易》曰:自邑告命,贞客。内顾:顾家。《西京赋》:嗟内顾之所观。末命:临终。《尚书》曰:道扬末命。

【51】纡:缠绕。法服:指曹操生前穿过的官服。《孝经》曰:非先王之法服不敢服。窈窕:美好貌。《诗经·周南·关雎》:窈窕淑女,君子好逑。此指妻妾。

【52】备物:遗留的各种物品。《礼记》曰:孔子谓盟器者,备物而不可用。虚器:柜橱之类盛物品的家具。

【53】戚容:悲戚的面容。《孔子家语》:子贡问居父母丧,子曰:"戚容称服。"荐觞:向灵柩献酒。

【54】响像:声貌。音影之异名。《鲁灵光殿赋》:忽缥缈以响像。圣灵,幽神:指死者的在天之灵。复光:重现。

【55】翳没:消逝。徽:调弦。冥漠:渺茫。眝:凝视。

【56】睎古:仰慕古风。遗累:丢掉麻烦。薄葬:《汉书》:刘向曰:贤臣,孝子亦命顺意而薄葬。

【57】裘绂:象征身份的服饰。大恋:指对生命的爱恋。

吊陈永长书

陆云

云顿首顿首：哀怀切怛，贤弟永耀，早丧俊德，酷痛甚痛，奈何！陆士龙顿首顿首。云顿首顿首：天灾横流，祸害无常，何图永耀，奄忽遇此。凶问卒至，痛心催剥，奈何奈何！想念笃性，哀悼切裂，当可①堪言。无因展告，望企鲠咽，财遣表喑，悲猥不次。云顿首。永耀茂德远量，一时秀出。奇踪玮宝，灼而凌群。光国隆家，人士之望。冀其永年，遂播盛业。携手退游，假乐此世。奈何一朝独先凋落，奄闻凶讳，祸出不意，附心痛楚，肝怀如割，奈何奈何！岂况至性，何可为心。临书鲠②塞，投笔伤情。与永耀相得，便结愿好。契阔分爱，恩同至亲。凭烈三益，终始所愿。中间离别，但尔累年。结想之怀，梦寐仿佛。何图忽尔便成永隔，哀心恼楚，不能自胜，痛当奈何奈何！义在奔驰，牵役万里。至心不叙，东望贵舍，雨泪沾襟。今遣吏并进薄祭，不得临哀，追增切裂，幸损至念。书重不知所言。永耀素自强健，了不知有此患，险戏之灾，遂不可救。岂惟贵门独丧重宝，此贤之殒，邦家以瘁，情分异他，痛心殊深，已矣远矣，可复奈何！追想遗规，不去心目，悠悠无期，哀至裴③裂，不知何言。可以言知，酷楚而已。

校勘记

①可：《百三家本》作"何"

②鲠：《百三家本》作"哽"

③裴：《百三家本》作"悲"

注释

【1】顿首：叩头，头叩地而拜。古代九拜之一。《周礼·春官·大祝》：辨九拜，一曰稽首，二曰顿首。丘迟《与陈伯之书》：迟顿首。陈将军足下无恙，幸甚幸甚……丘迟顿首。常用于书信的起首或末尾。

【2】切怛：怛，痛苦，悲伤。《诗经·桧风·匪风》：顾瞻周道，中心怛兮。

《齐书·柳世隆传》：痛怛之深，此何可言。切怛，十分痛苦之意。

【3】笃性：成笃，忠实。《礼记·中庸》：博学之，审问之，慎思之，明辨之，笃行之。

【4】唁：慰问遭丧的人。古时也指慰问失国者。《诗经·鄘风·载驰》：归唁卫侯。孔颖达疏：此据失国言之，若对吊死曰吊，吊生曰唁。鲠咽：鲠通哽。悲痛气塞，说不出话。陆机《挽歌》：含言言哽咽，挥涕涕流漓。

【5】契阔：久别的情愫。《后汉书·范冉传》：行路仓促，非陈契阔之所，可共到前亭宿息，以叙分融。《诗经·邶风·击鼓》：死生契阔，与子成说，执子之手，与子偕老。

【6】三益：指友直，友谅，友多闻。《论语·季氏》：益者三友，损者三友。友直，友谅，友多闻，益矣。友便辟，友善柔，友便佞，损矣。谓友道损益有三。《后汉书·冯衍传》：臣自惟无三益之才，不敢处三损之地。

【7】重宝：中国古铜币的一种名称。后世用以指重要的人或者物。

【8】心目：心与眼，泛指内心。曹丕《与吴质书》：追思昔游，犹在心目。

吊陈伯华书

陆云

大君远资，高数世之瑰玮。当光裕大业，茂垂勋名，奈何日朝，早尔丧坠。自闻凶讳，痛心割裂，追惟哀催，肝心破剥，痛当奈何奈何！相念夙年，奄婴哀叹。扳慕不及，当可①为心。牵役远路，无因奔驰。东望灵宇，五情哽咽，割切哀慕。书重感猬不次。昔与大君，分义款笃。弥隆之爱，恩加兄弟。凭此烈好，要以始卒。何图大君独先早逝，远闻讣问，若丧四体，拊心恸楚，肝心如割，奈何奈何！岂况至性，当何可言。今遣吏恭集薄祭，不得临丧，以叙悲苦。计往人到贵舍之日，挥涕而已。投笔歔欷。

校勘记

①当可为心：《百三家本》作"当何为心"

注释

【1】瑰玮:奇伟,卓异。曹植《酒赋序》:余览扬雄《酒赋》,辞甚瑰玮。《三国志·蜀书·许靖传》:文休(许靖)倜傥瑰玮,有当世之隽。一作瑰伟。《史记·司马相如列传》:若乃俶傥瑰伟,异方殊类,珍怪鸟兽,万端鳞萃,充刃其中者不可胜记。

【2】光裕:光通广。《尚书·尧典》:光被四表。裕,通。《方言》第三:裕,通也。引申为导引。《尚书·康诰》:汝亦罔不克敬典,乃由裕民。光裕,此处有发扬光大之意。

【3】茂垂:茂,草木繁盛。也指美盛。《诗经·小雅·南山有台》:德音是茂。《诗经·齐风·还》:子之茂兮。垂:流传下去。《后汉书·崔骃传》:何天衢于盛世兮,超千载而垂绩。茂垂,此处指广为流传之意。

【4】凶讳:讳,所隐讳的事物。《礼记·曲礼上》:入境而问禁,入国而问俗,入门而问讳。《楚辞·七谏·谬谏》:恐犯忌而干讳。王逸注:所畏为忌,所隐为讳。凶讳,此处指坏消息,即友人陈伯华之死。

【5】夙年:夙,早。《诗经·卫风·氓》:夙兴夜寐,靡有朝矣。夙年,即早年。扳幕:扳,挽歌,引。《公羊传·隐》:隐长又贤,诸大夫扳隐而立之。

【6】五情:泛指人的情感。曹植《上责躬应诏诗表》:形影相吊,五情愧赧。刘良注:五情,喜怒哀乐怨。

【7】弥隆:弥,遍,满。《周礼·春官·大祝》:国有大故天灾,弥祀社稷祷词。郑玄注:弥,犹遍也。《汉书·苏武传》:马畜弥山。隆,盛,多。《战国策·秦策一》:当秦之隆,黄金万溢为用。《淮南子·缪称训》:礼不隆而德有余。弥隆,指盛多,深厚之意。

【8】拊心恸楚:拊,击,拍。《尚书·益稷》:予击石拊石。曹植《弃妇诗》:有鸟飞来集,拊翼以悲鸣。恸,大哭,悲痛之至。《论语·先进》:颜渊死,子哭之恸。恸楚,悲伤,痛苦之意。

【9】歔欷:叹息,抽噎声。《离骚》:曾歔欷余郁邑兮,哀朕时之不当。《楚辞·九章·悲回风》:曾歔欷之嗟嗟兮,独隐伏而思虑。王逸注:歔欷,啼貌。

吊鹤文

湛方生

余以玄冬修夜,忽闻阶前有鹤鸣[1]。溯寒风而清叫,感凄气而增悲。属听未终,余有感焉,乃为文以吊之。惟海隅[2]之奇鸟,资秀气以诞生。拟鸾皇而比翼,超羽族而独灵。濯冰霜之素质,飏九皋之奇声。啄荒庭之遗粒,漱绝涧之余清。望云舒而息翮,仰朝霞而晨征。辍王子之灵辔,絷虞人之长缨。辞丹穴之神友,与鸡鹜而同庭。轩天衢而奔想,顾樊笼而心惊。独中宵而增思,负清霜而夜鸣。资冲天之俊翮,曾不特殊于鸟雀。禀樗寿之修期,忽同凋于秋薄。匪物[3]之足悲,伤有理而横落。

校勘记

①"鹤鸣"前:《类聚》有"孤"字

②隅:《类聚》作"嵎"

③"物"前:《类聚》有"一"字

注释

【1】玄冬:玄,高空的深青色。玄冬,指深冬。《仪礼·士冠礼》:兄弟毕袗玄。郑玄注:玄者,玄衣玄裳也。

【2】修夜:修,长,高。《离骚》:路漫漫其修远兮,吾将上下而求索。《战国策·齐策一》:邹忌修八尺有余。此处指长夜。

【3】溯:逆流而上。《水经注·江水》:沿溯阻绝。此处引申为对着,逆着。

【4】鸾皇:凤凰一类的鸟。《尔雅·释鸟》:鸾鸟,凤凰属也。《山海经·西山经》:西南三百里曰女床之山……有鸟焉,其状如翟而五彩文,名曰鸾鸟,见则天下安宁。羽族:鸟类的总称。羽,指代鸟类。王融《为竟陵王与刘虬书》:置网有节,鳞羽偕翔。

【5】濯:洗涤。《诗经·大雅·泂酌》:泂酌彼行潦,挹彼注兹,可以濯罍。

《孟子·离篓上》：沧浪之水清兮，可以濯我缨。飏：扬举，显扬。《尚书·益稷》：工以纳言，时而飏之。《左传·昭公二十八年》：今子少不飏，子若无言，吾几失子矣。九皋：深泽。《诗经·小雅·鹤鸣》：鹤鸣于九皋，声闻于天。皋，泽也。郑玄笺：皋，泽中水溢出所为坎，自外数至九，喻深远也。陆德明《经典释文》：九皋，九折之泽。

【6】翮：羽毛。潘岳《射雉赋》：文翮鳞次。

【7】轩：车顶前高如仰的样子。引申为高扬，飞举。钟会《孔雀赋》：舒翼轩峙。王粲《赠曹子睿诗》：归雁载轩。天衢：衢，四通八达的道路。《大戴礼记·子张问入官》：六马之离，必于四面之衢。《古诗十九首》：长衢罗夹巷。天衢，指天空高远广大，无处不通。《文心雕龙·时序》：驭飞龙于天衢。

【8】櫹寿：櫹，木名。《后汉书·王符传》：今者京师贵戚，必欲江南櫹梓，豫章之木，边远下土，亦竞相效仿。櫹寿，櫹树的寿命，喻指长寿。禀：领受，承受。陶潜《饮酒诗》：禀气寡所谐。

【9】灵辔：辔，驾驭牲口的嚼子和缰绳。《诗经·郑风·大叔于田》：执辔如组，两骖如舞。虞人：古代掌管山泽园圃田猎的官。《孟子·滕文公下》：昔齐景公田，招虞人以旌，不至，将杀之。注：虞人，守园圃之吏也。长缨：缨，系在颔下的帽带子。《史记·滑稽列传》：淳于髡仰天大笑，冠缨索绝。

吊嵇中散文

李氏

宣尼有言曰："惟仁者能好人，能恶人。"自非贤智之流，不可以褒贬明德，拟议英哲矣。故彼嵇中散之为人，可谓命世之杰矣。观其德行[①]奇伟，风韵邵邈，有似明月之映幽夜，清风之过松林也。若夫吕安者，嵇子之良友也。钟会者，天下之恶人也。良友不可以不明，明之而理全；恶人不可以不拒，拒之而道显。夜光[②]非与鱼目比映，三秀难与朝华争荣。故布鼓自嫌于雷门，砥石有忌于琳琅矣。嗟乎道之丧也。虽智周万物，不能遗[③]绝粮之困；识达去留，不能违颠沛之难。故存其心者，不以一眚累怀；检乎足迹者，必以纤芥为事。慨达人之获讥，悼④高范之莫全,凌清风以三叹,抚兹子⑤而怅焉。闻先觉之高唱,理极滞其必宣。候千载之达圣,期五百⑥之明贤。聊寄愤于斯章,思慷慨⑦而泫然。

校勘记

① "德"后:《御览》无"行"字

② "夜光"前:《御览》有"然"字

③ 遗:《御览》作"遣"

④ 悼:《御览》作"惧"

⑤ 抚兹子:《御览》作"予抚兹"

⑥ 五百:《御览》作"百王"

⑦ "慷慨"后:《御览》有"男儿"二字

注释

【1】宣尼:对孔子的敬称。汉平帝时追谥孔子为"褒成宣尼公"。

【2】邵邈:邵,美。潘岳《河阳县作》:谁谓邑宰轻,令名患不邵。邈:远。《楚辞·九章·怀沙》:汤禹久远兮,邈而不可慕。邵邈,此谓美丽而深远之意。

【3】吕安:人名。三国魏东平人,字仲悌。有俊才,与嵇康为好友。钟会:人名。三国魏颍川长社人,字士季。早慧,好《老》《易》,有《道论》,已佚。

【4】夜光非与鱼目比映:《参同契》:鱼目岂为珠,蓬蒿不成槚。《文选·任昉〈到大司马记室笺〉》:维此鱼目,唐突玙璠。李善注引《韩诗外传》:白骨类象,鱼目似珠。后来多用鱼目混珠比喻以假乱真。

【5】三秀:芝草的别名。禾类,草类开花叫秀,芝草每年开花三次,故名三秀。《楚辞·九歌·山鬼》:采三秀兮于山间。朝华:朝,早晨。《左传·僖公三十年》:朝济而夕设版焉。华,同花。《诗经·周南·桃夭》:桃之夭夭,灼灼其华。朝华,指每天早上都开的花。

【6】绝粮之困:《史记·孔子世家》:孔子迁于蔡三岁,吴伐陈。楚救陈,军于城父。闻孔子在陈蔡之间,楚使人聘孔子。孔子将往拜礼,陈蔡大夫谋曰……于是乃相与发徒役围孔子与野。不得行,绝粮。从者病,莫能兴。孔子

讲诵弦歌不衰,子路愠见曰:"君子亦有穷乎?"孔子曰:"君子固穷,小人穷斯滥矣。"

【7】识达去留:《史记·孔子世家》:齐人闻而惧,曰……于是选齐国中女子好者八十人,皆衣文衣而舞康乐,文马三十驷,遗鲁君。陈女乐文马于鲁城南高门外。季桓子微服往观再三,将受,乃语鲁君为周道游,往观终日,怠于政事。子路曰:"夫子可以行矣。"孔子曰:"鲁今且郊,如致膰于大夫,则吾犹可以止。"桓子卒受齐女乐,三日不听政;郊,又不致膰俎于大夫。孔子遂行,宿乎屯。

【8】眚:过失,错误。《左传·僖公三十三年》:且吾不以一眚掩大德。纤芥:细小,细微。《战国策·齐策四》:孟尝君为相数十年,无纤芥之祸者,冯谖之计也。

【9】泫然:伤心流泪的样子。《韩非子·外储说右上》:公泫然出涕曰:"不亦悲乎?"

吊古文

袁淑

贾谊发愤于湘江,长卿愁悉于园邑,彦真因文以悲出,伯喈衔史而求人,文举疏诞以殃速,德祖精密而祸及。夫然,不患思之贫,无苦①识之浅。士以伐能见斥,女以骄色贻遣。以往古为镜鉴,以未来为针艾。书余言于子绅,亦何劳乎蓍蔡。

校勘记
①苦:《类聚》作"若"

注释
【1】贾谊发愤于湘江:《史记·屈原贾生列传》:于是天子后亦疏之,不用其议,乃以贾生为长沙王太傅。贾生既辞往行,闻长沙卑湿,自以寿不得长,又以谪去,意不自得。及渡湘水,为赋以吊屈原。

【2】长卿愁悉于园邑:《史记·司马相如列传》:相如既学,慕蔺相如之为人,更名相如。以訾为郎,事孝景帝,为武骑常侍,非其好也。会景帝不好辞赋,是时梁孝王来朝,从游说之士齐人邹阳,淮阳枚乘,吴庄忌夫子之徒,相如见而说之,因病免,客游梁。

【3】彦真因文以悲出:《后汉书·文苑列传》:张升字彦真,……仕郡为纲纪,以能出守外黄令。吏有受赇者,即论杀之。或讥:"升守领一时,何足趋明威戮乎?"对曰:"昔仲尼暂相,诛齐之侏儒,手足异门而出,故能威震强国,反其侵地。君子仕不为己,职思其忧,岂以久近而异其度哉?"遇党锢去官,后竟见诛,年四十九。

【4】伯喈衔史而求人:《后汉书·蔡邕列传》:及卓被诛,邕在司徒王允坐,殊不意言之而叹,有动于色。允勃然大怒叱之曰:"董卓国之大贼,几顷汉室。君为王臣,所宜同忿,而怀其私遇,以忘大节。今天诛有罪,而反相伤痛,岂不甚为逆哉?"即收付廷尉治罪。邕陈辞谢,乞黥首刖足,继成汉史。士大夫多矜救之,不能得。……邕遂死狱中。

【5】文举疏诞以殒速:《后汉书·孔融列传》:路粹冤枉状奏融曰,少府孔融……及与孙权使语,谤讪朝廷,又融为九列,不遵朝礼仪,秃子巾微行,唐突宫掖。又前与白衣祢衡跌荡放言,云"父之于子,当有何亲!论其本意,实为情欲发尔。子之于母,亦复奚为?譬如寄物瓶中,出则离矣。"既而与祢衡更相赞扬。衡为融曰:"仲尼不死。"融答曰:"颜回复生。"大逆不道。

【6】德祖精密而祸及:张骘《文士传》:杨修字德祖,弘农人,太尉彪子。少有才学思干,早知名。魏武为丞相,辟为主簿。修常白事,知必有反复教,豫为答对数纸,以次备之而行。敕守者曰:"向白事,必有教,出相反复,若按此次第连答之。"已而风吹纸次乱,守者不别,而遂错误。公怒推问,修惭惧,以实对,然以所白甚有理,初虽见怪,事亦终是,修之才解皆此类矣。后为武帝所诛。

吊哭

崔凯

《礼》，君自吊其臣，主人出迎于外，见君马首，不哭，先入门右，北面。众主人袒即位。升自阼阶，西面。主人前，至中庭，君哭。主人哭，拜，稽颡成踊，先出。君去，主人哭拜，送于外门外。明日，主人缌绖拜谢于朝。今代人君吊，主人出迎，见马首拜。君遣吏吊，主人布席于丧庭，孝子左贯首绖，待于席南，北面，不哭也。吏持版吊于席北面，向孝子。再拜迄，伏，吏跪读版，孝子再拜。有吊宾，主人迎即位中门外，西面北上。众宾东面者北上。门西北面者东上，主人拜宾傍①三拜，众宾不答拜。主人入，即堂下朝夕哭位。众随入，如外位也。知生者吊，知死者伤。主人哭，吊者皆哭。退出。主人拜中门外如初。吊辞，至主人前曰："闻君有某之丧，如何不淑。"伤辞诣丧，前曰："子遭离之，如何不淑。"此各主于其所知也。若有知生又知死者，伤而且吊也。又曰，同僚宾客相吊也，因主人朝夕哭而往吊也。又曰，凡宾客来吊，孝皆当位东阶下西面，不得庐中。长吏自吊，其人左贯首绖出迎，还入门。君至门，谢孝还位，乃②从命还位。若不谢遣者，君向枢哭，则孝当伏。孝当后哭先止，所以不使君甚哀也。哭迄，君遣还位，乃从命，还位则哭，不得如庐也。哭位在东阶下。辞去，孝子哭也。君先出，孝后出，于门外见马而拜，迄，哭而还也。若有命止令勿出，亦便随从命也。羸可使人自扶，若病不能者，君至，自杖而已。

校勘记

① 傍：《通典》作"旁"
② 乃：《通典》作"仍"

注释

【1】稽颡：古时一种跪拜礼。屈膝下拜，以额触地。居丧答宾客时行之，表示极度的悲痛和感谢。《仪礼·士丧礼》：吊者致命，主人哭拜，稽颡成踊。或于

请罪,投降时行之,表示极度的惶恐。《汉书·李广传》:若乃免冠徒跣,稽颡请罪,岂朕之指哉!

【2】缞绖:缞,古时的丧服。用粗麻布制成,披于胸前。《左传·襄公十七年》:晏婴粗缞斩。绖,古时丧服中的麻带,在首为首绖,在腰为腰绖。《仪礼·丧服》:苴绖。郑玄注:麻在首在要皆曰绖。缞绖,即指丧服和麻带。

吊道澄法师亡书

梁简文帝

省启:承尊师昨夜涅槃,甚深悲怛。法师志业淹明,道风淳素,戒珠莹净,福翼该圆。加以识见冥通,心解远察,记落雨而必然,称黑牛而匪谬。服膺者无远近,蒙益者兼道俗。弟子自言旋京辇,便伸结缘。岂谓一息不追,奄至乎此。然胜业本深,智刀久利,必应游神实①地,腾迹净天。但语其乳池启殡,香棺入室,不入空心,于何不恸。但如来降主之迹,因此而入,泥洹正当其生,住灭靡有定相,先圣后贤,何其形响,推校因缘,未始有例。上人等齐在秽②③积,始终禀道,宜应共相筹勉,弘遵旧业,使道场无断,利益不坠。所襫物辄如法供养,奈何奈何。

校勘记

①实:《广弘明集》作"宝"
②秽:《百三家本》作"三岁"
③秽:《广弘明集》作"三岁"

注释

【1】涅槃:佛教名词。梵文 nirvana 的音译,旧译泥洹,意译灭度。或称般涅槃。主译入灭,圆寂。佛教所指的最高境界,后世也指僧人逝世为涅槃、入灭或圆寂。

【2】道场:指佛教礼拜,诵经,行道的场所。

【3】服膺:谨记在心,衷心信服。《中庸》:得一言,则拳拳服膺,而弗失之矣。朱熹注:服,犹著也;膺,胸也。奉持而著之心胸之间,言能守也。《颜氏家训》:吾终身服膺,以为名言也。

吊乐永世书

任昉

永世孝友之至,发自天真,皎洁之操①,曾非矫饰。意有所固,白刃不移;理有所托,淄渑自辨。馀息惟②存,视阴无几。终始之托,方寄祁侯。岂谓乐生,反先朝露。以理遣滞,鄙识未晓;以事寻悲,哀楚交至③。宿草易滋,伤恨不灭。松槚可拱,悲绪无穷。

校勘记

①皎洁之操:《类聚》"洁"作"絜"

②惟:《百三家本》作"虽"

③"哀楚交至"后:《百三家本》无"宿草易滋,伤痕不灭"八字

注释

【1】白刃:《礼记·中庸》:子曰:"天下国家可均也,爵禄可辞也,白刃可蹈也,中庸不可能也。"

【2】淄渑自辨:《刘子·类感》:"淄渑共川,色味异质。"《吕氏春秋·精谕》:"白公曰:'若以水投水奚若?'孔子曰:'淄、渑之合者,易牙尝而知之。'"高诱注曰:"淄、渑,齐之两水名也。易牙,齐桓公识味臣也,能识淄渑之味也。"

【3】视阴:即视荫。《左传·昭公元年》:"赵孟视荫,曰:'朝夕不相及,谁能待五?'"杜预注曰:"荫,日景也。赵孟意衰,以日景自喻。"孔颖达疏曰:"赵孟自比于日景。此景朝夕尚移,不能相及。人命流去,与此相似,既无常定,谁能待五。"

【4】朝露:《史记·商君列传》:"君之危若朝露,尚将欲延年益寿乎?"《汉书

·苏武传》:"存亡不可知,人生如朝露。"颜师古注曰:"朝露见日则晞,人命短促亦如之。"朝露易逝,因以喻死。

【5】宿草:隔年的草。《礼记·檀弓上》:"曾子曰:'朋友之墓,有宿草而不哭焉。'"郑玄注曰:"宿草,谓陈根也。为师心丧三年,于朋友期可。"孔颖达疏曰:"宿草,陈根也,草经一年则陈根也。朋友相为哭一期,草根陈乃不哭也。"后多用为悼亡之辞。

【6】松槚可拱:松,槚二树常植于墓前。《隋书·高帝纪下》:坟土未干,子孙继踵屠戮;松槚才列,天下已非隋有。《左传·僖公二十三年》:蹇叔哭之,曰:"孟子,吾见师之出而不见其入也。"公使谓之曰:"尔何知?中寿,尔墓之木拱矣。"杜预注曰:"合手曰拱。"

吊刘文范文

任昉

余与先生,虽年世相接,而荆吴数千。未尝膝行下风,禀承余论,岂直①发愤当年,固亦恨深终古。然叔夜之叙黔娄,韩卓之慕巨卿②,未必接光尘,承风采,正复希向远理,长想千载。然其人自高,假使横经拥帚③,日夜扫门,曾不睹千仞之一咫,万顷之涓滴④,终于对面万古,莫能及门,故以此弭千载之恨。

校勘记
①直:《百三家本》作"值"
②巨卿:《百三家本》作"巨伸";《广弘明集》作"巨伸"
③拥帚:《百三家本》作"拥帚"
④涓滴:《百三家本》作"涓浍"

注释
【1】膝下行风:《庄子·在宥》:黄帝退,捐天下,筑特室,席白茅,闲居三月,复往邀之。广成子南首而卧,黄帝顺下风膝行而进,再拜稽首而问。膝行,跪着

行走,多表示敬畏。

【2】叔夜:嵇康,字叔夜。

【3】黔娄:人名。刘向《列女传·鲁黔娄妻》言为鲁人,隐而不仕。家贫,死时衾不蔽体。其妻曰:"彼先生者,甘天下之淡味,安天下之卑位。不戚戚于贫贱,不汲汲于富贵。求仁而得仁,求义而得义。"《汉书·艺文志》卷三十载:"《黔娄子》四篇。齐隐士。守道不绌,威王下之。"入晋皇甫谧《高士传》。晋陶潜《咏贫士》之四:安贫守贱者,自古有黔娄。

【4】韩卓:东汉人。《东观汉记·韩卓列传》:韩卓,字子助,陈留人。腊日,奴窃食祭其母,卓意义其心,即日免之。《初学记》卷一七载"韩卓趋社",引《陈留志》曰:韩卓敦厚纯固,恭而多爱,博学洽声,好道人以善,遇社则趋,见生不食其肉。

【5】巨伸:若如《广弘明集》卷一九为"巨仲"则不能知为何人。若如严可均所谓"巨卿"之误,则汉有范式字巨卿,笃于友情,有典"范张鸡黍",见《后汉书·范式传》。

【6】光尘:敬辞,称言对方的风采。繁钦《于魏文帝笺》:冀事速讫,旋侍光尘。寓目阶庭,与听斯调。宴喜之乐,盖亦无量。《文选》张铣注曰:光尘,美言之。

【7】希向:向慕,向往。

【8】远理:深远的道理。

【9】横经拥帚:横经,横陈经籍,指受业或读书,南朝梁何逊《七召·儒学》:横经者比肩,拥帚者继足。拥帚:即拥篲,或作拥彗。执笤帚为长者扫除清道,以示对长者的敬意。篲,笤帚。《礼记·曲礼上》:凡为长者粪之礼,必加帚于箕上,以袂拘而退,其尘不及长者,以箕自乡而扱之。《史记·孟子荀卿列传》:邹子之齐。适梁,梁惠王郊迎,执宾主之礼。适赵,平原君侧行襒席。如燕,昭王拥帚先驱,请列弟子之座而受业。司马贞索隐曰:彗,帚也,谓为之扫地,以衣袂拥帚而却行,恐尘埃之及长者,索隐为敬也。

【10】涓浍:小水流,小河。郭璞《江赋》:纲络群流,商榷涓浍。

吊震法师亡书

刘之遴

弟子刘之遴顿首和南:泡电倏忽,三相不停,苦空无多,五音守^①住。尊师僧正,舍寿阎浮,迁神妙乐。虽乘此宿殖,必登善地。人情惜化,衔疢悲催。念在三之重,追慕哀恸,缠绵永往,理不可任,奈何奈何。僧正精理特拔,经纶洽通,蔬菲终身,有为略尽,枯槁当年,仪形二众,岂直息心标领,亦为人伦之杰。弟子少长游遇,数纪迄兹,平生敬仰,善友斯寄,衰疾^②待尽,不获临泄,鲠恸^③之怀,二三增楚,扶力修嗒,迷猥不次。弟子刘之遴顿首和南。

校勘记

①守:《广弘明集》作"宁"

②衰疾:《广弘明集》作"哀疾"

③鲠恸:《广弘明集》作"哽恸"

注释

【1】顿首:叩头,头叩地而拜。古代九拜之一。《周礼·春官·大祝》:辨九拜,一曰稽首,二曰顿首。丘迟《与陈伯之书》:迟顿首。陈将军足下无恙,幸甚幸甚。……丘迟顿首。常用于书信的起首或末尾。

【2】和南:梵文 vandana 的音翻译,亦译作涅槃。义译作为稽首和敬礼。《僧史略》:若西域相见则合掌,云和南。

【3】三相:指日月星。沈约《齐武帝谥议》:含精灵于五纬,驾贞明于三相。五音:亦指五声,即中国五声音节中的宫商角微羽五个音级。

【4】阎浮:树名。《翻译名义集三·世界·阎浮提》:阎浮,树名。其林茂盛……林中有河,底有金砂,名阎浮擅金。

【5】宿殖:亦即宿直。轮流值宿。《南齐书·周颙传》:宋明帝颇好言理,以周颙有辞义,引入殿内,亲近宿直。

【6】二三:没有定准。《诗经·卫风·氓》:士也罔极,二三其德。《左传·成公八年》:七年之中,一与一夺,二三孰甚焉!

吊僧正京法师亡书

刘之遴

八月二十日,之遴和南:法界空虚,山木隤坏,尊师大正,迁神净土,凡夫贱^①累,婴滞哀乐。承此凶讣,五内抽催,哀恸深至,不能自已。念追慕永往,缠绵断绝,情在难居,奈何奈何! 大正德冠一时,道荫四部,训导学徒,绍隆像法,年居僧首,行为人师,公私瞻敬,遐迩宗仰。若乃五时九部,流通解说,匹之前辈,联类往贤。虽什肇融恒,林安生远,岂能相尚? 顿悟虽出自生公,弘宣后代,微言不绝,实赖夫子。重以爱语利益,穷四摄之弘致,檀忍知慧,备六度之该明,白黑归依,含识知庇,舟航愚冥,栋梁寺塔,日用不知,至德潜运。何道长而世短,功被而身殁^②,映乎大海,永坠须弥,照彼高山,长收朗日。往矣奈何? 当复奈何? 法师幼而北面,生小服膺,迄乎耆迈,恒在左右,在三之重,一旦倾殒,哀痛^③之至,当何可处。弟子纨绮游接,五十余年,未隆知顾,相期法侣,至乎菩提,不敢生慢,未来难知,现在长隔。眷言生平,永同万古,寻思惋怆,倍不自胜。未由瞻执,伸泄哀叹。谨裁白书,投笔哽猥。弟子刘之遴顿首和南。

校勘记

①贱:《广弘明集》作"浅"

②殁:《广弘明集》作"没"

③痛:《广弘明集》作"恸"

注释

【1】和南:梵文 vandana 的音译,亦译作涅槃,义译作为稽首或敬礼。

【2】五内:指五脏。蔡琰《悲愤诗》:见此崩五内,恍惚生狂痴。

【3】什肇:什,鸠摩罗什。肇,释僧肇。两人都是晋代的著名僧人。《高僧

传》:鸠摩罗什,齐言童寿,天竺人也,家世国相。释僧肇,京兆人。家贫以抄书为业,遂因善写,乃历观经史,备尽坟籍。

【4】融恒:融,释道融。恒,释道恒。两人都是晋代著名僧人。《高僧传》:释道融,汲郡林虑人。十二出家,厥师爱其神采,先令外学,往村借《论语》,竟不齐归,于彼已诵,师更借奔覆之,不遗一字。既嗟而异之,于是恣其游学。释道恒,蓝田人。恒少失二亲,事后母以孝闻,家贫五蓄,常手自画缋,以供赡养,而笃好经典,学兼宵夜。

【5】林安:林,支道林。安,释道安。《高僧传》:支遁,字道林,本姓关氏,陈留人。幼有神理,聪明秀澈。家世事佛,早悟非常之理。释道安,姓卫氏,常山扶柳人也。家世英儒,早失覆荫,为外兄孔氏所养。年七岁读书,再览能诵,乡邻嗟异。至年二十出家,神智聪敏,而形貌丑陋,不为师之所重。

【6】生远:生,竺道生。远,释慧远。《高僧传》:竺道生,本姓魏,巨鹿人,寓居彭城。生幼而颖悟,后值沙门竺法汰,遂改俗归依,伏膺受业。生既潜思日久,于是校阅真俗,研思因果,乃立善不受报,顿悟成佛。释慧远,本姓贾氏,雁门娄烦人也。弱而好书,圭璋秀发,时沙门释道安立寺于太行恒山,远遂往归之。

【7】四摄:佛教名词。大乘佛教以它的四种行为摄爱信徒,故称。四摄是指:布施,爱语,利行,同事。六度:佛教名词。指佛教用为由生死此岸度人们达涅槃彼岸的法门之称。共有六类:布施、持戒、忍辱、精进、静虑、智慧,故称六度。

【8】北面:古代学生敬师之礼。《汉书·于定国传》:定国乃迎师学《春秋》,身执经,北面,备弟子礼。生小:幼小的时候,童年。古乐府《孔雀东南飞》:昔作女儿时,生小出野里。

【9】服膺:谨记在心,衷心信服。《中庸》:得一言,则拳拳服膺,而弗失之矣。朱熹注:服,犹著也;膺,胸也。奉持而著之心胸之间,言能守也。《颜氏家训》:吾终身服膺,以为名言也。

吊殷比干墓文

魏孝文帝

唯皇构迁中之元载,岁御次乎阉茂,望舒会于星纪,十有四日,日唯甲申。子扬和淇右,蹀驷廊西。指崧原而摇步,顺京途以启征。路历商区,辖届卫壤。泛目睇川,纵览观陆。遂傍睨古迹,游瞰曩风,睹殷比干之墓,恨然悼怀焉。乃命驭驻轮,莱骥躬瞩,荆杍荒朽,工为绵甍。而遗猷明密,事若对德。慨狂后之猖秽,伤贞臣之婞节。聊兴其韵,贻吊云尔。

曰三才之肇元兮,敷五灵以扶德。含刚柔于金木兮,资明暗于南北。重离耀其炎晖兮,曾坎司玄以秉黑。伊禀常之怀生兮,昏睿递其启则。昼皎皎其何朗兮,夜幽幽而致弊。哲人昭昭而澄光兮,狂夫默默其若翳。咨尧舜之耿介兮,何桀纣之猖败。沈湎而不知甲兮,终或已以贻戾。謇謇兮比干,藉胄兮殷宗。含精兮诞卒,冥树兮英风。禀兰露以涤神,餐菊英而俨容。茹薜荔以荡识,佩江蓠以丽躬。履霜以结冰兮,卒窘忠而弥浓。于金岂其吾珍兮,皇举实余所锺。奋诚谏而烬躯兮,导危言以衅锋。呜呼哀哉!呜呼哀哉!惟子在殷,实为梁栋。外赞九功,内徽辰共。匡率裒职,德音遐洞。周师还旆,非子谁贡。否哉悖运,遭此不辰。三纲道没,七曜辉泯。负乘窃器,怠弃天伦。怀诚赍怒,谠言焉陈。嵬侯已醢,子不见欤?邢侯已脯,子不闻欤?微子去矣,子不知欤?其子始矣,子不觉欤?何其轻生,一致斯欤?何其爱义,勇若归欤?遗体既灰,不其惜欤?永矣无返,不其痛欤?呜呼哀哉!呜呼哀哉!夫天地之长远兮,嗟人生短多殃。往者子弗及兮,来者子不厥当。胡契阔之屯亶兮,值昏化而永良。曷不相时以卷舒兮,徒委质而巅亡。虽虚名空传于千载,讵何勋之可扬。奚若腾魂以远逝,飞足而归昌。得比肩于尚父,卒同协于周王。建鸿绩于盛辰,启骨宇于齐方。阐穆音乎万祀,传冤业以修长。而乃自受兹毙,视窍殷亲。剖心无补,迷机丧身。脱非武发,封墓谁因。呜呼介士,胡不我臣。

重曰:世惛惛而溷浊兮,日蔼蔼其无光。时坎禀而险隘兮,气憭悢以飞霜。子奚其不远逝兮,侘傺而耻故乡。可乘桴以浮沧兮,求蓬莱而为粮。衔芝条以升虚兮,与赤松而翱翔。被芰荷之轻衣兮,曳扶容之葩裳。循海波而飘飙兮,望会稽以归禹。纽蕙芷以为绅兮,扈荃佩而容与。写郁结于圣人兮,畅中心之秘语。执垂益而谈弄兮,交良朋而摅苦。言既而东腾兮,吸朝霞而长举。登砒岩而怅望兮,眺扶桑以停伫。谒灵威以问路兮,乘谷风而扳宇。遂假载于羲和兮,冯六螭以南处。蠢衡岳而顾步兮,濯沅湘以自洁。嚼炎州之八桂兮,践九嶷而遥裔。即苍梧而宗舜兮,拂埃雾以就列。采轻越而肃带兮,切宝犀以贯介。诉淳风之沦覆兮,话萧韶之湮灭。召熊狸而叙释兮,问重华之风桀。尔乃饮正阳之精气兮,游丹丘而明视。捐祝融而求鸟兮,御朱鸾以循指。因景风而凌天兮,回灵鸽以西履。降黄渚而造稷兮,慰稼穑之艰难。访有邰之诜诜兮,遇何主而获安。然后陟昆仑之翠岭兮,揽琼枝而盘桓。步悬圃以溜漉兮,咀玉英以折兰。历崦嵫而一顾兮,府沐发于洧盘。仰徙倚于闾阖兮,请帝阍而启关。天沈寥而廓落兮,地寂漻而辽阔。餐沦阴以椑气兮,佩瑶玕而鸣锵。拜招矩而修节兮,少踌躇以相羊。祈骀骥而总缰兮,随泰风以飘扬。瞰不周而左旋兮,纵神驷以北望。寻流沙而骋辔兮,暨阳周以继驾。靡芸芳以馥体兮,索夷杜而极衔。奉轩辕而陈辞兮,申时俗之不暇。适岐伯而修命兮,展力牧而问霸。歠沆瀣之纯粹兮,关寒门之层冰。聆广莫之飔瑟兮,觊黔嬴而回凝。拥玄武以涉虚兮,亢神冥而威陵。象暧曃而晻郁兮,途曼曼其难胜。策飞廉而前驱兮,使烛龙以辉澄。归中枢而睇睨兮,想玄漠之已周。慨飞魂之无寄兮,飒翩袂而上浮。引雄虹而登峻兮,扬云旗以轩游。跃八龙之蜿蜿兮,振玉鸾之啾啾。搴彗星以朗导兮,委升轫乎大仪。敖重阳之帝宫兮,凝精魄于旋曦。扈阳曜而灵修兮,岂傅说之足奇。但至溉之不悛兮,宁溘死而不移。

注释

【1】望舒:神话中为月神驾车的神。《离骚》:前望舒使先驱兮,后飞廉使奔属。后来用以代指月亮。张协:《杂诗》:下车若昨日,望舒四五圆。

【2】星纪:十二次之一。与十二辰相配为丑,与二十八宿相配为斗牛两宿。

【3】三才:才,亦作材。古代指天地人。《周易·系辞下》:有天道焉,有人道焉,有地道焉,兼三材而两之。五灵:五种有灵性的动物。杜预《春秋左传

序》：麟、凤五灵，王者之嘉瑞也。孔颖达疏：麟、凤与龟、龙、白虎五者，神灵之鸟兽，王者之嘉瑞也。

【4】默默：污浊暗淡。

【5】謇謇：同蹇蹇。忠诚，正直。《离骚》：余固知謇謇之为患兮。

【6】三纲：封建社会中三种主要的道德关系。《白虎通义·三纲六纪》：三纲者，何谓也？君臣，父子，夫妇也。《礼记·乐记》：然后圣人作为父子，君臣以为纲纪。孔颖达疏引《礼讳·含文嘉》：君为臣纲，父为子纲，夫为妻纲。

【7】七曜：古人以日月和金木水火土为七曜。范宁《谷梁传序》：七曜为之盈缩。杨士勋疏：谓之七曜者，日月五星皆照天下，故谓之七曜。

【8】鬼侯巳醢：有的古书亦作九侯，九鬼古音相近。商纣王时的一个诸侯王。《史记·殷本纪》：九侯有好女，入之纣。九侯女不喜淫，纣怒，杀之，而醢九侯。

【9】邘侯巳脯：《史记·殷本纪》：九侯有好女，入之纣。九侯女不喜淫，纣怒，杀之，而醢九侯。邘侯争之强，辨之疾，并脯邘侯。

【10】微子去矣：微子，商纣王的一个大臣。《史记·殷本纪》：纣愈淫乱不止。微子数谏不听，乃与大师、少师之某，遂去。

【11】箕子奴矣：箕子，商纣王时的一个大臣。《史记·殷本纪》：（纣）剖比干，观其心。箕子惧，乃佯狂为奴，纣又囚之。

【12】契阔：久别的情愫。《后汉书·范冉传》：行路仓促，非陈契阔之所，可共前亭宿息，以叙分融。《诗经·邶风·击鼓》：死生契阔，与子成说，执子之手，与子偕老。

【13】屯亶：指处于困难之境。《易经·屯》：屯如邅如。《后汉书·苟彧传》：方时运之屯亶，非雄才无以济其游。

【14】尚父归昌：《史记·齐太公世家》：吕尚盖尝贫困，年老矣，以渔钓奸（干）周西伯。西伯将出猎，卜之，曰："所获非龙非彲，非虎非羆，所获霸王之辅。"于是周西伯猎，果遇太公于渭之阳，与语大悦，曰："自吾先君太公曰'当有圣人适周，周以兴。'子真是邪？吾太公望子久矣。"故号之曰太公望，载与俱归，立为师。

【15】侘傺:失意而精神恍惚的样子。《楚辞·离骚》:忳郁邑余侘傺兮,吾独穷困乎此时也。

【16】芰荷:出水的荷。指荷叶和荷花。《离骚》:制芰荷以为衣兮,集芙蓉以为裳。汉昭帝《淋池歌》:秋素景兮泛洪波,挥纤手兮折芰荷。

【17】羲和:神话人物,此处指驾日车的神。《离骚》:吾令羲和弭节兮,望崦嵫而勿迫。

【18】重华:虞舜名。《尚书·舜典》:曰重华,协于帝。孔颖达疏:此舜能继尧,重其文德之光华。用此德名于帝尧,于尧俱圣明也。

【19】祝融:帝喾时的火官,后人称为火神。《史记·楚世家》:重黎为帝喾高辛居火正,甚有功,能光融天下。帝喾命曰祝融。

【20】诜诜:众多的样子。《诗经·周南·螽斯》:螽斯羽,诜诜兮。

【21】崦嵫:古代指日没的地方。《山海经·西山经》:鸟鼠同穴山西南三百六十里曰崦嵫之山,郭璞注:日没斯入山也。《离骚》:吾令羲和弭节兮,望崦嵫而勿迫。

【22】阊阖:传说中的天门。《离骚》:吾令帝阍开关兮,倚阊阖而望予。亦指皇宫的正门。张衡《西京赋》:正紫宫于未央,表峣阙于阊阖。薛综注:宫门立阙以为表,峣者,言高远也。

【23】骁骐:《韩诗》解释为给天子掌管鸟兽的官。

【24】飞廉:亦称蜚廉。古代传说中的野兽。《淮南子·椒真传》:骑飞廉而从敦圄。高诱注:蜚廉,兽名,长毛有翼,敦圄,似虎而小,一曰,仙人名也。

【25】玄漠:渊静无为。张华《女史箴》:勿谓玄漠,神听无响。又卢谌《时兴诗》:淡然至人心,悟然存玄漠。

吊赠薛睿册书

隋文帝

皇帝咨故考功侍郎薛睿。于戏! 惟尔操履贞和,器业详敏,允膺列宿,勤誉克彰。及遭私艰,奄从毁灭。嘉尔诚孝,感于朕怀,奠酹有加,抑惟朝典。故遣使人,指申往命,魂而有灵,歆兹荣渥。呜呼哀哉!

注释

【1】操履:犹操行,品行。《北史·庾质传》:操履负懿,立言忠鲠。

【2】遘:遇,遭遇。《说文解字》:遘,遇也。《尚书·金滕》:惟尔元孙谋,遘厉虐疾。《后汉书·孔融传》:故晁错念用,遘祸于袁盎。屈平悼楚,受谮于椒兰。

【3】謇:正直,刚正不阿。《离骚》:汝何博謇而好修兮,纷独有此姱节?

【4】允膺:允,公平。《汉书·庾诩传》:祖父经为郡县狱吏,案法平允。膺,胸,江淹《恨赋》:置酒欲饮,悲来填膺。

吊延法师书

薛道衡

八月二十三日,薛道衡和南:俗界无常,延法师迁化,情深悲怛,不能已已。惟哀慕催割,当不可任。法师弱龄舍俗,高蹈尘表。志度恢宏①,理识精悟。灵台神宇,可仰而不可窥;智海法源,可涉而不可测。同夫明镜,屡照不疲。譬彼洪钟,有来斯应。往逢道丧,玄维落纽。栖志幽岩,确乎不拔。高位厚礼,不能回其虑;威严峻法,未足惧其心。经行宴坐,夷险莫二;戒德律仪,始终如一。圣皇启运,像法重兴。卓尔缁林,郁为称首。屈宸极之重,伸师资之义。三宝由其弘护,二谛藉以宣扬。信足以追踪澄什,超迈安远。而法柱忽倾,仁舟遽没,匪直悲缠四部,固亦酸感一人。师②③杖锡挈瓶,夙承训导,升堂入室,具体而微。在三之情,理百恒恸。往矣奈何! 疾碍,不获展慰,但深悲结,谨白书惨怆不次。弟子薛道衡和南。

校勘记

①恢宏:《广弘明集》作"恢弘"

②"师"后:《广弘明集》无"等"字

③"师"后:《百三家本》有"等"字

注释

【1】和南:梵文 vandana 的音译,亦译作涅槃,义译作为稽首或敬礼.《僧史略》:若西域相见则合掌,云和南。

【2】迁化:指人死。《汉书·外戚传》:忽迁化而不返兮,魄放逸而飞扬。悲怛:怛,痛苦,悲伤。《诗经·桧风·匪风》:顾瞻周道,中心怛兮。《齐书·柳世隆传》:痛怛之深,此何可言。悲怛,悲痛伤心。已已:止,停止。《世说新语·伤逝》:庾文康亡,何扬州临葬云:"埋玉树墓土中,使人情何能已已。"

【3】弱龄:年龄很小。《左传·昭公二十七年》:母老子弱,是天若我何?

【4】灵台神宇:灵台,古指心(思维器官)。亦作灵府。《庄子·庚桑楚》:不可内于灵台。《庄子·德充符》:不可入于灵府。成玄英疏:灵府者,精神之宅也,所谓心也。神宇,即灵台,与其互文。

【5】三宝:佛教名词。梵文 triratna 的音译。佛教持佛法僧为三宝。佛,指创教者释迦牟尼;法,即佛教教义;僧,指继承宣扬佛教教义的僧众。

【6】二谛:佛教名词。原为印度婆罗门教名词。指真谛和俗谛。佛教认为,就现象而言,一切事物都是有,这是顺着世俗道理说的,称为俗谛。就本质而言,一切事物都是空的,这是顺着所谓真理说的,称为真谛。

【7】澄什:指晋代著名僧人佛图澄和鸠摩罗什,《文选·头陀寺碑》:澄什结辙于山西,林远肩随乎江左矣。林,即支遁,字道林;远,即释慧远。

【8】升堂入室:比喻学习所达到的境界有程度深浅的差别。《论语·先进》:由(子路)也升堂矣,未入于室也。《法言·孔子》:如孔氏之门用赋也,则贾谊升堂,相如入室矣。《三国志·魏书·管宁传》:游志六艺,升堂入室,穷其闺奥。

【9】宸极:即北极星,旧借指君位。刘琨《劝进表》:(陛下)诚宜遗小礼,存大务,援据图录,居正宸极。

【10】师资:指可以效法及可为借鉴的人。《谷梁传·僖公二十三年》:范宁注,师资辩说日用之常义。杨士勋疏:师者教人以不及,故谓师为师资也。《后

汉书·廉范传》:不胜师资之情,罪当万坐。李贤注:老子曰:"善人为不善人之师,不善人为善人之资也。"

吊驴文

臧彦

夫征祥契于有感,景行表于事迹。故铨才授任,必求之卓越;考能核用,亦存乎望实。以面貌^①定名,则称谓有摽;声色位号,则由焉而授。爰有奇人,西洲之驰驱^②者,体质强直,禀性沈雅^③。聪敏宽详,高音远畅,真驴氏之名驹也。

校勘记

①"貌"前:《类聚》无"面"字

②有摽:《类聚》作"而摽"

③"驰驱"后:《类聚》无"者"字

④沈雅:《御览》作"沈难"

注释

【1】景行:崇高的德行。《诗经·小雅·平辇》:高山仰止,景行行止。郑玄笺:古人有高德者则慕仰之,有明行者则而行之。

【2】有摽:抚心捶胸,极度忧伤时的动作。《诗·邶风·柏舟》:静言思之,寤辟有摽。

【3】西洲:汉晋时称凉州为西洲,以在中原以西得名。《晋书·张轨传》:永宁初出为凉州刺史,有治绩,遂威著西州,化行河右。

【4】沈雅:深沉雅正。《北史·刘芳传》:芳沉雅方正,概尚甚高。

第三章

先唐吊文辑补

先唐吊文除了严可均在《全上古三代秦汉三国六朝文》中所辑录的以外,其他文献史料、类书和文集中也有严可均所漏收的。下面撰者就把严可均编纂的《全上古三代秦汉三国六朝文》收录以外的吊文作一辑补,编次之时先注明出处及所出书目之版本,为了便于校勘查阅,特全文收录,或有目无文,收篇目及出处。

一、《北堂书钞》辑录四篇,光绪十四年孔氏重刻本。

1. 王文度《吊龚胜文》:

我贬遗芳,遐仰徽烈。登封远慨,有伤高节。挥翰欲吊,灵其明察。

2. 王文度《吊范增文》:

余以升平五年正月庚申自下邳北征,乃于斯观项籍处。惟楚汉之战争,瞻京观其增慨,忆曩昔而兴叹。登亚父之坟垄,览战胜之封疆,感前烈而长想,虽缅邈而追伤。

3. 李颙《吊平叔父文》:

翼挂密网,命绝霜刃。

校记:此篇其他文献无载,严辑《全文》无收,可补入《全晋文》李颙文中。

4. 卞承之《吊二陆文》:

公碎宝白刃,焚兰原火,岂不惜哉。

校记:此篇其他文献无载,严辑《全文》无收,可补入《全晋文》卜承之文中。

二、其他史书及文献资料中辑录十二篇

以下参阅:《艺文类聚》,上海古籍出版社,1982 年版。

1.《艺文类聚·卷四十·礼部下》第 728 页

傅咸《吊秦始皇赋》

余治狱之长安,观乎阿房,而吊始皇曰:伤秦政之为暴,弃仁义以自亡。拟纸申辞,以吊始皇。有姬失统,命不于常。六国既平,奄有万方。政虐刑酷,如火之扬。致周章之百万,取发掘于项王。疲斯民乎宫墓,甚癸辛于夏商。未旋踵而为墟,屯麏麇乎庙堂。国既颠而莫扶,孰阻兵之为强。

以下参阅:《陆机集》,金涛声点校,中华书局,1982 年版。

2. 陆机《吊魏武帝柳赋》

行旅仰而回眷。

以下参阅:《陆云集》,黄葵点校,中华书局,1988 年版。

3. 陆机《吊少明》

云再拜:《祠堂赞》甚已尽美,不与昔同,既此不容多说,又皆一事,非兄亦不可得。见《吊少明》殊复胜前,《吊蔡君》清妙不可言,《汉功臣颂》甚美,恐《吊蔡君》故当为最。使云作文,好恶为当,又可成耳。至于定兄文,唯兄亦怒其无遗情而不自尽耳。

校记:上述文字选自陆云的《与兄平原书》,据此可知陆机作有《吊少明》一文,可惜已经遗失。少明是陆机、陆云的朋友。夏靖字少明,会稽人。据《晋书》卷七十一《熊远传》记载:"后太守会稽夏静辟为功曹。及静去职,远送至会稽以归。"此处夏静当是夏靖。又据陆云《晋故豫章内史夏府君诔》可知,夏靖的主要仕历为:入太子府、为尚书郎、为武昌太守、为豫章内史。卒于永宁元年五月二十五日。陆机曾与夏靖诗歌赠答,陆机作有《赠武昌太守夏少明》,夏靖作有《答陆士衡诗》。因此,陆机的《吊少明》一文应作于永

宁元年(301)五月后。

以下参阅:《太平御览》,中华书局,1960 年版。

4.《太平御览》卷五百九十六《文部一二》第 2686 页

靡元《吊比干文》曰:余既诘纣之后,又感比干亢辞进谏,不顾其身,而受剐屠之戮。杀身之后,纣不悔悟,适足快凶君之心,而无益于世,故复责而吊之。

5.《太平御览》卷五百九十六《文部一二》第 2685 页

《祢衡别传》曰:南阳寇柏松记刘景升当暨小出,属守长胡政令给事之。柏松父子宿与政不佳,景升不在,柏松子在后罗人盗迹,胡政无状便尔杀之。景升还,惭悼无已,即治杀胡政,为作三牲,醼焉。为作板书吊之,时正平当行,在马上,驻马授笔倚柱而作之。

以下参阅:范晔《后汉书》,中华书局,1965 年版。

6. 崔琦　后汉

卷八十上　文苑列传第七十上

崔琦字子玮,涿郡安平人,济北相瑗之宗也。少游学京师,以文章博通称。初举考廉,为郎。河南尹梁冀闻其才,请与交。冀行多不轨,琦数引古今成败以戒之,冀不能受。乃作《外戚箴》。其辞曰……所著赋、颂、铭、诔、箴、吊、论、《九咨》《七言》,凡十五篇。

7. 皇甫规　后汉

卷六十五　列传第五十五(皇甫张段列传)

皇甫规字威明,安定朝那人也。祖父棱,度辽将军。父旗,扶风都尉。……迁规弘农太守,封寿成亭侯,邑二百户,让封不受。再转为护羌校尉。熹平三年,以疾召还,未至,卒于榖城,年七十一。所著赋、铭、碑、赞、祷文、吊、章表、教令、书、檄、笺、记,凡二十七篇。

8. 杜笃　后汉

卷八十上　文苑列传第七十上

杜笃字季雅,京兆杜陵人也。高祖延年,宣帝时为御史大夫。笃少博学,不修小节,不为乡人所礼。居美阳,与美阳令游,数从请托,不谐,颇相恨。令怒,收笃送京师。会大司马吴汉薨,光武诏诸儒诔之,笃于狱中为诔,辞最高,美帝之,赐帛免刑。……建初三年,车骑将军马防击西羌,请笃为从事中郎,战没于射姑山。所著赋、诔、吊、书、赞、《七言》《女诫》及杂文,凡十八篇。又著《明世论》十五篇。子硕,豪侠,以货殖闻。

9. 周举　后汉

卷六十一　左周黄列传第五十一

周举字宣光,汝南汝阳人,陈留太守防之子。……举稍迁并州刺史。太原一郡,旧俗以介子推焚骸,有龙忌之禁。至其亡月,咸言神灵不乐举火,由是士民每冬中辄一月寒食,莫敢烟爨,老小不堪,岁多死者。举既到州,乃作吊书以置子推之庙,言盛冬去火,残损民命,非贤者之意,以宣示愚民,使还温食。于是众惑稍解,风俗颇革。

校记:据上述史料可知,周举应作有《吊介子推文》或者《吊介子推书》,可惜已经遗失。

以下参阅:沈约《宋书》,中华书局,1987 年版。

10. 颜延之　南朝宋

卷六十二　列传第二十二

琅琊颜延之书吊茂度曰:"贤弟子少履贞规,长怀理要,清风素气,得之天然。言面以来,便申忘年之好,比虽艰隔成阻,而情问无睽。薄莫之人,冀其方见慰说,岂谓中年,奄为长往,闻问悼心,有兼恒痛。足下门教敦至,兼实家宝,一旦丧失,何可为怀。"

校记:据《宋书·张敷传》记载可知,张茂度乃是张敷的世父,在张敷去世后,颜延之"书吊茂度",由此可见,颜延之是给张茂度写了一封书信,其所哀吊的对象是张敷,对张敷的逝世表达了痛惜与伤感之情,因此,这篇吊文的题目应该是《吊张敷文》,这段文字是书信的残篇部分,完整的书信没有流传下来。

11. 卷一百　列传第六十

（沈）璞，字道真，林子少子也。童孺时，神意闲审，有异于众。……先是，琅琊颜竣欲与璞交，不酬其意，竣以致恨。及世祖将至都，方有谗说以璞奉迎之晚，横罹世难，时年三十八。璞所著赋、颂、赞、祭文、诔、七、吊、四五言诗、笺、表，皆遇乱零失，今所余诗笔杂文凡二十首。

以下参阅：李延寿《南史》，中华书局，1987 年版。

12. 卷七十二　列传第六十二

王子云，太原人，及江夏费昶，并为闾里才子。昶善为乐府，又作鼓吹曲。武帝重之，敕曰："才意新拔，有足嘉异。昔郎恽博物，卞兰巧辞。束帛之赐，实惟劝善。可赐绢十匹。"子云尝为《自吊文》，甚美。

参考文献

古代典籍

[1]（汉）毛亨传,（汉）郑玄笺,（唐）孔颖达正义.毛诗正义[M].北京:北京大学出版社,1999.

[2]（汉）孔安国传,（唐）孔颖达正义.尚书正义[M].北京:北京大学出版社,1999.

[3]（汉）郑玄注,（唐）贾公彦疏.周礼注疏[M].北京:北京大学出版社,1999.

[4]（汉）郑玄注,（唐）贾公彦疏.仪礼注疏[M].北京:北京大学出版社,1999.

[5]（汉）郑玄笺,（唐）孔颖达等正义.礼记正义[M].北京:北京大学出版社,1999.

[6]（汉）司马迁撰,（南朝·宋）裴骃集解,（唐）司马贞索隐,（唐）张守节正义.史记[M].北京:中华书局,1975.

[7]（汉）班固撰,（唐）颜师古注.汉书[M].北京:中华书局,1962.

[8]（汉）刘熙撰,（清）王先谦疏证.释名[M].上海:上海古籍出版社,1984.

[9]（汉）刘向.列女传[M].《四部备要》46 册史部,北京:中华书局,1944.

[10]（汉）许慎.说文解字[M].北京:中华书局,1963.

[11]（汉）许慎著,（清）段玉裁注.说文解字注[M].上海:上海古籍出版社,1988.

[12]（汉）刘向集录.战国策[M].上海:上海古籍出版社,1985.

[13]（汉）刘向.说苑[M].（文渊阁《四库全书》本）上海:上海古籍出版社,1987.

[14]（三国·魏）王弼注,（唐）孔颖达正义.周易正义[M].北京:北京大学出版社,1999.

[15]（晋）杜预注,（唐）孔颖达正义.春秋左传正义.[M].北京:北京大学出版社,1999.

[16]（晋）陆机撰,金声涛点校.陆机集[M].北京:中华书局,1982.

[17]（晋）陈寿撰,（南朝·宋）裴松之注.三国志[M].北京:中华书局,1982.

[18]（晋）王肃.孔子家语[M].（文渊阁《四库全书》本）上海:上海古籍出版社,1987.

[19]（晋）葛洪著,杨明照校笺.抱朴子外篇校笺:上 [M].北京:中华书局,1991.

[20]（晋）葛洪著,杨明照校笺.抱朴子外篇校笺:下 [M].北京:中华书局,1997.

[21]（晋）陆机撰,张少康集释.文赋集释[M].上海:上海古籍出版社,1984.

[22]（晋）陆云撰,黄葵点校.陆云集[M].北京:中华书局,1988.

[23]（晋）潘岳撰,王增文校注.潘黄门集校注[M].郑州:中州古籍出版社,2002.

[24]（晋）潘岳撰,董志广校注.潘岳集校注[M].天津:天津古籍出版社,2005.

[25]（南朝·宋）范晔撰,（唐）李贤等注.后汉书[M].北京:中华书

局,1965.

[26]（南朝·宋)刘义庆撰,(南朝·梁)刘孝标注,余嘉锡笺疏.世说新语笺疏[M].上海:上海古籍出版社,1993.

[27]（南朝·梁)刘勰著,范文澜注.文心雕龙注[M].北京:人民文学出版社,1958.

[28]（南朝·梁)萧统编,(唐)李善注.文选[M].上海:上海古籍出版社,1986.

[29]（南朝·梁)萧子显.南齐书[M].北京:中华书局,1972.

[30]（南朝·梁)沈约.宋书[M].北京:中华书局,1974.

[31]（南朝·梁)任昉撰,(明)陈懋仁注.文章缘起[M].(文渊阁《四库全书》本)上海:上海古籍出版社,1987.

[32]（南朝·梁)钟嵘著,陈延杰注.诗品注[M].北京:人民文学出版社,1961.

[33]（南朝·梁)萧绎撰,许逸民校笺.金楼子校笺[M].北京:中华书局,2011.

[34]（北齐)魏收.魏书[M].北京:中华书局,1984.

[35]（北齐)颜之推著,王利器集解.颜氏家训集解[M].上海:上海古籍出版社,1980.

[36]（唐)李延寿.南史[M].北京:中华书局,1974.

[37]（唐)魏征,等.隋书[M].北京:中华书局,1982.

[38]（唐)姚思廉.梁书[M].北京:中华书局,1987.

[39]（唐)房玄龄,等.晋书[M].北京:中华书局,1974.

[40]（唐)虞世南撰,(清)孔广陶校注.北堂书钞[M].光绪十四年孔氏重刻本.

[41]（唐)欧阳询撰,汪绍楹校.艺文类聚[M].上海:上海古籍出版社,1999.

[42]（唐)徐坚,等撰.初学记[M].北京:中华书局,1962.

[43][日]弘法大师撰,王利器校注.文镜秘府论校注[M].北京:中国社会科学出版社,1983.

[44](宋)严羽著,郭绍虞校释.沧浪诗话校释[M].北京:人民文学出版社,1961.

[45](宋)李昉,等.太平御览[M].北京:中华书局,1958.

[46](宋)李昉,等.文苑英华[M].北京:中华书局,1966.

[47](宋)郑樵.通志[M].北京:中华书局,1987.

[48](金)王若虚.滹南遗老集[M].上海:商务印书馆,1937.

[49](元)苏天爵编.元文类[M].上海:商务印书馆,1936.

[50](明)李东阳.麓堂诗话[M].北京:中华书局,1985.

[51](明)胡应麟.诗薮[M].北京:中华书局,1959.

[52](明)袁中道著,钱伯城校点.珂雪斋集[M].上海:上海古籍出版社,1989.

[53](明)袁宏道.袁宏道全集[M].上海:上海古籍出版社,1979.

[54](明)徐师曾著,罗根泽校点.文体明辨序说[M].北京:人民文学出版社,1962.

[55](明)吴讷著,于北山校点.文章辨体序说[M].北京:人民文学出版社,1962.

[56](明)王世贞著,罗仲鼎校注.艺苑卮言[M].济南:齐鲁书社,1992.

[57](清)赵翼.廿二史札记[M].北京:中华书局,1963.

[58](清)孙诒让.墨子闲诂[M].香港:中华书局香港分局,1978.

[59](清)皮锡瑞著,周予同注释.经学历史[M].北京:中华书局,1959.

[60](清)郭庆藩.庄子集解[M].北京:中华书局,1982.

[61](清)严可均.全上古三代秦汉三国六朝文[M].上海:商务印书馆,1999.

[62](清)严可均.全上古三代秦汉三国六朝文[M].北京:中华书局,1958.

［63］（清）章学诚著，叶瑛校注.文史通义［M］.北京：中华书局,1994.

近、现代学人专著

［64］杨伯峻.春秋左传注［M］.北京：中华书局,1981.

［65］王运熙,顾易生.中国文学批评史［M］.上海：上海古籍出版社,1981.

［66］王永平.六朝江东世族之家风家学研究［M］.南京：江苏古籍出版社,2003.

［67］童庆炳.文体与文体创造［M］.昆明：云南人民出版社,1994.

［68］［德］黑格尔著,贺麟,王太庆译.哲学史讲演录［M］.上海：商务印书馆,1959.

［69］王瑶.中古文学史论［M］.北京：北京大学出版社,1998.

［70］刘文典撰,冯逸,乔华点校.淮南鸿烈集解［M］.北京：中华书局,1989.

［71］刘师培.论文杂记［M］.北京：人民文学出版社,1959.

［72］［英］雷蒙德·威廉斯.马克思主义与文学［M］.牛津：牛津大学出版社,1977.

［73］储斌杰.中国古代文体概论（增订本）［M］.北京：北京大学出版社,1990.

［74］吴承学.中国古代文体形态研究（增订本）［M］.广州：中山大学出版社,2002.

［75］徐兴华,徐商衡,居万荣.中国古代文体总揽［M］.沈阳：沈阳出版社,1994.

［76］刘师培.中国文学史讲义［M］.上海：上海古籍出版社,2000.

［77］万陆.中国散文美学［M］.郑州：中州古籍出版社,1989.

［78］郭建勋.先唐辞赋研究［M］.北京：人民出版社,2004.

［79］李士彪.魏晋南北朝文体学［M］.上海：上海古籍出版社,2004.

［80］罗根泽.中国文学批评史［M］.上海:上海书店出版社,2003.

［81］程世和.汉初士风与汉初文学［M］.北京:中国社会科学出版社,2004.

［82］罗宗强.魏晋南北朝文学思想史［M］.北京:中华书局,2006.

［83］林纾.春觉斋论文［M］.北京:人民文学出版社,1998.

［84］朱迎平.古典文学与文献论集［M］.上海:上海财经大学出版社,1998.

［85］宗白华.美学散步［M］.上海:上海人民出版社,1980.

［86］陈洪.诗化人生:魏晋风度的魅力［M］.保定:河北大学出版社,2001.

［87］皮元珍.玄学与魏晋文学［M］.长沙:湖南人民出版社,2004.

［88］王立.永恒的眷念［M］.上海:学林出版社,1999.

［89］罗宗强.玄学与魏晋士人心态［M］.杭州:浙江人民出版社,1991.

［90］张应斌.中国文学的起源［M］.广州:广东人民出版社,2003.

［91］郭绍虞,王文生主编.中国历代文论选［M］.上海:上海古籍出版社2001.

［92］童庆炳.文体与文体的创造［M］.昆明:云南人民出版社,1994.

［93］［美］罗洛·梅.爱与意志［M］.冯川译.北京:国际文化出版公司,1987.

［94］张国俊.中国艺术散文论稿［M］.北京:中国社会科学出版社,2004.

［95］袁行霈.中国文学史(一)［M］.南京:江苏古籍出版社,1999.

［96］胡大雷.中古文学集团［M］.桂林:广西师范大学出版社,1996.

［97］胡大雷.中古诗人抒情方式的演进［M］.北京:中华书局,2003.

［98］章太炎.国故论衡［M］.上海:上海古籍出版社,2006.

［99］黄金明.汉魏晋南北朝碑诔文研究［M］.北京:人民文学出版社,2005.

［100］郭英德.中国古代文体学论稿［M］.北京:北京大学出版社,2005.

［101］姜涛.古代散文文体概论［M］.太原:山西人民出版社,1990.

［102］章必功.文体史话［M］.上海:同济大学出版社,2006.

［103］陈必祥.古代散文文体概论［M］.郑州:河南人民出版社,1986.

［104］贾奋然.六朝文体批评研究［M］.北京:北京大学出版社,2005.

［105］高胜利.潘岳研究［M］.北京:中国文史出版社,2015.

［106］高胜利.先唐河东作家著述及事迹丛考［M］.北京:中国书籍出版社,2018.

［107］马建智.中国古代文体分类学研究［M］.北京:中国社会科学院出版社,2008.

［108］徐公持编著.魏晋文学史［M］.北京:人民文学出版社,2006.

［109］刘麟,方孝岳,等.中国文学七论［M］.桂林:广西师范大学出版社,2006.

［110］王运熙.中国古代文论管窥(增补本)［M］.上海:上海古籍出版社,2006.

［111］朱大渭,刘驰,等.魏晋南北朝社会生活史［M］.北京:中国社会科学出版社,1998.

［112］许辉,邱敏,胡阿祥主编.六朝文化［M］.南京:江苏古籍出版社,2001.

［113］陈华文.丧葬史［M］.上海:上海文艺出版社,1999.

［114］阴法鲁,许树安主编.中国古代文化史［M］.北京:北京大学出版社,1991.

［115］毛汉光.中国中古社会史论［M］.上海:上海书店出版社,2002.

［116］章必功.文体史话［M］.上海:同济大学出版社,2006.

后　记

终于到了写后记的时候，可以松口气了。在此书即将付梓之际，回首十多年的艰难求学经历与坎坷学术之路，心中颇为感慨，有太多的话语想说。

2002年9月，我考入河南省商丘师范学院中文系，因为家境贫寒，求学期间经常利用周末时间做兼职，挣点生活费。暑假期间更是奔波于大街小巷，我做过家庭教师，推销过纯净水，参加过同学举办的辅导班，在酒店做过服务生，散发过小广告，历经艰辛，饱尝人间冷暖。幸运的是，最终坚持下来了，学业也没有耽误，四年后顺利毕业，获得汉语言文学专业学士学位。求学期间，得到左师怀建先生的指点与鼓励，以及王增文老师、韩霞老师、王立老师的帮助与关怀，多少年以后，当我写下这段文字，想起他们的音容笑貌，仍然感觉内心温暖。谢谢你们！

2006年9月，我又考入广西师范大学文学院攻读硕士学位，师从胡师大雷先生研治中古文学，开始踏上学术之路。余虽愚钝，然为不辱师门，甘愿竭尽驽钝，奈何学力有限，颇感惭愧，感谢胡师在学习方面的指导与鼓励。读研期间，余有幸先后得到韩晖先生、力之先生的指导与鼓励。韩晖先生学识渊博，博闻强记，小学功底甚是扎实，于文献考证处颇见功力，有乾嘉汉学遗风，余常受教，获益颇多！先生为人仁厚谦和，有长者之风，与之相处，如沐春风。出于同乡之谊，韩晖先生于余生活、学习方面颇多照顾与指导，异乡求学之酸楚时日，因这份乡情而倍感温馨，余甚感激，没齿难忘！力之先生学富五车，待人公正，余常向其求教文献知识，先生不因余才疏学浅，细心讲授,余甚感激！在此并致谢忱！从遥远的豫东平原来到山水甲天下的桂林,那是我第一次离开家乡,来到一个遥远的陌生的南方城市,举目无亲,感到特别恐慌,学习之余,也是做各种兼职养活自己,艰难求学路,居然也走下来了,最终在 2009 年 6 月顺利毕业,获得文学硕士学位。这当然要感谢我的父母以及亲朋好友对我学习上的勉励与支持。我的父母都是老实巴交的农民,感谢他们一直以来对我的支持,他们一辈子务农,深知种地的艰辛,希望我能够摆脱面朝黄土背朝天的苦楚日子,所以尽管生活艰难,仍然节衣缩食供我求学,可怜天下父母心！还要感谢我的姐姐高荷香,她在我艰辛求学路上给予经济和心理上的帮助、安慰,感谢上苍给我这么一位好姐姐。虽然求学的日子无比艰辛,但我还是全力以赴坚持自己心中的梦想。我深深地知道,想要活出真正的自我,想要改变自己的生存现状并且力所能及地帮助亲朋好友,我们这些寒门子弟,只有拼命地读书,才有突破门第之限、实现人生理想的可能性。好在我比较努力,加之上苍的眷顾,没有让他们失望。

2009 年 9 月我又考入扬州大学文学院攻读博士学位,师从王师永平先生研治魏晋南北朝文学。由于才疏学浅,资质平平,虽然竭尽驽钝,还是时常不能令先生满意,颇感惭愧,日后之学业唯有不断精进,以酬其万一。来自农村的我,拙于言辞,且远在他乡,不免诚惶诚恐,如履薄冰,感谢先生对我们这些寒门学子的提携与奖掖,才使我们有突破门第之限、实现人生理想的可能性,这不由得让我常常想起中古时期那些奖掖后进的文坛宗师们,千载之后,流风余韵,犹感人肺腑,此种恩情实在难以用语言来表达。经过三年炼狱般的生活,我于 2012 年 6 月顺利毕业,获得了文学博士学位,走上了工作岗位,任教于山西省运城学院,成为一名高校教师。总角就学,而立之年才完成少时的梦想,求学道路之漫长,令人唏嘘不已。十年侘傺一船墨,半生踌躇五车书。已近而立之年,然却一无所成,不免惶恐。人生失意无南北,诚哉是言！好在一切都结束了,新的生活已经开始了。仍然记得毕业后回到家乡与亲人们团聚时父母脸上欣慰的笑容,觥筹交错间,看到父母已经有了很多的皱纹与白发,时光流逝,农村少年已经求学十多年,而父母也逐渐衰老了,心中十分酸楚,好在我有能力回报他们的付出了,虽然他们或许从来就没有这么想过。在运城学院工作五年后,因为诸事不顺,我本计划于2017年通过工作调动,回到家乡河南。在外漂泊了十多年,其中的酸楚与无奈,只有经历过的人才能深深体会。但因为诸多因素,几番努力无果,最终未能够成功调动。故乡,我魂牵梦萦的故乡,回不去了,只能在梦里一次次回想她的模样。多少个失眠的夜晚,我辗转反侧,泪流满面。柴门闻犬吠,风雪夜归人。罢了,罢了,既来之,则安之,哪里的黄土不埋人呢,就在这里继续生活吧,明天,也许将会是新的开始。后来的经历证明,上天有好生之德,在河东这片土地上我又开始了新的生活,生命也有了意义。

感谢内子霍晓俊,她在工作之余承担了大部分的家务,2018年9月,儿子高听慕的出生让我们的生活更加忙碌。但是她无怨无悔,任劳任怨,让我可以心无旁骛地进行教学与科研。晓俊通情达理,善解人意,勤俭持家,有河东人士朴素的道德情怀。科研之路,枯燥而寂寞,加之繁重的教学任务,使得我多次想放弃这本书的写作,她一遍又一遍地安慰我,鼓励我,我终于完成了这本书的书稿,人生得一知己已足矣,有妻如此,夫复何求!漫漫人生路,让我们携手一同走过。有人陪你立黄昏,有你问你粥可温,我想这是爱情中、婚姻里再幸福不过的事情了。人生路上有你,真好。儿子虽然顽劣调皮,但笑容纯真可爱,多少个不眠的夜晚,看着他在我的怀抱里睡得香甜、安稳,总觉得有一股动力从心底升起。希望用我的半生打拼给他们一个相对幸福的未来,虽然这个过程会很辛苦,但我无怨无悔。这也是我继续进行科研的力量源泉之一吧。

感谢编辑为本书出版所付出的辛勤劳动,感谢运城学院中文系李文主任的指导和帮助,感谢运城学院提供的资金支持。这本小书断断续续写了三年左右,写作过程颇为艰难,几经修改,我虽然竭尽全力,力求日臻完善,使得其学术价值稍有提升,但难免挂一漏万,不免心中惶恐,方知踏踏实实地做学问真的是很不容易的,知识的积累果真是个漫长的过程,"冰冻三尺,非一日之寒",一点也不错啊。"古人学问无遗力,少壮工夫老始成。"古人诚不我欺,信哉斯言! 经过了十几年的努力打拼,深有体会,才知科研工作岂是一个"难"字了得! 尽管如此,学海无涯,前路漫漫,我仍将奋勇前行,先贤有云:"士不可以不弘毅,任重而道远。"某虽不才,亦以此自勉! 在本书撰写的过程中,对前辈先贤的成果多有引用,在此深表谢意;由于本人才疏学浅,书中难免有不足之处,敬请各位方家不吝赐教。

高胜利

2021 年 3 月